Newton Compton Editores

Título original: *Three Mothers*

© 2025, Hannah Beckerman
© 2026, de la traducción por Tatiana Marco Marín
© 2026, de esta edición por Antonio Vallardi Editore S.u.r.l., Milán

Todos los derechos reservados

Primera edición: marzo de 2026

Newton Compton Editores es un sello de Antonio Vallardi Editore S.u.r.l.
Pl. Urquinaona, 11, 3.º 1.ª izq. Barcelona, 08010 (España)
www.newtoncomptoneditores.com

Gruppo editoriale Mauri Spagnol S.p.A.
www.maurispagnol.it

ISBN: 979-13-87788-12-4
DL: B 1.892-2026

Composición:
Nodicia

Diseño de interiores:
David Pablo

Impreso en marzo de 2026 en Puntoweb s.r.l., Ariccia (Roma), en Italia.

Hannah Beckerman

La verdad
tras la puerta

Traducción de Tatiana Marco Marín

Newton Compton Editores

Barcelona, 2026

Para Aurelia,
por quien iría hasta los confines del mundo.

CAPÍTULO 1
Abby

Son las diez y cuarto e Isla Richardson todavía no ha llegado a casa.

Abby contempla el reloj sobre la chimenea y escucha cómo llena el silencio.

No es propio de su hija llegar tarde.

Toma el teléfono móvil que está junto a ella, comprueba si tiene algún mensaje sin leer, descubre que no ha recibido nada y le manda un WhatsApp a Nicole, su mejor amiga.

> **A:** ¿Has hablado con Nathaniel esta noche? Isla no ha vuelto de la fiesta todavía y no sé nada de ella. Besos.

Observa el teléfono, espera a que las dos marcas de visto se vuelvan azules –Nicole nunca está demasiado lejos de su móvil– y, cuando se mantienen obstinadamente grises, siente una punzada de preocupación.

Se oye el ruido metálico de una llave al introducirse en la cerradura de la entrada principal y Abby gira la cabeza de golpe mientras el alivio le expande los pulmones. Sin embargo, cuando se abre la puerta que comunica con el salón, no es Isla la que la atraviesa, sino Clio. Lleva unos pantalones grises de deporte y una camiseta corta de color blanco que deja muy poco a la imaginación. El conjunto muestra demasiada piel para tratarse de una quinceañera, pero Abby nunca se atreve a comentar las elecciones de vestuario de su hija pues, si comete ese error, recibe una mueca y un sermón sobre los derechos de las mujeres.

El ceño se le frunce ante la idea de que Isla todavía no haya vuelto a casa, pero lo alisa de forma consciente y recibe a su hija pequeña con una sonrisa.

—Pensaba que ibas a quedarte en casa de Freya esta noche.

Clio se encoge de hombros sin mirarla a los ojos.

—He cambiado de idea.

—No habrás venido caminando sola hasta casa, ¿verdad?

Su hija pone los ojos en blanco mientras juguetea con el cordón de la cinturilla de sus pantalones.

—Es un paseo de diez minutos.

—Aun así, cuando se hace tarde, preferiría ir a buscarte; ya lo sabes.

Clio suspira con contención adolescente y Abby le estudia el rostro: ojos azules y atentos enmarcados por una línea gruesa de kohl negro, pestañas con pegotes de rímel y labios con mucho brillo fruncidos en una línea recta e inquebrantable.

—No sabes nada de Isla, ¿verdad?

Por primera vez desde que ha llegado a casa, su hija la mira de forma directa, echando chispas.

—No, ¿por qué debería?

—Tan solo he pensado que tal vez te había mandado un mensaje o algo así. Dijo que llegaría a casa a las diez.

Clio sacude la cabeza.

—Dios no quiera que Doña Perfecta llegue quince minutos tarde. —El desprecio le tiñe la voz y, después, se da la vuelta y se dirige hacia la puerta.

—¿Te marchas a la cama?

—Sí.

La sílaba cortante pende del aire mientras se va.

Abby escucha cómo sube las escaleras dando pisotones y se pregunta, como hace a menudo, qué clase de persona habría sido su hija pequeña en un mundo paralelo en el que su padre no hubiese muerto de un infarto una semana después de su décimo cumpleaños. Antes de eso, había sido una niña muy feliz: desbordaba un entusiasmo contagioso, era un poco descarada y algo inconformista. Encantadora de forma natural, había atraído a la gente gracias a su sonrisa pícara y sus comentarios bellamente ingenuos y a menudo graciosísimos. Era el tipo de niña que conseguía despertar el afecto de los presentes sin tan siquiera intentarlo. Pero, ahora, cinco años tras la muerte de Stuart, hace tiempo que esa niña desapareció y fue reemplazada por una adolescente que, por mucho que intente comunicarse con ella, parece rebosar desdén por todo lo que dice o hace su madre.

Tras bajar la vista de nuevo al teléfono, comienza a teclear un mensaje para Isla a pesar de que parte de su cerebro le dice que no lo haga. Su hija mayor tiene diecisiete años. No es raro que las chicas de su edad se queden hasta altas horas en una fiesta. Y es consciente de que, siendo noche de viernes, las diez y cuarto no es tan tarde.

Sin embargo, también es consciente de que Isla no es como el resto de adolescentes. Es responsable, considerada y diligente. Siempre le manda un mensaje cuando no va a llegar a casa a tiempo. Es la clase de hija de la que los otros padres hablan con tono adulador, dado que siempre se muestra muy considerada con respecto a los sentimientos de su madre y ha sido su piedra angular a nivel emocional desde que Stuart murió. Además, tiene natación a primera hora de la mañana, por lo que sabe que necesita dormir bien si quiere que sea una buena sesión. Tras una interrupción de los entrenamientos durante el verano (a causa de un molesto virus estomacal seguido de una lesión en el hombro), Isla ha estado esforzándose en la piscina de forma endiablada, puesto que está decidida a clasificarse para los nacionales durante las pruebas que tendrán lugar el mes que viene. Abby sabe que es lo bastante buena como para lograrlo; su entrenador se lo ha dejado claro, tal como han hecho sus resultados en las competiciones del condado del último año. Tan solo debe entrenar duro, seguir concentrada y dormir lo suficiente.

A: Hola, cielo. Tan solo quería saber si va todo bien. Si quieres que vaya a buscarte, dímelo. Besos.

9

Mientras presiona la tecla de «Enviar» con el dedo, siente un destello pronunciado de culpabilidad. La casa de Meera, donde se celebra la fiesta, se encuentra solo a una corta distancia a pie. A Isla no le va a pasar nada de camino a casa. Sin duda, Jules o Yasmin, que viven cerca, la acompañarán. Se está preocupando por nada.

El sonido del timbre es como un grito en medio del silencio. Abby se levanta del sofá, sobresaltada, y supone que su hija debe de haberse olvidado las llaves. Por norma general, es muy meticulosa con sus pertenencias y casi nunca se olvida de ellas o las pierde.

Mientras abre la puerta principal, Abby se da cuenta de que siente como si algo le estuviera presionando el pecho con mucha fuerza.

No se trata de Isla, dedicándole una sonrisa de disculpa.

En su lugar, en el umbral de la puerta hay dos policías. Y ninguno de ellos está sonriendo.

–¿Señora Richardson? Soy la agente Kelly y este es el agente Hessell. ¿Podemos pasar?

CAPÍTULO 2
Nicole

Nicole sale de puntillas del dormitorio de su hijo y cierra la puerta con un chasquido apenas audible.

Durante un instante, se queda con la oreja pegada a la madera, escuchando, para comprobar si va a removerse.

Hacía años que no se comportaba así. Con quince años, Jack no necesita (ni quiere) que lo arrope en la cama antes de dormir. Sin embargo, lo de esta noche ha sido diferente.

Al otro lado de la puerta, oye el sonido de su respiración profunda y se permite sentir un atisbo de alivio.

Mientras se arrastra escaleras abajo, exhala en silencio e intenta deshacerse de las imágenes de los acontecimientos de la noche que le pasan tras los párpados.

Jack está durmiendo. Por el momento, eso es suficiente.

Cuando entra en la cocina, se sobresalta al encontrar a Nathaniel apoyado contra el fregadero estilo *butler*, bebiendo un vaso de agua.

—¿Cuándo has llegado a casa?

Nathaniel apura el vaso, se seca los labios con la manga de la chaqueta y Nicole resiste la necesidad de decirle que no haga eso. En diez meses, su hijo se convertirá oficialmente en adulto (con su constitución alta y desgarbada y sus extremidades que, como si hubiesen crecido de un modo unilateral sin avisar al resto del cuerpo, son más alargadas que las demás, ya casi parece un adulto), por lo que sabe que su autoridad para regañarle mengua día tras día.

—Hace unos minutos.

Nicole pasa junto a la isla de la cocina y estira el brazo para tomar un vaso del armarito que se encuentra sobre la vinoteca. Como si fuera a cámara lenta, observa cómo el vaso se le escurre entre los dedos y se hace añicos sobre las baldosas del suelo color gris pizarra.

—¿Estás bien?

Asiente, aunque el esfuerzo necesario le parece colosal.

—Perdón. Vigila por dónde pisas.

Tras pasar junto a su hijo, abre el armario de debajo del fregadero, saca el recogedor y el cepillo y comienza a barrer con movimientos amplios y bruscos.

—¿Estás bien? Estás actuando de forma algo… rara.

Nicole respira hondo. No sabe cómo es posible sentirse agotada y llena de adrenalina al mismo tiempo.

—Estoy bien. Se trata de Jack. Esta noche se encontraba fatal.

—¿En qué sentido?

Titubea, pues no está muy segura de cuántos detalles compartir.

—No podía dejar de vomitar. Ha sido horrible. He estado a punto de llevarlo a urgencias.

—Mierda. Espero que no me lo pegue.

Nicole se apresura a tranquilizarlo.

—Parece que ahora está un poco mejor. Se ha dormido. Espero que por la mañana haya mejorado. Pero sospecho que seguirá indispuesto un par de días.

Se pone en pie y vuelca los cristales rotos en la basura antes de recordar que tendría que haberlos envuelto en papel de periódico. Sabe que, más tarde, cuando al fin llegue a casa, Andrew le hará algún comentario al respecto.

Cuando se saca el móvil del bolsillo trasero de los vaqueros para comprobar si su marido le ha mandado algún mensaje, ve un WhatsApp que Abby le ha enviado unos minutos antes.

A: ¿Has hablado con Nathaniel esta noche? Isla no ha vuelto de la fiesta todavía y no sé nada de ella. Besos.

Echa un vistazo al otro lado de la cocina, donde está Nathaniel con la cara enterrada en el teléfono.

–¿Qué tal ha ido la fiesta?

Su hijo se encoge de hombros.

–Bien.

–¿Isla seguía allí cuando te has marchado?

Él baja la vista al suelo y a Nicole le parece que un rastro casi imperceptible de algo (¿Reparo? ¿Vergüenza?) le atraviesa la cara de forma fugaz.

–No lo sé. Me he marchado pronto. Hemos ido a casa de Elliot. ¿Por qué?

–Abby me ha mandado un mensaje para preguntar si había hablado contigo. Isla no ha vuelto a casa aún. –Estudia el rostro de su hijo en busca de algún destello de la emoción que le ha visto apenas un momento antes, pero tan solo encuentra un lienzo en blanco–. ¿A qué hora te has marchado?

Él se encoge de hombros.

–No estoy seguro. Puede que sobre las nueve. ¿A qué viene tanto jaleo? No es que sea precisamente tarde.

Nicole toma una bayeta y limpia algunas migas desperdigadas por la encimera.

–Abby está un poco preocupada. Eso es todo.

Tras enjuagar la bayeta, la escurre y la cuelga del grifo. Entonces, se seca las manos para contestar al mensaje.

–Por cierto, ¿dónde está tu coche? –Nathaniel apenas aparta los ojos del teléfono para hacerle la pregunta.

Nicole nota que se le frunce el ceño.

–¿Qué quieres decir? Está en el camino de acceso.

Su hijo alza la vista y niega con la cabeza.

–No. Cuando he llegado a casa, he creído que tal vez habías salido.

Titubea un instante y los engranajes de su cerebro se ponen en marcha mientras piensa en Jack, que se encuentra en el piso de arriba, y vuelve la vista atrás para recordar los acontecimientos de la velada.

–Tiene que estar. Lo he dejado ahí aparcado antes, cuando he traído a tu hermano a casa del entrenamiento de fútbol.

–Bueno, pues ahora no está.

13

Nicole sale de la cocina al pasillo y atraviesa el suelo de baldosas blancas y negras. Abre la puerta principal y, cuando sale al camino de acceso, ve el espacio vacío en el que debería estar su coche. Los pensamientos se le agolpan en la cabeza, tratando de componer una historia coherente.

–Me apuesto algo a que te lo han robado. –La voz de su hijo le llega por encima del hombro, cargada de un interés impúdico–. Papá dijo que últimamente ha habido muchos robos de coches por esta zona.

Durante varios segundos, Nicole no responde, pues su mente es como un lienzo lleno de manchas.

–¿Vas a llamar a la policía?

Cuando se da la vuelta, ve que Nathaniel la está mirando; algo hace clic en su cabeza (la necesidad de actuar y encargarse del asunto) y asiente mientras desbloquea el móvil.

–Creo que voy a tener que hacerlo.

CAPÍTULO 3
Jenna

Jenna contempla fijamente el papeleo que se amontona junto a ella en el sofá y, solo con mirarlo, experimenta una sensación de opresión. Se debate entre los pros y los contras de seguir con ello a duras penas ahora, que son casi las diez y media de un viernes por la noche, o dar el día por finalizado y proseguir mañana. No es la primera vez que se pregunta si sus jefes del ayuntamiento tienen alguna idea de la cantidad de horas de faena que, cada semana, el trabajador social medio dedica a su empleo más allá de las que aparecen en su contrato.

Procedente del apartamento de arriba, comienza a oírse el ruido sordo y repetitivo de un bajo. La irritación le hace apretar la mandíbula. Estas invasiones nocturnas del apartamento vecino son como un reloj y, a menudo, la música persiste hasta las primeras horas de la madrugada. Intentó hablar con el inquilino y pedirle que fuera un poco más considerado, pero el chico joven que le abrió la puerta, sin camiseta y con unos pantalones de deporte que le colgaban muy bajos sobre la pelvis, se limitó a mirarla con desprecio y decirle: «Mire, abuela, en mi casa, haré lo que me apetezca». Jenna tan solo tiene treinta y nueve años; y su hijo, diecisiete. Espera no convertirse en abuela hasta dentro de mucho tiempo.

–Hola, mamá.

Cuando se da la vuelta, ve que Callum está detrás de ella con la capucha cubriéndole la cabeza y las manos metidas en los bolsillos de los vaqueros. A veces, todavía experimenta una conmoción momentánea cuando ve a su niñito que ya se parece a un hombre adulto: uno noventa, hombros amplios, esbelto y tonificado gracias a los entrenamientos de atletismo. Es consciente de que su opinión es parcial, pero le parece que es guapo, así como el tipo de joven capaz que querrías que estuviera contigo si acabaras varado en una isla desierta: fuerte, honesto y fiable.

—No te he oído entrar.

—¿Cómo ibas a oírme con la música de ese imbécil taladrando el techo? ¿Quieres que suba a hablar con él?

Jenna arquea las cejas.

—Sabes perfectamente que no. Es un indeseable. Mantente alejado de él, ¿de acuerdo?

Callum se deja caer sobre el sillón y ella reprime las ganas de decirle que se siente recto.

—¿Qué tal la noche?

—Ha estado bien.

—¿Solo bien?

Su hijo se encoge de hombros y Jenna se da cuenta de que siente una tensión atenazándole el pecho.

—¿Estaba Isla en la fiesta? —Él asiente—. ¿Y?

—¿Y, qué?

—¿Y ha ido todo bien? —Callum se remueve con inquietud, como si, de pronto, no pudiera encontrar una postura cómoda—. ¿Callum?

Posa los ojos en ella un instante y vuelve a apartarlos como si fueran dos polillas demasiado cerca de una llama.

—Hemos tenido una pequeña discusión.

Jenna se obliga a hacer una pausa y no intervenir de forma precipitada.

—¿Sobre qué?

—No importa.

—Claro que importa. —Es capaz de detectar en su propia voz el esfuerzo que está haciendo por mostrarse neutral—. Pensaba que ahora todo iba bien entre vosotros.

Piensa en lo destrozado que acabó Callum cuando Isla rompió con él la primavera pasada, en que le ha costado cinco meses volver a ponerse en pie, en cómo sus propios sentimientos hacia la chica pasaron del afecto al odio de forma brusca cuando le rompió el corazón a su hijo o en lo mucho que, desde entonces, le ha costado dedicarle una sonrisa educada y magnánima cada vez que la ha visto en alguno de los eventos del colegio.

—Y así es. Estamos bien. —Callum se muerde el interior de la mejilla—. Voy a prepararme unas tostadas. ¿Quieres algo?

Jenna niega con la cabeza y él se levanta del sillón. Al hacerlo, la capucha de la sudadera se le resbala y deja a la vista una marca escarlata en la mejilla.

—¿Cómo te has hecho esa marca en la cara?

Callum se lleva la mano a la zona.

—Me he chocado con una puerta. En la fiesta. —No espera a que su madre le responda antes de dirigirse hacia la cocina pequeña y cuadrada que está unida al salón.

Jenna escucha los ruidos que hace mientras se prepara un tentempié —el sonido metálico de la panera, la succión de la puerta del frigorífico y el repiqueteo de los cubiertos—, consciente de que tiene el pulso disparado. Rememora los últimos tres años y sus esfuerzos para sacarlo de su anterior colegio y distanciarlo de las influencias que pretendían desestabilizarlo. Recuerda los espectaculares resultados que obtuvo en los exámenes finales de secundaria, gracias a los cuales consiguió una beca para cursar bachillerato en el colegio privado al que asiste ahora y en el que, a lo largo del último año, ha estado floreciendo, al menos académicamente.

Piensa en la trayectoria de su adolescencia, en su implicación en acontecimientos que, con gran facilidad, podrían haber empujado su vida en una dirección diferente y en su propia convicción de que, al cambiar de colegio, tendría la oportunidad de empezar de cero. Piensa en el hecho de que creyó que estaba logrando justo eso al empezar a salir con Isla; la inteligente, popular y juiciosa Isla. A Jenna le pareció una chica agradable. Piensa en lo preocupada que ha estado por si el hecho de que Isla hubiese dejado a su hijo pudiera hacer que este descarrilara.

17

Entonces, piensa en la marca de un rojo brillante que Callum lleva en la mejilla, en su excusa poco plausible y en la pelea que ha tenido con la chica y no puede hacer nada (nada que se le ocurra) para evitar que una espiral de ansiedad se le aloje entre las costillas.

CAPÍTULO 4
Abby

«Atropello con fuga».

«Los de la ambulancia han hecho lo que han podido».

«Fue declarada muerta en la escena del crimen».

Las palabras resuenan en los oídos de Abby.

No tienen ningún sentido. Nada de lo que le están diciendo los dos jóvenes policías tiene ningún sentido.

—Lo siento muchísimo, señora Richardson. Sabemos que debe de ser una sorpresa terrible. La agente que servirá de enlace con su familia viene de camino pero, mientras tanto, ¿hay alguien a quien podamos llamar que pudiera venir para acompañarla?

Abby oye las palabras de la agente pero no es capaz de conectarlas con ningún significado comprensible.

—¿Señora Richardson? ¿Le traigo alguna cosa? ¿Un vaso de agua?

Un sonido crepita a través de la radio que la mujer lleva en el hombro. Ella dirige la mano rápidamente a la zona y baja el volumen hasta que el silencio envuelve la habitación.

Bajo los pies de Abby, el suelo parece moverse.

Nada tiene sentido.

—¿Hay alguien a quien llamar? ¿Familiar o amigo?

El tiempo parece haberse detenido y siente el aire estancado en el pecho. En los oídos, todos los ruidos le suenan amortiguados, como si pertenecieran a un mundo distante y paralelo; un mundo en el que es imposible que su hija de diecisiete años esté muerta.

—¿Dónde está? ¿Dónde está Isla? —Las palabras le queman la garganta, pero necesita saberlo; tiene que descubrirlo.

Entre los dos policías se produce un atisbo de inquietud, y Abby desearía que se enjugaran esa preocupación abominable del rostro; que dejaran de mirarla con una compasión tan espantosa.

–Isla está en la morgue, señora Richardson. En el hospital.

«En la morgue». Las palabras la golpean como si hubiera sufrido un ataque físico.

Desde detrás del sofá, le llega el chasquido silencioso de la puerta del salón y, durante un breve instante, Abby siente una oleada de alivio incomparable: todo esto es un terrible error. Los agentes de policía se han equivocado. No es a Isla a la que han atropellado; no es a Isla a la que han matado. Isla está al otro lado de la puerta, preparándose para pedir disculpas por llegar tarde y decirle que ha perdido la noción del tiempo, que se ha quedado sin batería en el móvil y que no ha podido llamarla mientras iba de camino a casa. Isla va a decirle que lo lamenta, que espera que no se haya preocupado y que le contará todos los cotilleos de la fiesta por la mañana pero que, ahora, tan solo quiere irse a la cama y dormir un poco antes de que la alarma le suene a las cuatro y media de la madrugada para ir al entrenamiento de natación. Abby le dará un abrazo y le dirá que no se preocupe, que lo único que importa es que está en casa, sana y salva.

Durante la más breve de las fisuras en el tiempo –un segundo fugaz que dura toda una vida–, Abby está segura de que, detrás de esa puerta cerrada, Isla ha vuelto a casa.

Pero, entonces, la puerta se abre y, encorvada con los pantalones del pijama y una camiseta demasiado grande, la que aparece es Clio, que pasa los ojos por la habitación, se fija en los dos policías y se gira hacia Abby con preguntas en el rostro que ella no tiene la capacidad de responder.

Ante la imagen de su hija pequeña y la ausencia de Isla, el horror absoluto de lo que está ocurriendo la sobrepasa del mismo modo que si la hubieran arrojado desde una gran altura y se estuviera precipitando hacia el suelo con el viento silbándole en las orejas, y sin tener ni idea de cuánto tiempo va a seguir cayendo o qué ocurrirá cuando aterrice. El dolor la embiste desde todos los ángulos, se le acumula en la garganta y amenaza con ahogarla.

Se estira hacia Clio, la agarra de la mano y la atrapa entre los brazos. Tras envolver el cuerpo de su hija, se aferra a ella con ferocidad, como si, al soltarla, corriese el riesgo de que ambas se asfixiaran con el horror de lo que ha ocurrido. La conmoción la asalta como las olas agitadas por una tormenta, y Abby no sabe cómo van a sobrevivir a esto; cómo alguien podría sobrevivir a algo así; cómo van a lograr no acabar aplastadas bajo el peso de semejante pérdida.

CAPÍTULO 5
Nicole

—¿Qué te han dicho?

Con las ideas confusas, Nicole se vuelve hacia Nathaniel, que está sentado en la mesa de la cocina.

—¿Qué te ha dicho la policía? ¿Creen que te han robado el coche?

Ella se sirve un vaso de agua y lo bebe con ganas.

—Me han dado un número de expediente y me han dicho que debería comunicárselo a la empresa de seguros a primera hora de la mañana.

—¿Eso es todo?

—¿Qué quieres decir?

—¿No van a enviar a nadie para que lo investigue ni nada por el estilo?

Un dolor le palpita en las sienes, así que se las frota con los dedos en círculos concéntricos.

—Tal como dice papá, hoy en día los robos de coches son muy habituales.

—Pero ¿quién me va a llevar a practicar con el coche si te han robado el tuyo? Vuelvo a examinarme en seis semanas y papá nunca tiene tiempo.

Nicole se toma un momento antes de contestar.

—Se nos ocurrirá algo; no te preocupes.

Más allá de la cocina, oye el chasquido de la puerta principal al abrirse y cerrarse y unos pasos familiares recorriendo el pasillo. Cuando se mira el reloj de pulsera, ve que son poco más de los once menos veinte, lo que, según los estándares de cualquier persona normal, es bastante tarde para volver a casa del trabajo un viernes por la noche. Sin embargo, a lo largo de los últimos diecinueve años de matrimonio, se ha dado cuenta de que los gestores de fondos de cobertura no son como las personas normales.

Andrew entra en la habitación. Tiene los ojos rodeados de patas de gallo y, aun así, en un buen día, todavía podría pasar por alguien en la treintena en lugar de al final de la cuarentena. Las amigas de Nicole a menudo le han comentado lo bien que ha envejecido y la suerte que tiene de que, a diferencia de tantos hombres que se acercan a los cincuenta, no haya descuidado su aspecto. Sin embargo, mientras lo observa en ese momento, se descubre preguntándose si el afán implacable de su marido por mejorarse a sí mismo y su obstinado acaparamiento de riqueza y estatus han sido lo más adecuado para su familia; si no habría sido mejor llevar una vida más tranquila y calmada y con menos aspiraciones de modo que hubiera estado en casa cuando de verdad lo había necesitado.

Andrew le da un beso en la mejilla. Huele a ajo cubierto con menta y no sabe si es su aliento o las consecuencias de los acontecimientos de esta noche lo que le revuelve el estómago.

—¿Estás bien? Pareces hecha polvo.

—A mamá le han robado el coche.

Andrew la mira, interrogante, y Nicole tan solo puede asentir a modo de respuesta.

—¿Lo has denunciado a la policía?

Ella vuelve a asentir con la cabeza, que le resta con pesadez sobre los hombros.

—Dios… —La voz de Nathaniel destila sorpresa y Nicola dirige la vista hacia donde está sentado, ve la angustia que le cubre el rostro y siente un nudo de miedo anticipativo.

— ¿Qué pasa? ¿Qué ha ocurrido?

Durante un momento, su hijo no dice nada y se limita a mirar fijamente y en silencio la pantalla de su teléfono. Alza la vista hacia sus padres, vuelve a bajarla hacia el móvil y, después, los mira de nuevo.

—Se trata de Isla.

Por un instante, Nicole supone que es Isla la que le ha mandado un mensaje y se pregunta si ya se habrá puesto en contacto con Abby o si ya habrá llegado a casa. Pero, antes de que el pensamiento pueda asentarse, Nathaniel vuelve a hablar.

—Elliot acaba de mandarme un mensaje. Dice que Isla ha sufrido un accidente. —Nicole siente tensión en el pecho y es como si la habitación titubease, a la espera de lo que su hijo vaya a decir—. Dice que Isla está muerta.

La sangre se le sube a la cabeza de golpe, como si la hubieran sumergido en agua y la presión la aplastara.

—Tiene que ser una broma. Sin duda. —Andrew pasa la mirada incrédula entre su mujer y su hijo, como si buscara una confirmación de que todo esto no es más que una broma de mal gusto.

—Meera también me ha mandado un mensaje para contarme lo mismo. Dice que hay muchos policías en su casa.

Nathaniel desliza el pulgar por el teléfono, lee algo y vuelve a pasar el dedo por la pantalla. Mientras tanto, el suelo sobre el que se encuentra Nicole parece moverse y dar vueltas, y no sabe cómo es posible que siga en pie.

—Tengo otros cuatro mensajes al respecto. Todos dicen lo mismo. —Su hijo alza la vista con el rostro lívido—. Creo que no es una broma.

—¿Dónde ha ocurrido? —Nicole nota las palabras espesas y viscosas en la boca.

—Frente a la casa de Meera. Durante la fiesta. No me lo puedo creer.

Nicole se percata de que, a su lado, Andrew se aferra al borde de la mesa, se sienta en una silla junto a Nathaniel y entierra la cabeza entre las manos. Su hijo sigue mirando el teléfono, boquiabierto, como si las palabras fueran a reformularse para cobrar un significado diferente.

Ella se queda de pie, inmóvil, observándolos a ambos con la cabeza llena de ideas que es incapaz de comprender. Es como si hubiera abandonado su propio cuerpo; como si estuviera flotando, alejándose más allá de esa realidad inimaginable.

24

Recuerda el mensaje que Abby le ha mandado antes y al que no ha llegado a responder, dado que ha estado demasiado preocupada por Jack y por llamar a la policía con respecto a su coche.

Piensa en su amiga, en dónde se encontrará en este momento y en quién estará con ella, y siente una oleada de culpabilidad al pensar que estará enfrentándose a esto sola, sin un marido a su lado que pueda ayudarla a sobrellevar el dolor. Va a tener que soportar otra pérdida inimaginable.

Piensa en Isla, una adolescente a la que conocía desde el día de su nacimiento. Un bebé precioso. Una niña preciosa.

«Y, ahora, Isla está muerta».

Se le revuelve la tripa, corre hasta el fregadero y siente unas arcadas inexorables mientras los contenidos de su estómago se abren paso hacia la pila de porcelana. Las arcadas prosiguen como las olas agitadas del océano y, entonces, nota una mano frotándole la espalda de forma rítmica y siente a Andrew detrás de ella.

Piensa en Isla —«¿Cómo puede estar muerta?»—, en Abby y en Clio y en cómo van a sobrellevar semejante pérdida. No puede hacerse a la idea de cómo debe de estar sintiéndose su amiga. Piensa en Jack, que está en el piso de arriba, en la cama, y en Nathaniel, sentado a la mesa con el rostro pálido por la conmoción. Lo único que puede hacer es envolver a sus hijos entre algodones y jurar que nunca más va a volver a perderlos de vista.

CAPÍTULO 6
Jenna

Jenna contempla a Callum, sentado junto a ella en el sofá y comiéndose los restos de la tostada. Intenta no mirar la marca roja que le adorna la mejilla o imaginar qué podría haberla causado. Intenta no pensar en la discusión que su hijo e Isla han mantenido esta noche.

La consternación le provoca un hormigueo en el cuello al pensar en la posición precaria de su hijo dentro del colegio. Es el único estudiante de bachillerato con una beca completa; el único procedente del instituto local, un fiasco; el único que, con toda seguridad, está intentando escapar de un pasado que casi descarrila su vida.

Su relación con Isla (estudiante de sobresaliente, nadadora del condado y popular entre todo el mundo) había supuesto su primer romance adolescente, así como un camino rápido hacia el núcleo de la vida social del colegio. Claramente, Abby no había aprobado la relación de cinco meses de su hija con Callum y, cada vez que Jenna se había encontrado con ella durante los eventos escolares, había sido incapaz de ocultar el disgusto que se escondía tras las normas sociales superficiales: las sonrisas tensas, las preguntas de rigor y el esfuerzo supremo por fingir que la clase, la riqueza y el privilegio no tenían importancia cuando se trataba del jovencito que estaba saliendo con su hija. Callum siempre insistía en que, durante todas aquellas noches y aquellos fines de semana que había pasado en casa de Isla, su madre siempre se había mostrado educada con él, pero la educación y la amabilidad no son lo mismo.

Jenna no se hace ilusiones de que el grupo de padres de Collingswood vaya a aceptarla alguna vez. No tiene ni el tiempo para tomar café por las mañanas ni el dinero necesario para la interminable lista de cenas con copas. Nunca ha buscado esa clase de inclusión. Antes de que su hijo accediera al colegio, ya sabía que iban a adentrarse en un mundo económico nuevo: un universo de salarios de siete cifras, hogares pudientes, segundas viviendas, flamantes cuatro por cuatros y exóticos viajes al extranjero durante las vacaciones escolares. Es un nivel de riqueza que Jenna apenas puede concebir y con el que ni mucho menos puede competir. Sin embargo, desde que Callum empezó a estudiar en Collingswood, ha tenido claro que la igualdad financiera y la amistad parental no son lo importante. Tan solo necesita que los estudiantes del centro acepten a su hijo, y es demasiado consciente de que, si se produce algún conflicto entre Callum e Isla, tan solo habrá una víctima a nivel social.

Desde las profundidades del bolsillo de los vaqueros de su hijo llega el sonido familiar de su teléfono móvil. Contempla cómo saca el dispositivo y abre un mensaje. Ve cómo se le mueve la nuez de la garganta.

—¿Va todo bien?

Él se gira para mirarla y hay algo indescifrable en sus ojos: inquietud, descontento, desasosiego… No está segura del todo.

—Se trata de Isla.

Jenna no sabe si sentirse preocupada o aliviada. Si la chica le ha mandado un mensaje, tal vez las cosas no vayan tan mal entre ellos como temía. O tal vez se trate de la continuación de su anterior discusión; de una orden para que se mantenga alejado de ella y deje de salir con sus amigos.

—¿Qué te dice?

Callum cierra los ojos con fuerza y niega con la cabeza con pequeñas sacudidas.

—¡Mierda!

Con el puño, golpea con fuerza el sofá, justo a su lado, y la ansiedad se enrosca en torno a la garganta de Jenna.

—¿Qué pasa? ¿Qué ha ocurrido?

Su hijo no contesta y se presiona los laterales de la cabeza con las manos como si estuviera intentando deshacerse a la fuerza de cualesquiera que sean los pensamientos que hay en ella.

—Callum, por favor, me estás asustando. ¿Qué ocurre?

Él no dice nada y le pasa su teléfono móvil.

Jenna lee el mensaje y siente que su mundo se inclina en un ángulo diferente.

«Mierda, ¿te has enterado? A Isla la ha atropellado un puñetero conductor que se ha dado a la fuga. Ha muerto. La policía ha rodeado la casa de Meera. ¿Dónde estás?».

Lee el mensaje y lo vuelve a leer mientras pasa la vista de una palabra a la siguiente, consciente de lo que dicen, pero incapaz de entender lo que significan. No puede comprender que Isla, la preciosa joven de la que sabe que su hijo sigue enamorado, esté muerta.

—Callum, lo siento. Lo siento muchísimo.

Lo rodea con los brazos, lo mece adelante y atrás y se aferra a él, deseando poder sentir el dolor en su lugar. Aun así, incluso aunque le susurra que todo va a ir bien y que van a superarlo juntos, no puede escapar del miedo que le tira de las entrañas ante la idea de que, tal vez, en esta ocasión, no pueda protegerlo.

SIETE MESES ANTES DE LA MUERTE DE ISLA

CAPÍTULO 7
Isla

—¿A qué hora llegarás a casa?

Isla preparó lo que necesitaría para entrenar después de las clases y lo metió en la mochila: el traje de baño, las gafas de bucear, el gorro, la toalla y el desodorante.

—No estoy segura. Tal vez sobre las diez.

—Y, esta tarde, ¿Callum y tú vais a estar solos en su casa?

La voz de su madre tenía un evidente tono mordaz, así que esbozó una sonrisa tranquilizadora.

—Solo voy allí a estudiar, mamá. Callum me va a ayudar a preparar el examen de Química y yo a él con la solicitud para los cursos de verano. Eso es todo.

Pudo oír la elipsis al final de aquella frase: «No vamos a hacer el amor de forma desenfrenada. No se trata de eso. Puedes confiar en mi sensatez».

—¿Y no preferiría Callum venir aquí? Hay más espacio. Sería mejor para estudiar. Puedo pediros comida… Lo que queráis. ¿Pizza? ¿Tailandés?

—Estaremos bien, de verdad. Callum siempre está viniendo aquí.

Isla vio que a su madre se le formaba una arruga de preocupación en la frente. Habían pasado tres meses desde que había empezado a salir con Callum, pero a ella no parecía gustarle más que el primer día que lo había llevado a casa.

—Tan solo me preocupa que acabes… distraída. Ya sabes que este año es muy importante para ti. No queda demasiado para los exámenes de acceso y, si quieres tomarte en serio lo de entrar al equipo nacional de natación, vas a necesitar muchísimo tiempo.

No necesitaba que terminara aquel discurso para saber lo que estaba pensando: «No tienes tiempo para relaciones. Tan solo tienes diecisiete años. Los novios pueden esperar hasta que seas más mayor». A veces, Isla se preguntaba si lo que le molestaba era que tuviera novio o si se trataba de Callum específicamente; si se habría mostrado más tolerante si hubiese llevado a casa a uno de los compañeros de clase a los que conocía desde hacía años: alguien que viviera en una casa como la suya en lugar de en un apartamento alquilado en un bloque de antiguos pisos de protección oficial. Sin embargo, su madre todavía no había llegado a conocer a Callum; no se había permitido reconocer su amabilidad, su sentido del humor y su increíble determinación.

Contuvo la frustración que sentía ante la falta de aprobación de su madre. Tan solo le cabía esperar que, con el tiempo, dejara de lado sus prejuicios y se diera cuenta de que en realidad Callum era muy bueno para ella.

—Sinceramente, mamá, estoy bien. —Comprobó que llevaba los libros de Biología, Química y Matemáticas en la mochila—. Ni estoy distraída ni estoy descuidando nada. Callum se esfuerza incluso más que yo.

—Dios, ¿es que eso es posible?

Isla miró por encima del hombro y vio que Clio había aparecido en el umbral de la puerta con los brazos cruzados sobre el pecho.

—¿Qué quieres decir?

Su hermana la miró con aire burlón.

—Me cuesta creer que alguien pueda sacarle más horas al día para estudiar que tú.

Su madre suspiró.

—No hay nada de malo en querer que las cosas te vayan bien, Clio. Te iría bien seguir su ejemplo de vez en cuando.

—Sí, bueno, no todos podemos ser perfectos como Isla, ¿verdad?

Isla se encogió ante el tono punzante de su hermana.

—Clee, no seas así.

—Así, ¿cómo? —dijo Clio mientras la fulminaba con la mirada.

Isla se permitió respirar hondo. A veces, solo cuando cerraba los ojos y se obligaba a recordar, podía creer que, en el pasado, no mucho tiempo atrás, su hermana y ella habían estado muy unidas.

—Clio, ¿podrías terminar de prepararte para ir a clase, por favor? No querrás llegar tarde de nuevo, ¿verdad?

Se produjo un momento de duda antes de que ella frunciera el ceño, se diera la vuelta y subiera las escaleras dando pisotones. Isla escuchó cómo sus pasos se alejaban y se preguntó si había algo que pudiera hacer para volver a congraciarse con su hermana; para ayudarla a sentirse menos resentida e inundada por la sensación de que el mundo entero estaba en su contra. Desde la muerte de su padre, Clio era igual que un resorte con los sentimientos perfectamente enroscados, como si contener su dolor fuese un acto de supervivencia. No importaba de cuántos modos intentara acercarse a ella o la paciencia infinita de su madre ante sus arrebatos: a esas alturas, la ira de su hermana era el cuarto miembro de la familia al que había que tener en cuenta para lidiar con él y aplacarlo en todo momento.

Al contemplar la fotografía que tenía en la mesita de noche (ella con su padre frente al Gran Geysir en Islandia poco antes de su muerte), Isla fue consciente de un calambre familiar en el pecho: la pérdida y el amor que albergaba hacia él y con el que no sabía qué hacer, dado que ya no estaba; la imposibilidad de creer, incluso después de tanto tiempo, que nunca más volvería. A veces, no podía evitar pensar que si su padre no hubiera sufrido un infarto con cuarenta y un años, la vida de su hermana y la suya habrían sido tan diferentes que era imposible comprenderlo. Su muerte había señalado una bifurcación en el camino que las había empujado a ambas hacia diferentes sendas, y jamás sabrían hasta qué punto sus experiencias habrían sido distintas (mejores) si hubiera seguido vivo.

—¿Cómo volverás a casa? No me importa ir a buscarte.

Isla negó con la cabeza.

–No pasa nada. Tomaré un Uber. Lo más probable es que Callum me acompañe y después regrese en autobús.

–Callum no querrá tener que deambular por ahí de noche para volver. Ahí fuera hará un frío polar.

–De verdad, mamá, no pasa nada. A él no le importa. –Al echar un vistazo al reloj que tenía junto a la cama, vio la hora que era–. Será mejor que me vaya. Le dije a Meera que me reuniría con ella en la biblioteca antes de las clases. –Agarró la bolsa de natación y la mochila, se las colgó del hombro, se inclinó hacia delante y le dio un beso de despedida a su madre–. Nos vemos luego.

Mientras bajaba las escaleras corriendo, notó un aleteo en el pecho, como si un pájaro enjaulado estuviera batiendo las alas. Se había percatado de aquella sensación por primera vez poco después de la muerte de su padre. Era un sentimiento de responsabilidad y de altas expectativas, así como la necesidad de seguir remando con fiereza bajo la superficie de modo que nadie –ni siquiera su madre– se percatara de lo mucho que tenía que esforzarse para mantener la percepción que todo el mundo tenía de ella: la estudiante perfecta, la hija perfecta, la atleta perfecta. La gente parecía pensar que aquello no le costaba ningún esfuerzo; que había sido bendecida con la capacidad de no venirse abajo sin estrés, ansiedad o un empeño excesivo y hercúleo. Desde la muerte de su padre, había sentido la presión de tener que madurar de la noche a la mañana y pasar de ser una chica de doce años a una adulta; de estar ahí para cuidar de su madre, vigilar a su hermana y ser la adolescente de la que nadie debe preocuparse porque ya tenían demasiadas preocupaciones propias. A lo largo de los últimos cinco años, se había sentido como si hubiera estado intentando convertirse en la persona que los demás querían que fuera –la persona que los demás necesitaban que fuera– y, a veces, ya no estaba segura del todo de cuál era la versión verdadera de sí misma.

—Cuarenta y ocho de cincuenta. Vas a clavar sin problemas ese examen de Química.

Sobre la cama individual y estrecha de Callum, Isla se giró para colocarse de costado y apoyó la cabeza sobre el brazo.

—¿En cuáles me he equivocado?

Callum ojeó las páginas del libro de texto.

—En una sobre hidrocarburos y en otra sobre aldehídos.

Ella frunció el ceño.

—¿Estás seguro? Hoy hemos repasado los aldehídos en clase; no debería equivocarme en esa.

Le quitó el libro, revisó la página y comprobó que estaba en lo cierto. La ansiedad tituló en su interior como una bombilla defectuosa y se preguntó si sería factible encontrar algún hueco para estudiar un poco más antes del examen del martes. Aquel mismo día, el señor Vyleta le había dicho que había sacado un diez en un examen de prueba que habían llevado a cabo en clase la semana anterior. Sin embargo, tan solo había logrado un 9,6 en aquella prueba estúpida y la verdad es que eso era inexcusable.

—Deja de parecer tan preocupada. No es más que un ejercicio de prueba. No es para tanto.

Callum le dio un beso y tomó el archivador con los apuntes. Isla intentó convencerse a sí misma de que tenía razón: todavía le quedaba tiempo para mejorar antes del examen de la semana siguiente.

Cuando echó un vistazo en torno al dormitorio, se fijó en el armario estrecho, en la mesita de noche de melamina y en las cortinas finas que no lograban impedir lo suficiente el paso de la luz procedente de la ventana de un solo cristal. No había ni cómoda, ni silla, ni escritorio para estudiar. Por norma general, Callum hacía los deberes en la mesa plegable de la cocina o en la biblioteca del colegio. A veces, cuando quedaban en su casa, Isla sentía la necesidad de disculparse y reconocer que era absurdo que ella tuviera un dormitorio casi tan grande como todo su piso con una cama doble, armarios empotrados, dos cómodas, un escritorio de madera maciza de roble y un sofá justo debajo de la ventana desde el que se veía el jardín. Sin embargo, nunca encontraba las palabras adecuadas –o el tono adecuado– sin arriesgarse a sonar condescendiente.

Mientras observaba a Callum, que estaba leyendo su solicitud para los cursos de verano, intentó imaginar qué ocurriría durante los siguientes dieciocho meses y si ambos obtuvieran las notas que necesitaban para acceder a Oxford. Ella para estudiar Medicina y él, Filosofía, Política y Económicas. Si, dentro de un año y medio, seguiría tan entusiasmado ante la idea de que ambos estudiaran en la misma universidad. La perspectiva de tener que tomar rumbos separados le parecía impensable. Antes de Callum, jamás había tenido interés en salir con nadie, pero, en aquel momento, tras tres meses de relación, ya le parecía una parte muy importante de su vida. La posibilidad de que no estuvieran juntos en la universidad se le antojaba demasiado grande, demasiado con lo que lidiar, así que la apartó a un rincón de su mente antes de que ocupara demasiado espacio.

Su teléfono móvil emitió un pitido desde la mesita de noche. Estiró el brazo por encima de Callum, lo tomó y se encontró con un mensaje de su madre.

> **A:** ¿Qué tal ha ido en natación? Tan solo quería comprobar si, definitivamente, no quieres que vaya a buscarte a casa de Callum. ¡Está helando! Besos.

Estaba a punto de teclear una respuesta para decirle que llegaría en torno a las diez, tal como le había prometido, cuando una imagen se le coló en la cabeza: su madre, sola en casa a las nueve de un viernes por la noche, sin duda preocupada por el paradero de Clio, con una novela junto a ella sobre el sofá y el silencio palpitante de la casa.

Antes de que fuera consciente de que sus pensamientos se estaban uniendo para convertirse en palabras, se giró hacia Callum.

—¿Te importa si hacemos tu solicitud el domingo? Creo que debería volver y comprobar que mi madre esté bien.

Tras salir del Uber al final de su calle, donde le había pedido al conductor que los dejara, Isla metió una mano bajo el abrigo de Callum y le rodeó la cintura con un brazo.

Bajo la luz artificial, su aliento serpenteó en el aire antes de evaporarse como una voluta de humo durante un truco de magia. La oscuridad tan solo estaba iluminada por las farolas y el leve resplandor que se escapaba tras los bordes de las cortinas cerradas de las enormes ventanas salientes de las casas independientes de estilo victoriano idénticas a la suya.

De pronto, le vino a la cabeza una imagen de su padre: él tomándole las manos entre las suyas durante un frío día de invierno, soplándoles aire caliente y frotándoselas hasta que el entumecimiento desaparecía.

Todavía había muchos momentos en los que a Isla la asaltaba la pena; momentos en los que le resultaba física, tangible y opresiva; momentos en los que le parecía incomprensible que todavía le quedara por delante toda la vida y su padre no pudiera compartirla con ella. No había estado allí para presenciar cómo conseguía las mejores notas en los exámenes finales de secundaria y tampoco había estado sentado junto a la piscina cuando había ganado la medalla de oro durante el campeonato del condado. No estaría allí para descubrir qué notas obtendría en los exámenes de acceso o para llevarla en coche el primer día de universidad. No la vería graduarse, conseguir su primer trabajo, mudarse a su primera casa, casarse y, tal vez, tener hijos. Le parecía irreal que todos esos hitos fuesen a ocurrir sin que su padre estuviera presente para presenciarlos.

—¿Te encuentras bien? Estás temblando.

Isla ladeó la cabeza para mirar a Callum a la cara.

—Estoy bien.

Conforme se acercaban a su casa, distinguió una silueta recortada contra el muro del jardín y con la capucha subida. De forma instintiva, rodeó la cintura de Callum con más fuerza, pero, entonces, la persona se dio la vuelta y comprobó que tan solo se trataba de Nathaniel.

–Hola.

–Hola. ¿Qué estás haciendo aquí?

–Hola, colega. –Callum estiró la mano para chocar el puño con el otro chico.

–Tan solo estaba de paso. He pensado que podría recoger los apuntes de Matemáticas.

–¿A las nueve y media de un viernes por la noche?

Isla detectó un leve toque de mofa en su propia voz. Cuando vio que a él se le sonrojaban las mejillas, sintió una oleada de culpabilidad. A Nathaniel nunca le había gustado que se metieran con él, ni siquiera de niños, y sabía que le molestaría aún más por el hecho de que Callum estuviera presente.

–Lo siento, todavía no he terminado de revisarlos. Puedo enviártelos por correo electrónico el domingo por la mañana.

–Estupendo. Gracias.

Durante varios segundos, ninguno de ellos habló. En el exterior de una casa vecina se encendió una luz de seguridad e Isla observó a un zorro que se escabullía hacia el otro lado del muro del jardín y desaparecía a través de la verja.

–Bueno, será mejor que entre dentro. Hace mucho frío. –Isla se estremeció.

Nathaniel bajó la vista al suelo y frotó la zapatilla deportiva contra el borde de una de las losas del pavimento, que estaba suelta.

–¿Podemos hablar? –Pausó–. En privado.

Isla titubeó y miró a Callum.

–No pasa nada. Me marcho. Llámame mañana, después del entrenamiento.

–Sí. Debería acabar a la hora de comer.

Tras inclinarse hacia delante, él le posó una mano con cuidado en la nuca y le dio un beso en los labios. Intentó relajarse, pero le resultaba difícil, ya que notaba que Nathaniel le estaba taladrando el lateral de la cabeza con los ojos.

—No os quedéis aquí fuera mucho rato o acabaréis conge-
lados.

Isla observó a su novio mientras se marchaba antes de girarse hacia Nathaniel.

—¿De qué querías hablar conmigo?

Él volvió la vista hacia la oscuridad, en dirección al lugar
por el que había desaparecido Callum.

—No sé qué le ves. Podrías estar con alguien mucho mejor.

Una brisa gélida rodeó el cuello de Isla, así que se apretó
todavía más la bufanda.

—Ya has dejado claro que no te cae bien, Nate. Pero nadie
te está pidiendo que te relaciones con él. —Su tono de voz
fue más duro de lo que había pretendido, pero estaba empezando a cansarse de sus repetidas pullas sobre Callum y,
de todos modos, tampoco era asunto suyo con quién salía.

Sin apartar los ojos de su cara, Nathaniel enterró las manos
en las profundidades de los bolsillos.

—Tan solo intento cuidarte; no es necesario que me saltes
a la yugular.

Isla apartó la vista del escrutinio del chico. Entre sus amigas y ella, no era ningún secreto que le gustaba a Nathaniel.
En undécimo curso, había resultado evidente a causa de las
excusas interminables para aparecer por su casa, los sonro-
jos cada vez que hablaba con él y la retahíla de preguntas
superfluas que le hacía en la sala común sobre los deberes,
los apuntes o las fechas de entrega. Al principio, Isla le había
restado importancia y había supuesto que tan solo se trataba de una fase que superaría enseguida. No veía a Nathaniel
de ese modo. Lo conocía de toda la vida: sus familias estaban unidas; y sus historias personales, estrechamente vincu-
ladas. Tan solo podía pensar en él de forma fraternal. A veces
como si fuera un hermano molesto, pero un hermano, a fin
de cuentas.

Sin embargo, un año después de que hubiera comenzado,
el enamoramiento de Nathaniel no daba muestras de remitir
e Isla empezaba a sentir que estaba logrando que mantener

39

su amistad de toda la vida fuese casi imposible. Cada conversación parecía cargada de un trasfondo que prefería ignorar, y la facilidad con la que se habían relacionado de niños había sido sustituida por una sensación extraña e incómoda de expectación. A veces, deseaba que Nathaniel se distanciara de ella e hiciera nuevas amistades.

—En cualquier caso, ¿de qué querías hablar conmigo?

—Tan solo quería asegurarme de que estabas bien. Hoy, en clase de Matemáticas, parecías… preocupada.

Isla sacudió la cabeza e intentó disimular la impaciencia.

—Estoy bien. Tan solo se trata de que tengo demasiadas cosas encima. —Hizo una pausa, vio que se encendía una luz en el recibidor de su casa y se preguntó qué estaría haciendo su madre—. Estoy empezando a no sentir los pies. Voy a entrar. Te mandaré esos apuntes por correo electrónico el domingo, ¿de acuerdo?

Durante un par de segundos, Nathaniel le estudió el rostro. Isla no estaba muy segura de si el aire entre ellos estaba cargado de esperanza o de decepción.

—Claro. Gracias.

Se dio la vuelta, recorrió el camino del jardín, sacó la llave del bolso y la metió en la cerradura. Cuando entró en la casa y cerró la puerta tras de sí, distinguió a Nathaniel en la acera, merodeando entre las sombras, y no pudo evitar tener la sensación de que, si volviera a abrir la puerta una hora más tarde, él seguiría allí, vigilando y esperando en la oscuridad.

PRESENTE

CAPÍTULO 8
Abby

Abby se encuentra frente a la capilla del cementerio mientras los asistentes al funeral pasan frente a ella, estrechándole la mano, dándole el pésame y diciéndole lo mucho que lamentan su pérdida. De uno en uno, le dicen que Isla era maravillosa, que la echarán muchísimo de menos y que su muerte es una tragedia terrible.

Los oye, pero en realidad no los escucha. Las palabras son como un fantasma que flota frente a ella, pero no puede pensar, no puede responder, no sabe qué es lo que esas personas quieren que diga. Una parte de sí misma parece congelada en el tiempo, pausada en el instante en el que, apenas una quincena atrás, les abrió la puerta a los dos agentes de policía. Porque no entiende cómo ha podido ocurrir que, por segunda vez en cinco años, vuelva a estar aquí, frente a esta capilla, tras haber incinerado a una de las personas que más quiere en el mundo. No le parece posible.

Junto a ella, Clio permanece en silencio, inmóvil e impasible. Abby no sabe en qué está pensando o cómo se siente. Apenas ha reaccionado ante la muerte de su hermana. Ni siquiera la ha visto llorar. La noche que ocurrió, Clio permaneció rígida entre sus brazos y no emitió ni un solo sonido. Poco después, desapareció en su dormitorio y dejó que Abby lidiara sola con la policía. Desde entonces, todos sus intentos por consolarla han sido recibidos con un silencio pétreo o una pasividad benigna. Es como si la muerte de Isla hubiese cimentado un muro infranqueable entre ellas. Abby quiere cuidar a su hija, compartir con ella su pesar y eliminar parte de su dolor. Sin embargo, es como si Clio rezumara un campo de fuerza

43

para autoprotegerse y no dejara que su madre se acercara a ella.

La luz del sol de octubre resplandece de forma intensa y, después, a medida que las nubes se desplazan por el cielo, se oscurece. Tiene la sensación de estar desconectada de sí misma, como si su cuerpo estuviera presente pero su mente, su corazón y su alma se encontraran en alguna otra parte, en algún lugar lejano que no es capaz de alcanzar. Sabe que tiene una enorme sima en el centro de su ser: un pozo, un abismo infinito. Y, aun así, al mismo tiempo, percibe una agitación constante, un sentimiento debilitante: una sensación persistente de pérdida.

Mientras los asistentes siguen saliendo, los acontecimientos de la última quincena se reproducen en sus recuerdos como una película de terror que no quiere ver. La visita a la morgue para identificar el cuerpo de Isla. Las llamadas interminables para avisar a familiares y amigos. El día de la autopsia y la idea insoportable de que un desconocido fuese a abrir el cuerpo de su hija, a examinarlo y a volver a coserlo como si Isla pudiera resucitar. Los preparativos para el funeral, de los que se encargó Nicole, pero sobre los que, de todos modos, Abby tuvo que tomar decisiones: el féretro y la lápida, la música y las lecturas, y el programa para un funeral que ni una sola vez había imaginado que tendría lugar durante lo que le quedaba de vida. Las incontables horas que ha pasado visualizando los últimos momentos de su hija, cuestionándose por qué estaba en la calle en lugar de en la fiesta, especulando sobre si iba de camino a casa o se dirigía a alguna otra parte y preguntándose si habría visto las luces del coche que se abalanzaba hacia ella o si, en esos últimos instantes, habría sabido lo que estaba a punto de ocurrir. Escenas imaginarias que la acosan día y noche.

–¿Cómo te encuentras? –Nota una mano sobre el brazo y ve que Nicole está a su lado–. No tienes por qué hacer esto. Nadie espera que te quedes aquí, dándole las gracias a todo el mundo por haber venido.

«Dándole las gracias a todo el mundo por haber venido». Una parte del cerebro de Abby comprende que eso es lo que debería estar haciendo. Aun así, cuando los siguientes asistentes pasan junto a ella, no le sale ninguna palabra de los labios.

—Vamos; llevas demasiado rato de pie. Ven a sentarte. Tú también, Clio.

Abby permite que Nicole las aleje de allí y las acompañe hasta un banco tranquilo que se encuentra en el jardín del cementerio. Siente docenas de ojos posados en ella. Desearía que todo el mundo se marchara; que, sencillamente, la dejaran en paz.

—¿Por qué no os quedáis aquí sentadas un momento antes de que vayamos al hotel?

El hotel. Durante un instante, con una maraña en la mente, no entiende lo que le está diciendo su amiga.

Entonces, lo recuerda. La recepción funeraria (la recepción funeraria de Isla) va a celebrarse en un hotel que no está muy lejos, a la orilla del Támesis. La recepción que ha organizado Nicole. La recepción en la que recibirá más condolencias bienintencionadas de personas que no pueden comprender la profundidad de su dolor.

La idea le parece intragable: relacionarse con familiares, amigos, padres, estudiantes y profesores como si estuvieran asistiendo a una boda o a una fiesta del té en lugar de al funeral de su hija. Le resulta incomprensible que se espere de ella que converse con los invitados cuando cada fibra de su ser quiere aullar a los cuatro vientos.

Al otro lado de la extensión de césped, sus ojos aterrizan en Callum y Jenna, que están hablando con el jefe de estudios de bachillerato, y experimenta una punzada de envidia ante la idea de que el hijo de diecisiete años de esa mujer siga con vida; y la suya, no. Desearía que no hubieran venido; no quiere que le recuerden la relación de Isla con Callum.

Jenna la mira, asiente y le dedica una sonrisa cautelosa. Abby le da la espalda con el resentimiento palpitándole bajo la piel.

45

–¿Por qué la policía no ha descubierto todavía quién hizo esto? ¿Por qué están tardando tanto? –Las palabras le salen de la boca con una voz que no reconoce, pues su tono desborda un veneno descontrolado.

–Todavía es pronto. ¿No es eso lo que te dijo la policía? Estoy segura de que están haciendo todo lo posible.

Hay algo antinatural en la voz de Nicole, como si se tratara de una respuesta automática, como si no creyera en lo que está diciendo más de lo que Abby lo cree al escucharla. Está harta de tanto cliché. No entiende cómo es posible que la persona responsable de matar a su hija (de atropellarla en la calle y abandonarla a la muerte) siga libre.

–Los policías son unos incompetentes. Sabes que es así. Ni siquiera han sido capaces de encontrar tu coche todavía. ¿Cómo sabemos que la persona que lo robó no es la misma persona que mató a Isla?

Ve el gesto de horror que cubre el rostro de Nicole y se da cuenta de que se ha pasado de la raya. Entiende que debería sentirse culpable, pero no le queda hueco para la culpabilidad cuando ya está repleta de tanta ira y tanto dolor.

–Los policías son unos ineptos. ¿Sabes cuál es el porcentaje de casos de atropellos con fuga que no se resuelven?

–Mamá, por el amor de Dios, deja de darle vueltas a eso.

Abby le lanza una mirada a Clio y, después, vuelve a girarse hacia Nicole.

–Noventa por ciento. Noventa por ciento… ¿Sabes cómo se siente una al saber que tan solo hay un diez por ciento de probabilidades de que atrapen a la persona que mató a su hija?

Nicole se toma un momento y respira hondo.

–Ya lo sé; las estadísticas son espantosas, pero enfadarse no va a ayudar en nada. A Clio y a ti menos que a nadie.

Un interruptor se enciende en su interior: una sensación de furia maternal ante la idea de que el asesino de su hija siga libre y a nadie más que a ella parezca importarle.

–¿Sabes lo que espero? –Nicole niega con la cabeza–. Espero que encuentren a quien hizo esto y que ir a prisión le destroce la vida tanto como él o ella ha destrozado la mía.

Abby oye el veneno que le tiñe la voz, agudo y cáustico, y ve cómo la conmoción que cubre la cara de su amiga se suaviza rápidamente hasta tornarse en algo más benigno. Y, en ese instante fugaz, se da cuenta de lo sola que está con su dolor. Stuart no está vivo para cargarlo con ella, Clio se niega a dejar que se acerque y ni siquiera su mejor amiga es capaz de soportar la profundidad de su pérdida.

Nicole se agacha y le apoya una mano en la rodilla.

—No puedo hacerme a la idea de cómo te sientes hoy y siento muchísimo que te haya tocado vivir esto. Sé que es la peor pesadilla de cualquier madre. —Abby detecta la fractura en la voz de su amiga y no sabe si quiere arrasar con el mundo, que todo acabe de una vez o esconderse debajo de una manta y quedarse allí para siempre—. Sé que ahora mismo no te lo parece, pero superarás esto. Eres fuerte, Abby, y tienes mucho amor a tu alrededor. Lo superarás.

Abby siente que sale flotando de su cuerpo y se aleja de esos tópicos que no la consolarán. No hay nada que nadie pueda ofrecerle —nada que nadie pueda decir o hacer— para mejorar la situación, y casi ofende que lo intenten. Es una afrenta a Isla creer que eso es algo de lo que vaya a ser capaz de recuperarse. No quiere recuperarse. Siente de manera muy profunda que el luto es un acto de conmemoración. Lo único que la ancla al mundo —el único motivo por el que todavía no se ha ahogado bajo el peso de la pérdida— es Clio.

—Tengo que encontrar a Nathaniel y ver cómo se encuentra. Después, volveré, ¿de acuerdo?

Abby observa a Nicole alejarse y se queda sentada en silencio en el banco junto a Clio, consciente de que han perdido a un padre y a una hermana y a un esposo y a una hija. Mientras contempla los jardines de la capilla y a los cientos de personas que se han acercado a presentar sus respetos a Isla, experimenta una sensación desoladora y absoluta de soledad. Tan solo puede cerrar los ojos y esperar a que pase.

CAPÍTULO 9
Nicole

Nicole mira por encima del hombro en dirección al banco en el que ha dejado a Abby y a Clio. Ve que su amiga cierra los ojos como si quisiera cerrarse al mundo y todo el daño que inflige y su propia mente se llena de pensamientos demasiado complicados de explicar incluso a sí misma. Observa a Clio girar la cabeza para no mirar a su madre, como si la proximidad a su dolor fuese peligrosa y no pudiera soportar tener que presenciarlo. Experimenta una oleada de afecto hacia la chica y un deseo de poder aislarla de algún modo de todo lo que está ocurriendo. Siempre ha sentido debilidad por ella. Ha visto lo difícil que le ha resultado tener que crecer a la sombra de su hermana y ha presenciado los esfuerzos de Abby por asegurarle que la quiere tanto como a Isla. A lo largo de los años, ha sido testigo de la incapacidad de la joven para creerlo, así como del caparazón de acero que ha alzado a su alrededor en un intento fallido de escudarse de su propia vulnerabilidad.

Pasa la vista en torno a los allí presentes, buscando a Andrew y a Nathaniel entre la multitud, pero no los ve por ninguna parte. Esta mañana, antes de que salieran de casa, su hijo apenas ha pronunciado palabra. Desde que recibió la noticia de la muerte de Isla, ha permanecido callado, y no sabe cuál sería la mejor manera de ayudarlo. A lo largo de los últimos años, Nathaniel ha intentado ocultar lo que sentía por Isla, pero Nicole ya se había dado cuenta de que se sonrojaba cada vez que se mencionaba su nombre y había oído el anhelo de su voz cada vez que hablaba de ella. Pero también había visto los sutiles intentos de Isla de evitar la atención no deseada de su hijo y había comprendido que ella nunca había pensado en él de ese modo; que sus sentimientos siempre habían sido platónicos. En muchas ocasiones, con delicadeza y sensibilidad, ha tratado de hablar con él del tema pero, cada una de las veces, Nathaniel se ha cerrado en banda con una sensación de humillación tan obvia que a ella le ha parecido cruel proseguir. Ahora, teniendo en cuenta lo que ha ocurrido, no sabe cómo abordar el intenso dolor de su pena sin avergonzarlo y se siente paralizada por la sensación abrumadora de su propia impotencia.

–¿Cómo se encuentra Abby?

Nota una mano en el brazo y, al darse la vuelta, ve que Sita Rani está junto a ella.

–No demasiado bien, la verdad. Tengo la esperanza de que se sienta un poquito mejor en cuanto nos quitemos de en medio el día de hoy.

Sita sacude la cabeza.

–Me siento muy culpable. Si Dev y yo no hubiéramos pasado la noche fuera y no le hubiéramos dicho a Meera que podía celebrar una fiesta, esto jamás habría ocurrido. –Extiende una mano cuando Nicole intenta interrumpirla–. Ya sé que es inútil pensar algo así, pero no puedo evitarlo.

–No puedes torturarte de ese modo. No es culpa tuya. –Estrecha la mano de Sita mientras piensa en ese grupo de padres a los que hace casi siete años que conoce y a cuyos hijos ha visto crecer y pasar de ser preadolescentes a casi adultos.

–Hoy no he visto a Jack. ¿No ha querido venir?

A Nicole se le atasca algo en la garganta y traga saliva antes de contestar.

–No; hemos decidido que era mejor que no viniera. Nos ha parecido que, con su edad, iba a ser demasiado. Ha ido a casa de un amigo a pasar el día.

Piensa en su hijo pequeño y en lo retraído que se ha mostrado durante la última quincena. Más incluso de lo habitual. Nicole lleva meses preocupada por él. Se ha dado cuenta de que, desde que recibió el diagnóstico seis meses atrás, ha estado actuando y percibiéndose a sí mismo de un modo diferente. Por muchas veces que le diga que haber sido diagnosticado con TDAH de perfil inatento no lo convierte en una persona diferente y no cambia lo que los demás piensan de él o sienten por él, Jack no parece capaz de creerla. Es cierto que su condición lo vuelve más olvidadizo, más desorganizado y distraído (esos fueron los motivos por los que, para empezar, decidió someterlo a las pruebas), pero no altera de forma fundamental quién es: el adolescente amable, considerado y divertido que ella sabes que es. Aun así, él parece haber perdido la confianza en sí mismo y se muestra indeciso, menos seguro y menos sociable.

–¿Cómo está Nathaniel? Debe de estar siendo difícil. Sé que Isla y él eran amigos de toda la vida.

Como si se tratara de una respuesta pavloviana, pasa la vista entre los presentes y la posa sobre su hijo, que está apoyado contra el tronco de un árbol, solo.

–Le está resultando duro, pero está siendo así para todos los amigos de Isla.

–Pero, en vuestro caso, es diferente. Sé lo unidos que estáis todos.

Nicole tan solo es capaz de asentir a modo de respuesta. Los recuerdos le pasan por la cabeza como si fueran la película granulada de un viejo proyector cinematográfico. Isla y Nathaniel de niños, jugando en cajones de arena, en piscinas hinchables y en parques infantiles seguros. Isla y Nathaniel, el uno al lado de la otra, con las manos entrelazadas y una sonrisa traviesa durante su primer día de guardería. Isla, Nathaniel, Clio y Jack disfrazados para interpretar obras teatrales ideadas por Isla. Los cuatro saltando del lateral del barco de Stuart para sumergirse dentro del agua en Newtown Creek. Isla consolando a Jack después de que no consiguiera ganar un premio en la caza del tesoro que organizaron durante la fiesta del séptimo cumpleaños de Clio y dándole una bolsa de Haribo en su lugar. Isla y Nathaniel recostados en el sofá del salón, riendo a carcajadas mientras veían

Elf, Bill y Ted o Escuela de rock. Tantos recuerdos comunes. Tanta historia compartida.

—Debe de estar siendo especialmente difícil para Nathaniel, teniendo en cuenta todo el drama amistoso de las últimas semanas.

Las palabras se le sacuden en la cabeza.

—¿Qué drama amistoso?

Un atisbo de sorpresa casi imperceptible atraviesa el rostro de Sita antes de que neutralice su gesto.

—Lo siento; he supuesto que lo sabías.

—¿Que sabía el qué?

La otra mujer le dedica una exagerada sonrisa tranquilizadora.

—Estoy segura de que no es nada.

La impaciencia puntea la piel de Nicole.

—Es evidente que sí es algo o, de lo contrario, no lo habrías mencionado. De verdad, Sita, no tengo la capacidad mental de preocuparme por cosas de las que ni siquiera sé nada. ¿Qué ocurre?

Sita mira por encima del hombro, como si quisiera asegurarse de que nadie las está escuchando a hurtadillas, y baja la voz.

—Es solo que, al parecer, últimamente…, a Nathaniel le han estado haciendo un poco el vacío. Lo más probable es que no se trate más que de una discusión pasajera. Ya sabes cómo son los adolescentes: siempre tienen problemas de amistades. Pero Meera me dijo que no lo había invitado a la fiesta por eso.

Por segunda vez en menos de un minuto, Nicole es consciente de que las palabras se le han atascado en la cabeza como si se hubieran enganchado con un clavo oxidado.

—¿Qué quieres decir con que no lo invitaron a la fiesta?

—Me refiero a la fiesta de Meera. La noche del accidente. Lo siento; si hubiera sabido de antemano que no iba a invitarlo, habría hablado con ella y le habría dicho que fuese un poco más amable. Siendo sincera, puede que sea una suerte que no estuviera presente. No estoy segura de que alguno de nuestros hijos vaya a recuperarse jamás de haber encontrado a Isla en ese estado.

Las preguntas se arremolinan en el cerebro de Nicole como si estuviera intentando unir las piezas de un puzle sin saber cuál se supone que debe ser la imagen final.

–¿Sabes si Elliot estuvo en la fiesta?

–¿Elliot Mercer? –Sita asiente–. Sí, tuvo que declarar ante la policía. Como es obvio, Meera también.

La mujer prosigue hablando (sobre las amistades, los grupitos sociales y sobre cómo ni loca querría ser adolescente de nuevo) pero, en realidad, ella no está escuchando. La atención se le desvía hacia el lugar en el que su hijo está de pie, solo, como si su cuerpo alto y esbelto fuese un arbolito recién plantado que todavía tuviera que echar raíces.

Retrocede mentalmente a la noche del accidente: al bajar, encontró a Nathaniel en la cocina y, después de todo lo que había pasado con Jack, su presencia la sobresaltó. Recuerda que él le dijo que la fiesta había estado bien, que no podía recordar si Isla seguía allí todavía cuando él se había marchado y que había pasado la mayor parte de la velada en casa de Elliot. Sin embargo, acaba de descubrir que no estuvo en la fiesta en ningún momento y que tampoco pudo estar con Elliot, dado que él estaba en casa de Meera.

Nathaniel se apoya contra el árbol, se muerde la uña del pulgar y mira a su alrededor de forma furtiva, como si su propia presencia lo inquietara. Algo le atenaza las entrañas ante la idea de que su hijo haya sufrido el ostracismo de personas de las que llevaba toda la vida siendo amigo, y no puede separar la preocupación que siente por él de la consternación ante el comportamiento de los demás. Le duele que no se haya sentido capaz de confiar en ella y lamenta no haberse dado cuenta de que algo iba mal. Piensa en las dos semanas anteriores, en lo preocupada que ha estado tras la muerte de Isla, y se reprende a sí misma porque tal vez haya pasado por alto algunas pistas vitales sobre el estado anímico de Nathaniel.

Y, aun así, a pesar de que el corazón se le rompe por su hijo, no puede silenciar la voz de su cabeza que se hace la misma pregunta una y otra vez: si Nathaniel no fue a la fiesta la noche en que murió Isla y tampoco estuvo en casa de Elliot, ¿dónde estuvo hasta las diez y veinte de la noche?

CAPÍTULO 10
Abby

Abby tiene la mirada fija sobre el grupo de asistentes, incapaz de centrarse en algo único y específico, como si enfocar el mundo implicase tener que contemplarlo en todo el horror del presente. No se atreve a quitar la tapa de las emociones que bullen con rabia en su interior, pues sabe lo peligroso de abrir esas compuertas. Por el momento, si quiere sobrevivir a los minutos, horas y días que se avecinan, debe anestesiarse a sí misma.

En el banco, junto a ella vibra el teléfono de Clio, que se lo saca del bolsillo, hace clic en algo y lee lo que quiera que sea que aparezca en la pantalla.

—Mamá, échale un vistazo a esto.

Su hija le tiende el teléfono y ella no tiene ni la fuerza ni la voluntad necesarias para decirle que lo aparte; que no es ni el momento ni el lugar para estar mirando los mensajes. En su lugar, se observa a sí misma extender la mano y tomar el móvil como si sus extremidades se estuvieran moviendo por voluntad propia.

Cuando mira la pantalla, ve un artículo del periódico local de un municipio vecino y, mientras pasa la vista por el titular, experimenta una sensación de desorientación.

«Adolescente condenado por homicidio imprudente al volante de un coche robado mientras sus cómplices evaden el castigo».

—¿Por qué me enseñas esto? —Abby detecta el reproche en su voz. No quiere leer sobre ladrones de coches que han sido atrapados y condenados mientras el asesino de su hija sigue en libertad.

–Léelo.

El tono de Clio es impaciente e insistente, así que vuelve a concentrarse en la pantalla y hace lo que su hija le pide, dado que está demasiado atribulada para oponer resistencia.

«El jueves por la mañana, Ryan Marsh, de dieciocho años, fue condenado a once años y siete meses de prisión por homicidio imprudente al volante. En el momento del delito el adolescente conducía un coche robado. En la sentencia la jueza Cayburn declaró que Marsh era "un joven despiadado e irresponsable que, a lo largo del juicio, no ha mostrado ningún tipo de remordimiento".

»En agosto del año pasado, Marsh y dos cómplices fueron vistos huyendo del lugar de un accidente después de que un vehículo robado chocara con una farola en el cruce entre Heathfield Road y Browning Avenue. Un coche patrulla que pasaba por allí persiguió a los delincuentes y arrestó a dos de los culpables. El tercero fue identificado más tarde esa misma noche. Poco antes de estrellar el coche, Marsh había atropellado a Hayley Everson, una joven y prometedora abogada de veintisiete años que formaba parte de St. Mark's Chambers, y había huido de la escena del crimen. Everson falleció más tarde a causa de las heridas.

»Los dos cómplices –que contaban con catorce años en el momento del delito y cuyos nombres no pueden desvelarse por motivos legales– fueron juzgados el mes pasado. Ninguno de los dos recibió pena de prisión. A uno de los adolescentes se le impuso la orden de asistir a un centro de rehabilitación juvenil durante dos años. El segundo –descrito como un estudiante prometedor con un carácter previo ejemplar, y que según concluyó la jueza Cayburn, había sido "coaccionado" por el comportamiento "agresivo e intimidante" de Marsh para participar en el delito– recibió una pena de seis meses de servicios comunitarios.

»En un comunicado, los familiares de la señorita Everson declararon que, si bien estaban satisfechos con la sentencia dictada contra Marsh, se sentían decepcionados ante la idea de que sus cómplices no se enfrentaran a penas de prisión: "Si te subes con alguien a un coche a sabiendas de que es robado, eres consciente del peligro potencial que supones para otras personas. El hecho de tener catorce años no debería haberlos eximido de toda la responsabilidad sobre sus actos"».

Abby termina de leer, pero no entiende por qué Clio le está mostrando esto precisamente hoy.

—Clio, no quiero…

—Por el amor de Dios, mamá, lee el mensaje de Shani.

Le cuesta un momento rescatar la identidad de Shani de entre los recovecos de su memoria: una amiga a la que su hija conoció el verano pasado en un curso de arte.

Clio busca algo en su teléfono y vuelve a pasárselo. Abby lee el mensaje y las palabras le martillean la cabeza hasta que deja de oír sus propios pensamientos.

Alza la vista y, al otro lado de los jardines, ve que Jenna rodea los hombros de Callum con un brazo y lo estrecha contra ella: la imagen perfecta de un exnovio de luto.

Antes de saber lo que está haciendo, antes de ser consciente de que sus propias piernas la han levantado del banco y sus pies han entrado en contacto con el camino de gravilla, está atravesando el jardín con el dolor y la furia resonando en cada paso.

CAPÍTULO 11
Jenna

Jenna se estremece a pesar del tímido sol otoñal. Sobre su cabeza, unas finas volutas de nubes que parecen humo de cigarrillo vagan sin rumbo por el cielo. Intenta concentrarse en la conversación que Callum y ella están manteniendo con el señor Marlowe, el jefe de estudios de bachillerato, pero se distrae por la sensación de que todos los presentes la observan mientras se preguntan en silencio qué hace allí.

Cuando mira más allá del señor Marlowe, ve a Nicole hablando con otra de las madres. Como siempre, va arreglada a la perfección: abrigo de cachemira que le llega hasta la pantorrilla y que lleva abotonado hasta el cuello, un chal gris paloma sobre los hombros, el pelo peinado con secador y un maquillaje tan sutil que parece aplicado por un profesional. No la conoce demasiado (más allá de algunas interacciones muy breves y educadas durante las competiciones deportivas, las obras de teatro escolares o las veladas para padres) pero, a veces, piensa en ella y se pregunta si es posible que su vida, que tan pulcra y perfecta parece desde fuera, pueda estar tan ordenada y bien organizada en el interior. La verdad es que no puede imaginar cómo es en realidad la vida de Abby o la de Nicole. Es incapaz de imaginar el no tener que trabajar para vivir y disponer de la seguridad financiera de un marido con un salario de siete cifras o una generosa póliza de seguros; contar con la libertad para disfrutar tranquilamente de la hora de la comida y asistir a clases deportivas o a las reuniones de la Asociación de Madres y Padres de Alumnos del colegio. En las pocas ocasiones en las que ha hablado con alguna de las dos, siempre se han quejado de estar muy ocupadas, pero Jenna jamás ha sido capaz de determinar con exactitud en qué ocupan sus días.

Al estudiar el rostro de Callum, se percata de las sombras que tiene bajo los ojos y de la tensión de su mandíbula, como si estuviera refrenando físicamente su propio dolor. Cada vez que trata de hablar con él sobre la muerte de Isla, se retrae y asegura que está bien. Por el momento, tan solo quiere que sepa que, cuando quiera que sea que se muestre listo para hablar, estará ahí para él.

El señor Marlowe le da una palmadita a Callum en el hombro antes de dirigirse a hablar con otra familia y Jenna le echa un vistazo al reloj de pulsera mientras se pregunta si es buena idea o no que asistan a la recepción funeraria. Desde que su hijo rompió con Isla, ha sido consciente de su posible aislamiento social y no puede soportar pensar en qué haría (o con quién escogería relacionarse) si sus compañeros de clase decidieran excluirlo.

—¿Eras tú?

Cuando Jenna se da la vuelta, ve que Abby está junto a ella con los ojos llenos de furia y toda la fuerza de su ira dirigida hacia Callum.

—¿Qué quiere decir? —En la voz de su hijo hay un leve temblor, como si fuera la réplica de un terremoto distante.

—¿Eras tú el que conducía el coche que mató a mi hija?

Callum está negando con la cabeza antes incluso de que Abby termine de hablar.

—Claro que no. Claro que no era yo.

—Abby, sé lo difícil que todo esto debe de ser para ti, pero…

La otra mujer dirige la vista hacia ella y le lanza una mirada venenosa.

—¿Que sabes lo difícil que debe de ser para mí? ¿Cómo podrías tener la más remota idea de lo que se siente?

—Obviamente no lo sé, pero…

—Sé lo que hizo tu hijo. Sé lo que le hizo a aquella mujer.

Durante un instante, Jenna es incapaz de moverse o hablar. Sin embargo, es consciente de que debe hacer algo e impedir que Abby desvele lo que quiera que sea que haya descubierto delante de las familias que han interrumpido sus conversaciones para prestar atención a su voz elevada. Sin embargo, antes de que tenga oportunidad de hablar, la otra mujer se gira hacia Callum y revela el secreto que ella tanto se ha esforzado por ocultar.

–¿Estabas dando otra vuelta en un coche que no era tuyo? ¿Es eso lo que ocurrió? ¿Volviste a salir en un coche robado? ¿Acaso Isla se interpuso en tu camino? ¿La mataste tal como tú y tus amigos matasteis a esa otra pobre mujer?

De golpe, el mundo parece dar vueltas a una velocidad diferente. Jenna mira a Callum, ve que la sangre se le disipa del rostro y siente que el pasado se abalanza sobre ellos de golpe. Algo se endurece en su interior: la determinación de no permitir que los errores del pasado arruinen el futuro de su hijo. Se gira hacia Abby.

–Callum no mató a nadie. Sé que estás sufriendo, pero no puedes ir por ahí haciendo ese tipo de acusaciones.

Abby la fulmina con la mirada.

–¿Acaso niegas que tu hijo fuese en un coche robado con...? –Baja la vista hacia el teléfono que tiene en la mano y, después, vuelve a mirarla–. ¿... con Ryan Marsh y otro chico cuando mataron a una mujer? ¿Niegas que huyera de la escena del crimen, dejando a la mujer por muerta? ¿O que lo descubrieran y lo acusaran pero se fuera de rositas?

Las palabras de Abby destilan veneno. Jenna mira a su hijo. Ve que es presa del pánico y siente su miedo.

–Aquello no fue culpa suya. No era más que un pasajero. Tenía catorce años, por el amor de Dios.

Agarra el brazo de su hijo. Quiere que sepa que está ahí, junto a él, tal como lo estuvo a lo largo de aquellos ocho meses de infierno.

Los recuerdos se reproducen en su mente como una película a doble velocidad. La llamada de aquella noche desde la comisaría para informarle de que habían arrestado a Callum. La imagen de él en la sala de interrogatorios cuando llegó: vulnerable como un niño pequeño. Los meses tortuosos que precedieron al juicio y que pasó aterrorizada ante la idea de que recibiera una pena de cárcel, dolorosamente consciente de que, de ser así, el adolescente que entrara al centro de internamiento de menores no sería el mismo hombre joven que saldría a saber cuántos meses o años después. Callum el día del juicio, vestido con un traje que le prestó el marido de una amiga, cuya tela le colgaba de los hombros, y sentado frente a los tres jueces con el rostro pálido a causa del miedo. Su propio corazón latiéndole con tanta fuerza que creyó que todo el mundo debía de ser capaz de oírlo. Los tres profesores de su anterior colegio, que sirvieron como testigos de carácter y que, como bien sabe, lo libraron de la cárcel. El veredicto de los jueces que, cuando llegó, fue como el aplazamiento de una ejecución. El alivio palpable y visceral. Y, entonces, la decisión (desesperación) de alejar a Callum de la posibilidad de volver a verse envuelto en algo semejante. La solicitud de plaza en la escuela privada de la zona, armada con una retahíla de buenísimas predicciones para las notas de su hijo en los exámenes finales de secundaria. La persistencia con la que lo animó para que se esforzara y el zumbido constante de ser consciente de que aquella era su oportunidad –posiblemente la única– para escapar de una cultura que, de lo contrario, bien podría destrozarle la vida. Y, después, la plaza en Collingswood, la oferta de una beca completa y el principio de nuevas oportunidades para él. Un nuevo comienzo que (había esperado) significaría que podría dejar el pasado atrás. Sin embargo, ahí está de nuevo, mirándolos a la cara en presencia de decenas de familias del colegio de su hijo, destinado a convertirse en un asunto de conocimiento público antes de que el día llegue a su fin.

–¿Sabías que se vio a Callum discutiendo con Isla menos de media hora antes de que la mataran?

Los pensamientos se agolpan en la cabeza de Jenna mientras intenta salvar la situación a toda velocidad. Calma la voz y, de forma consciente y deliberada, suaviza el tono. Piensa en cómo lidiaría con lo que está ocurriendo si se tratara de uno de sus casos de trabajo social.

—Tan solo puedo imaginar lo difícil que todo esto tiene que estar siendo para ti, Abby, pero pagarla con Callum no es la solución.

La otra mujer sacude la cabeza, incrédula.

—Así que ¿me estás diciendo que tan solo es una coincidencia que mataran a mi hija en un atropello con fuga apenas unos momentos después de que discutiera con tu hijo, que es su exnovio y que, además, resulta ser ladrón de coches condenado que ya fue responsable de la muerte de una mujer joven? ¿De verdad esperas que alguien se crea eso?

Jenna es consciente de que, a su lado, a Callum se le tensa el cuerpo, del que emana miedo como si se le estuviera derramando a través de los poros.

—Callum no mató a nadie. No era más que un pasajero en el coche. Ni siquiera iba conduciendo.

—Y solo por eso ya es aceptable, ¿verdad? —Abby la mira fijamente, retándola a contradecirla delante de todos.

—Claro que no. Pero eso no significa que tuviese nada que ver con lo que le ocurrió a Isla. Tienes que ser capaz de verlo. —Ha mantenido la voz calmada pero, de todos modos, el tono de súplica es inconfundible.

—Entonces, ¿dónde estaba cuando mataron a Isla? ¿Dónde estabas, Callum? Porque sé que ya no estabas en la fiesta.

Jenna nota que su hijo vacila, siente el peso del veredicto de culpabilidad que se cierne sobre él, procedente de los espectadores silenciosos, y se oye a sí misma hablando antes de saber lo que pretende decir.

—Estaba conmigo. En casa. No estaba en los alrededores de la fiesta cuando mataron a Isla.

La mentira le arde en la garganta. Está segura de que todos ellos deben de ser capaces de percibirla; de que deben de detectar que sus palabras están cargadas de falsedades.

Antes de que la otra mujer pueda decir nada más, agarra a Callum del brazo y lo aleja de allí entre la multitud que los observa, más allá de las puertas del cementerio y en dirección a la calle.

—¿Estás bien? —Estudia el rostro de su hijo e intenta contener su ira hacia Abby por desenterrar el secreto justo ese día. Sabe que debe mantener la calma por su bien—. Venga, volvamos a casa.

Callum (uno noventa, fuerte y capaz) deja que Jenna lo lleve a casa como si fuera un niño pequeño que se hubiese perdido.

Durante todo el camino de vuelta, mientras permanecen sentados en silencio en el autobús, Jenna se dice a sí misma que Callum no es la persona que Abby cree que es. Lo que ocurrió en el pasado no fue culpa suya. Fue un momento de insensatez con unas consecuencias trágicas. Callum ha aprendido la lección y jamás sería tan idiota como para volver a subirse a un coche robado. Jamás atropellaría y abandonaría a Isla, dándola por muerta. Lo sabe sin ninguna duda, con toda la certeza con la que es posible saber algo. Sin embargo, no es capaz de silenciar los miedos que le susurran al oído sobre el motivo de la discusión entre Isla y su hijo la noche en la que la mataron, sobre cómo se hizo en realidad la marca roja que llevaba en la cara aquel día, y sobre dónde se encontraba cuando atropellaron a la chica si no estaba ni en la fiesta ni en casa con ella.

CAPÍTULO 12
Nicole

Nicole peina los terrenos del cementerio mientras intenta divisar a Andrew entre la muchedumbre. Se da cuenta de que no ha vuelto a verlo desde que ha terminado la misa y sabe que no está con Nathaniel, que sigue solo bajo un sicomoro, con la vista fija en el suelo como si temiera hacer contacto visual con alguien.

«Si Nathaniel no estuvo en la fiesta, ¿dónde estuvo aquella noche?».

La pregunta se repite en su cabeza como un disco rayado por el surco de la aguja. Pero, por el momento, no tiene tiempo para pensar en ello. Debe encontrar a su marido y pedirle ayuda para dirigir a los asistentes hacia el lugar de la recepción.

Mientras atraviesa el arco del cementerio y se dirige hacia la calle en la que han aparcado el Tesla de Andrew, experimenta una punzada de irritación repentina ante la idea de que tal vez esté sentado en el coche, leyendo correos electrónicos o haciendo llamadas de trabajo, cuando debería estar en el cementerio, apoyando a Abby.

En los quince días que han transcurrido desde que ocurrió, Nicole y Andrew apenas han hablado sobre la muerte de Isla. No han tenido ni la ocasión ni el tiempo para conversar, pues él ha estado en el trabajo (más ocupado que nunca), y ella consolando a Abby o estando presente para Nathaniel y Jack, intentando mantener la estabilidad emocional de todos ellos. Para ser sincera, ha estado demasiado exhausta, demasiado agotada, como para hablar del asunto con su marido.

Al doblar la esquina hacia el pequeño callejón sin salida en el que han aparcado el coche, distingue la silueta de Andrew en el asiento del conductor, encorvada sobre lo que sin duda es el teléfono móvil. La frustración le atraviesa la piel, se dirige a grandes zancadas hacia el vehículo y abre con fuerza la puerta del copiloto, dispuesta a reprenderlo por su ausencia. Sin embargo, en cuanto lo mira, las palabras le fallan durante un momento.

Dentro del coche, a su marido se le sacuden los hombros por el llanto mientras las lágrimas le corren por las mejillas.

Nicole se percata de una parálisis momentánea, y de pronto se siente insegura. Se sienta en el asiento del copiloto y cierra la puerta a su espalda.

—¿Estás bien?

Andrew se pasa una mano por los ojos, se enjuga las lágrimas y se obliga a dibujar una sonrisa de disculpa con los labios.

—Lo siento. Es solo que el día de hoy me está resultando bastante abrumador.

La voz le tiembla y hay algo desequilibrado en ella, como si fuera un instrumento desafinado que intentara alcanzar el tono adecuado.

Nicole titubea, deseando que el reloj pudiera retroceder y fueran capaces de regresar a un momento previo a que todo ocurriera.

—Lo sé. Todavía no me hago a la idea.

Recuerda todas las noches de las últimas dos semanas en las que ha permanecido despierta hasta altas horas de la madrugada, viendo los minutos pasar con lentitud, repasando una y otra vez los acontecimientos de aquella noche y deseando que todo hubiera salido de un modo diferente; preocupada por Abby y Clio, así como por Nathaniel y Jack; poseída por un deseo abrumador que no había experimentado desde que sus hijos eran pequeños: la necesidad de mantenerlos cerca, de vigilarlos, de escudarlos de cualquier adversidad que pudiera cernirse sobre ellos.

Cuando mira a Andrew, unos gestos de pánico y vergüenza se suceden en el rostro de su marido. No se parecen a nada que haya visto en los diecinueve años que llevan casados. Se trata de una expresión que provoca que un miedo repentino y unas sospechas peligrosas que no se atreve a considerar le atraviesen la mente. De forma instintiva, sabe que podrían deshacer las puntadas que mantienen unida a su familia hasta que no quedaran nada más que hilos sueltos.

Durante un breve instante, un solo segundo, Andrew la mira a los ojos y, después, vuelve a apartar la vista, como si sostenerle la mirada fuera a ponerlos a los dos en peligro.

Nicole le estudia el rostro. Después de tantos años juntos, es como un libro abierto para ella y siente que se avecina algo, una confesión de culpabilidad. Sin embargo, si se trata de lo que teme, no quiere oírla. Sabe que, si va a decirle lo que sospecha que le dirá, no habrá vuelta atrás para su familia. No puede permitir que les haga eso.

Pero, entonces, Andrew entierra el rostro entre las manos, los hombros se le sacuden con un dolor renovado y la voz le suena amortiguada entre los dedos cerrados.

—Lo siento. Nunca pretendí que ocurriera. No sé en qué estaba pensando. Fue algún tipo de locura pasajera. Lo siento mucho.

La asalta una oleada de náuseas y comprende lo que le está diciendo sin necesidad de que lo ponga en palabras: una confesión que no habría creído posible si no estuviera viendo las pruebas irrefutables en la cara de su marido. Y, en ese momento, sabe que todo ha cambiado de manera irrevocable; que no hay nada que ninguno de los dos pueda hacer para detener la sucesión de acontecimientos que él ha puesto en marcha.

SEIS MESES ANTES
DE LA MUERTE DE ISLA

CAPÍTULO 13
Isla

Isla estaba frente al edificio de la piscina, esperando a que llegara el Uber mientras miraba cosas en el móvil. Nunca dejaba de asombrarse por la cantidad de mensajes que se escribían en los diferentes grupos de WhatsApp durante los noventa minutos que pasaba en los entrenamientos del equipo de natación. En ese tiempo, uno de los grupos del colegio había conseguido acumular setenta y siete comentarios sobre un viaje escolar a la nieve al que ni siquiera iba a asistir porque no quería perderse una semana de natación.

Mientras se cerraba la cremallera del abrigo para protegerse del viento frío de marzo, deseó que su madre hubiera podido pasar a recogerla aquella noche. Sin embargo, Clio estaba sufriendo algún tipo de crisis por un examen de Matemáticas para el que no había estudiado y su madre le había mandado un mensaje un poco antes para ver si le importaría tomar un taxi para que ella pudiera quedarse en casa y darle a su hermana algo de apoyo moral. Isla se preguntó si, cuando volviera, debería ofrecerse a ayudarla, pero, en el pasado, cada vez que se lo había propuesto, Clio la había rechazado con aire burlón.

Había ocasiones en las que el hecho de haber perdido la amistad de la infancia con su hermana era como un dolor físico, pero su madre no dejaba de asegurarle que tan solo se trataba de una fase que estaba atravesando y que al final acabaría superándola; que, en el futuro, volverían a estar unidas. Isla quería creerla, pero, a veces, cuando Clio la fulminaba con la mirada con ese gesto de desdén y resentimiento le costaba confiar en que fuera cierto.

Le sonó el móvil y sonrió mientras abría un mensaje de Callum:

> **c:** Hola, preciosa. ¿Cómo ha ido el entrenamiento?
> Llámame cuando hayas acabado. C. Besos.

Antes de que pudiera llamarlo, un SUV enorme y negro paró en el área de descanso que había a su lado. Fue consciente de cómo se le tensaba el cuerpo, de cómo metía la mano en el bolso para buscar las llaves y de cómo cerraba los dedos en torno a ellas a modo de defensa preventiva.

La ventanilla del coche bajó e Isla sintió que el cuerpo se le relajaba al ver a Andrew Forrester sonriéndole desde el asiento del conductor.

—Hola. ¿Estás bien?

Ella asintió.

—Estoy esperando un Uber. Se supone que tendría que haber llegado hace cinco minutos, pero ahora me dice que tardará otros seis.

Andrew señaló el asiento del copiloto.

—Sube. Voy a casa, así que puedo dejarte en la tuya.

Isla bajó la vista al teléfono, consciente de que Callum estaría esperando a que lo llamara. Estaba a punto de rechazar la oferta de forma educada cuando otra ráfaga de viento le serpenteó en torno al cuello. Llegó a la conclusión de que, de ese modo, llegaría a casa en quince minutos y entonces podría llamar a su novio, así que volvió a mirar el coche.

—¿Seguro que no te importa?

—Claro que no. Venga, sube. Ahí fuera hace un frío que pela.

Tras echar un vistazo a la carretera para asegurarse de que no se acercara ningún coche, fue corriendo hasta la puerta del copiloto, se subió y canceló el Uber. Andrew esperó a que se abrochara el cinturón de seguridad antes de arrancar y dirigirse hacia su casa.

—¿Has estado nadando esta tarde?

—Sí.

—¿Cuántas veces a la semana entrenas ahora?

—Seis.

—Dios, es mucho. Debes de tener una forma física fenomenal. Al menos, tienes los domingos libres. Supongo.

Isla se echó a reír.

—La verdad es que no. Si no tengo ninguna competición el fin de semana, los domingos hay sesión de entrenamiento de dos horas. Normalmente, tan solo tengo libres los lunes.

Pensó en lo mucho que le gustaba nadar, la sensación aerodinámica de su cuerpo dentro del agua y la adrenalina al competir. Aun así, a veces le parecía que su agenda de entrenamientos era como una cinta de correr sin botón de parada y había días en los que deseaba poder tomarse un descanso (tan solo una semana o dos) para que no le resultase tan implacable. Sin embargo, sabía que no podía tomarse días libres; no si quería llegar a los nacionales. Ninguno de sus contrincantes se tomaba descansos, así que no podía permitirse quedarse atrás.

—Es impresionante. Debes de estar muy entregada a ello. —Andrew tecleó varios botones de la pantalla digital del vehículo y aumentó la temperatura de la calefacción—. ¿Así está bien? Sigues temblando.

—Estupendo. Gracias.

Durante varios instantes, él condujo en silencio mientras Isla miraba por la ventanilla la procesión de tiendas, bloques de apartamentos e hileras de casas adosadas que bordeaban la carretera principal.

—¿Sabías que, antaño, solía competir en natación? —Andrew la miró de reojo antes de volver a centrar la vista en el asfalto.

—¿De verdad? ¿Con qué equipo?

—Con mi club local, en Wiltshire. También competí por el condado un par de años. No llegué a los nacionales por muy poco.

—Tengo la esperanza de llegar a los nacionales este año, pero no sé si seré lo bastante buena.

Él sonrió.

–Estoy seguro de que lo serás. Es evidente que entrenas de forma excepcional y, por lo que tengo entendido, eres una atleta increíble.

A Isla se le encendieron las mejillas.

–No estoy segura de que sea así, pero es cierto que me encanta.

–¿Incluso tener que empezar a las cinco de la mañana?

Ella se echó a reír.

–Está bien. Quizá en invierno, no. Pero me encanta entrenar y me gusta mucho competir. Incluso cuando ha sido una carrera muy dura, siempre acabo repleta de energía.

–Sé a lo que te refieres. Las competiciones son muy excitantes. El mero hecho de saber que estás llevando tu propio cuerpo al límite supone una emoción enorme.

–Eso es exactamente lo que siempre le digo a la gente, pero creo que nadie lo entiende en realidad a menos que lo hayan experimentado ellos mismos. Callum dice que a él le pasa algo similar cuando corre.

–¿Callum?

–Mi novio.

–Ah, claro. –Andrew giró hacia el carril exterior mientras atravesaban el puente sobre el Támesis–. ¿Cómo consigues ir al día con todo? ¿Con las clases y la natación? Nathaniel no tiene ni la mitad de los compromisos que tienes tú y aun así siempre se está quejando de que no tiene suficiente tiempo libre.

Isla pensó en su horario semanal: iba temprano a la piscina dos mañanas y dos tardes hasta última hora, y pasaba los sábados y domingos entrenando o compitiendo. La mayoría de los días, a la hora de la comida, dirigía clubes para estudiantes jóvenes: el club de debate, el club de anatomía y la Sociedad de Jóvenes Médicos. Llevaba los deberes del colegio al día. Encontraba tiempo para quedar con Callum y sus amigas. Se aseguraba de estar siempre disponible para su madre cuando la necesitaba. Tenía energía suficiente para lidiar con las rabietas de Clio. A veces, si pensaba demasiado en las diferentes exigencias que recaían sobre ella, sentía que algo le presionaba el pecho y tenía que respirar hondo para deshacerse de esa sensación.

—Para ser sincera, no estoy segura. «Si quieres que algo se haga, pídeselo a una persona ocupada». ¿No es eso lo que dice siempre la gente?

Andrew se echó a reír.

—Desde luego, eso es cierto. Pero es impresionante. Si todas las mujeres jóvenes fuesen como tú…

Isla sintió que se volvía a sonrojar. Bajó la vista y jugueteó con el asa de la bolsa de natación. Andrew entró en su calle y aparcó el Tesla frente a su casa.

—Gracias por traerme.

—No ha sido nada. Cuando quieras. Ha sido muy agradable charlar contigo.

Él le sonrió y la miró fijamente a los ojos. En ese momento, Isla fue consciente de que se producía un cambio en el ambiente, de un instante de incomodidad pasajera que no pudo interpretar del todo.

Tras abrir la puerta, bajó a la acera.

—Gracias de nuevo.

—Ha sido un placer. Nos vemos pronto.

Isla cerró la puerta del vehículo, se dio la vuelta y recorrió el camino del jardín en dirección a su casa con una sensación repentina de ligereza y vértigo en la cabeza. Mientras entraba al recibidor, se dijo a sí misma que tan solo era hambre o cansancio; que volvería a sentirse bien tras haber comido algo y haber dormido toda la noche.

Isla cerró la tapa del portátil y lo metió en la mochila.

—¿Te marchas? —Callum apartó la vista del libro de texto de Economía y le habló en un susurro. En las mesas contiguas de la biblioteca del colegio, sus compañeros de bachillerato trabajaban en silencio.

—Sí. Esta tarde, Paul se va a centrar en mi técnica de viraje, así que quiero hacer unos largos antes de que llegue.

–Estupendo. ¿Todavía te apetece venir a mi casa mañana por la noche? Mi madre va a preparar lasaña.

–Claro. Bueno, será mejor que me marche ya. Te llamo más tarde.

Callum asintió.

Isla recogió su mochila y la bolsa de natación y salió de la biblioteca hacia el patio, donde el cielo estaba teñido de un gris borroso parecido al de las marcas de lápiz mal borradas de una hoja en blanco.

–Isla, espera.

Al echar la vista atrás, vio que Nathaniel atravesaba el patio corriendo, torpe y desgarbado, con las piernas largas y delgadas descoordinadas del resto del cuerpo. A pesar de dibujar una sonrisa con los labios, Isla se tensó. Era la tercera vez aquel día que Nathaniel la detenía a mitad de camino entre una zona y otra del colegio, y cada una de sus excusas para retrasarla había sido más espuria que la anterior.

–¿Qué pasa?

Nathaniel la alcanzó, jadeando sin aliento.

–Tan solo quería preguntarte si sabías cuándo tenemos que entregar los deberes de Matemáticas.

Isla se tragó la frustración.

–El lunes por la mañana. La señora Rawlence lo ha dicho al terminar la clase.

Él se echó la mochila al hombro.

–Cierto. Lo siento. No debía de estar prestando atención.

Se produjo un silencio incómodo y fue ella quien lo rompió.

–Será mejor que me vaya. Tengo que ir a natación.

–Claro, sí. Cierto. Lo siento. –Al chico se le enredaron las palabras, como si no lograran ponerse de acuerdo sobre el orden en el que debían salir–. ¿Puedo acompañarte? De todos modos, iba a marcharme a casa.

Isla respiró hondo.

–Voy en dirección contraria.

Las mejillas de Nathaniel se tiñeron rápidamente de un tono rojo oscuro.

–Tan solo he pensado que tal vez te gustara tener un poco de compañía.

Bajó la vista hacia el suelo y golpeó con el zapato el bordillo que rodeaba el césped.

«¿Por qué no le dices que no te interesa y ya está?».

«Ignóralo. Pronto captará el mensaje».

«No sé por qué aguantas que te siga a todas partes y a todas horas».

«Es un rarito».

Los comentarios de sus amigas le daban vueltas en bucle en la cabeza. Pero no era tan sencillo. Conocía a Nathaniel de toda la vida. Desde que tenía uso de razón, sus respectivas familias habían estado muy unidas. Hasta aproximadamente un año atrás, momento en el que él había empezado a actuar de forma inquietante cuando ella estaba presente, habían sido muy buenos amigos. No podía decirle que la dejara en paz así como así.

–Gracias, pero necesito despejar la mente antes del entrenamiento. Nos vemos mañana, ¿de acuerdo?

Sin esperar una respuesta, se dio la vuelta, atravesó el patio y salió por la verja de hierro forjado del colegio.

Mientras se dirigía hacia la parada del autobús, sin haber decidido todavía si usarlo o pedir un Uber, pensó en Callum, en el entrenamiento y en la pila de deberes que tenía que acabar a lo largo del fin de semana. A veces, sentía que estaba corriendo sin avanzar; que, por mucho que se esforzara, la línea de meta siempre se alejaba y que los niveles de rendimiento que se esperaban de ella no dejaban de aumentar. Era consciente de que había un zumbido constante en su interior; una necesidad de que le fuera bien, de mantener la fachada de ser buena en todo: los estudios, la natación, la familia, las amistades y la vida estudiantil. En realidad, no sabía de dónde procedía esa sensación; si lo hacía de su madre, de sus profesores o de algún lugar en las profundidades de sí misma que no comprendía del todo. Lo único que sabía era que estaba ahí como un ruido ambiental constante que era incapaz de silenciar. O tal vez no se atreviera a intentarlo.

El claxon de un coche sonó a sus espaldas y giró la cabeza de golpe, esperando ver a algún idiota del equipo de rugby del colegio que pensaban que pitarles a las mujeres desde el coche era entretenido. Sus expectativas cambiaron cuando, por segunda vez en diez días, el Tesla negro de Andrew Forrester paró junto a ella. Por un instante, pensó que tal vez Nathaniel estuviese dentro; que tal vez su padre hubiera pasado a recogerlo del colegio y él le hubiese preguntado si podían llevarla. Sin embargo, cuando miró a través de la ventanilla abierta del vehículo, se dio cuenta de que el hombre estaba solo.

–¿Adónde vas? ¿Necesitas que te lleve?

Ella negó con la cabeza.

–No. Estoy bien, gracias. Voy a pedir un taxi para ir a la piscina.

–No seas tonta. Puedo dejarte allí en quince minutos.

Ella dudó al pensar en el texto de Biología que había tenido intención de leer durante el viaje.

–No es necesario, de verdad.

–No me cuesta nada. Y, de todos modos, hay algo de lo que me gustaría hablar contigo, así que me harías un favor. Súbete.

Tras titubear un instante, Isla abrió la puerta, se acomodó en el asiento del copiloto y amontonó las bolsas en el espacio para las piernas.

–¿Qué tal tu día? –Andrew miró por el retrovisor y se incorporó a la carretera.

–Bien, gracias. ¿Y el tuyo?

–Ajetreado. Y todavía no ha acabado. Aún tengo una pila de cosas que revisar cuando llegue a casa.

Paró en un semáforo en rojo, volvió la cara para mirarla durante lo que le pareció un tiempo extremadamente largo y, entonces, una sensación intensa e inexplicable de timidez se apoderó de ella.

—De todos modos, ¿de qué querías hablar conmigo?

El semáforo se puso en verde y Andrew arrancó, superando el límite de velocidad de treinta kilómetros por hora.

—Tan solo he estado pensando en lo mucho que solía nadar y me he dado cuenta de que echo de menos estar involucrado en ese mundillo.

—¿Quieres empezar a competir de nuevo?

Andrew se echó a reír.

—Claro que no, pero he pensado en formarme para ser entrenador a tiempo parcial. Me has inspirado.

Se giró hacia ella, le sonrió y, entonces, volvió a tener la sensación de que la estaba estudiando con una intensidad desproporcionada.

La inquietud le recorrió la piel, pero se obligó a deshacerse de esa emoción, diciéndose a sí misma que estaba siendo ridícula. Se trataba de Andrew Forrester, el padre de Nathaniel y Jack, uno de los mejores amigos de su madre. No la miraría de ese modo.

—Para ser sincera, no sé mucho sobre ese asunto. Mis dos entrenadores se dedican a ello a tiempo completo. Pero, si quieres, podría preguntarles.

Él negó con la cabeza.

—No, no te preocupes. Investigaré un poco por internet. Pero ¿te parece buena idea?

—Supongo que sí, si de verdad es lo que quieres. Aunque creo que es un compromiso bastante importante, incluso aunque solo lo hicieras como voluntario. ¿Tendrías tiempo?

Isla pensó en las conversaciones entre Nicole y su madre que a menudo escuchaba a hurtadillas y en las que Nicole se quejaba de lo mucho que trabajaba su marido y de lo poco que lo veía entre semana.

—Probablemente no, pero me gustaría involucrarme de algún modo. Tal vez, algún día, podría asistir a una de tus competiciones y verte en acción. Según lo que me han contado eres bastante increíble.

Isla se sonrojó.

–No estoy segura. Mi entrenador dice que me queda mucho trabajo por delante con los virajes.

Él sonrió.

–Ah, yo solía pasarme horas practicándolos. Pero, al final, merece la pena: incluso una milésima de segundo puede marcar la diferencia. Pero no necesitas que te lo diga.

Cuando llegaron al aparcamiento de la piscina, Andrew giró hacia una de las plazas que se encontraban en el extremo más alejado y apagó el motor.

–Gracias por traerme. –Se inclinó hacia delante para recoger la mochila y la bolsa de deporte del espacio para las piernas.

–Llevas algo ahí. Espera, deja que… –Sin esperar a que le respondiera, él estiró la mano y le pasó los dedos por la piel desnuda del lateral del cuello.

Isla fue consciente de que algo se detenía dentro del vehículo, como si el tiempo no estuviera corriendo (como si ella misma fuese incapaz de moverse), como si todo el ruido y todo el movimiento se hubieran evaporado. Era como si la escena en la que se encontraban se hubiese congelado (ella en el asiento del copiloto y Andrew pasándole la mano por la superficie de la piel); un instante que no duró más que unos pocos segundos y que, aun así, le pareció interminable.

–Ya está. No era más que una arañita. –Él frotó los dedos y arrojó algo al suelo del coche.

Durante un momento, Isla no dijo nada, pues seguía notando el calor de las huellas de los dedos del hombre sobre la piel y estaba demasiado confundida como para descifrar lo que estaba sintiendo. Entonces, se colocó las cosas sobre el regazo y se las apretó contra el pecho.

–Será mejor que me vaya. No quiero llegar tarde. –Su propia voz le sonó desconocida, como si estuviera intentando imitar la normalidad sin mucho éxito.

–Por supuesto. Espero que sea una buena sesión de entrenamiento.

Tras abrir la puerta, bajó al asfalto.

–Gracias por traerme.

Andrew le dedicó una sonrisa amplia y sincera.

—No hay de qué. Nos vemos pronto.

Isla cerró la puerta y se colgó la mochila y la bolsa del hombro. Mientras se alejaba en dirección a la entrada del centro deportivo, pensó en lo que acababa de ocurrir e intentó organizar sus sentimientos en un orden lógico. Sin embargo, seguía notando la sensación de la mano de Andrew en su cuello, un acto que había despertado en ella una respuesta que le resultaba imprecisa y confusa. Peligrosa.

Tras pasar la tarjeta de socia por el torno de acceso, se encaminó hacia los vestidores, incapaz de desenmarañar el nudo de sentimientos contradictorios que en parte eran confusión, en parte inquietud y, en parte, algo diferente a lo que no se atrevía a dar nombre.

Isla estaba sentada en uno de los taburetes de la isla de la cocina mientras miraba cosas en el móvil, tratando de evitar las preguntas de su madre.

—¿Seguro que estás bien, cariño? Desde que has vuelto del entrenamiento estás muy callada. ¿Todo bien en la piscina?

Ella se obligó a sonreír.

—Estoy bien; tan solo me encuentro cansada.

Habían pasado casi tres horas desde el incidente en el coche de Andrew y, desde entonces, no había podido pensar en otra cosa: cómo la había mirado y la sensación de sus dedos sobre la piel. No se lo había contado a nadie. Ni a Callum, ni a su madre, ni a ninguna de sus amigas. No podía poner en palabras por qué lo estaba guardando en secreto; tan solo sabía que se sentía incapaz de compartir con nadie lo que había ocurrido.

—¿Seguro que no quieres comer nada? Hay algo de sushi en el frigorífico. Y, si te apetece alguna otra cosa, puedes pedir a domicilio.

—No es justo. A mí nunca me dejas pedir cena entre semana. —Clio apareció en la puerta de la cocina, frunció el ceño y recorrió la estancia a grandes zancadas hasta el frigorífico.

Su madre soltó un suspiro.

–Eso no es cierto. Pides comida a domicilio a todas horas, incluso cuando he preparado cena.

–¿Y? Hoy has preparado cena y, aun así, le estás diciendo a Isla que puede hacer un pedido. Pero ¿por qué me sorprende? Hay unas normas para ella y otras para mí. –Abrió de un tirón la puerta del electrodoméstico–. ¿Puedo beberme una lata de San Pellegrino o están todas reservadas para mi hermana?

–Clee... –Isla echó un vistazo a su madre y a las arrugas que le fruncían el rabillo de los ojos.

–¿Qué? –Clio la fulminó con la mirada.

–Cálmate, ¿de acuerdo?

—Estoy calmada. Es solo que estaría bien que por una sola vez no fueses tú la que recibiera todo el trato de preferencia en esta casa.

—Clio, ya es suficiente. Basta, por favor. —La voz de su madre destilaba fatiga.

—Sorpresa, sorpresa. Lo único que he hecho ha sido señalar lo injusto que es todo y, de algún modo, yo soy la mala. Como siempre. —Clio se dio la vuelta, salió de la cocina echando chispas y cerró con un portazo a su espalda.

En el teléfono de Isla apareció una notificación. Pasó el dedo por la pantalla para abrirla y descubrió que se trataba de un mensaje de WhatsApp de Andrew. Aquel era el primer mensaje individual que le había mandado. Los dos formaban parte del grupo que compartían ambas familias y que su madre y Nicole dominaban con los planes para diferentes reuniones. Sin embargo, Andrew nunca antes le había escrito por privado.

A: Hola. Ha sido estupendo poder charlar antes contigo. Siempre que necesites ir a algún sitio, ya sabes dónde estoy. Quiero hacer todo lo posible para apoyar a una futura deportista olímpica. Besos.

Leyó el mensaje y, después, volvió a leerlo mientras, dentro de su cabeza, los diferentes pensamientos se enfrentaban entre sí por la prominencia. Una parte de su cerebro le decía que simplemente estaba siendo amable, que probablemente sintiera lástima por ella y que tan solo trataba de llenar el abismo que había dejado la muerte de su padre. Pero la otra parte no le dejaba olvidar el modo en el que la había mirado o la sensación de su mano sobre el cuello.

—¿Va todo bien?

Isla se apresuró a apagar la pantalla y apartó la vista del teléfono.

—Sí. Era Callum.

La mentira se le escapó. No podía recordar cuándo había sido la última vez que le había soltado alguna mentirijilla a su madre. Una voz en su cabeza le dijo que se retractara de inmediato, le mostrara el mensaje de Andrew y le contara lo que había ocurrido. Pero algo (no sabía el qué) la detuvo.

Observó cómo, ante la mención del nombre de Callum, a su madre se le tensaba la mandíbula en una respuesta pavloviana.

—De hecho, creo que me voy a ir a la cama. Estoy destrozada por el entrenamiento y mañana tengo que madrugar.

Se puso en pie, le dio un beso de buenas noches a su madre, salió de la cocina y subió los dos tramos de escaleras hasta su dormitorio mientras intentaba ignorar la sensación de que aquella noche había ocurrido algo importante que no podía permitirse reconocer.

Una leve llovizna caía desde unas nubes bajas. Isla se subió la capucha. Miró a izquierda y derecha del pequeño callejón sin salida de una zona residencial en el que estaba esperando, a un kilómetro de distancia del colegio, pero todavía no había señales de que alguien se acercara. Sacó el teléfono para comprobar la hora y vio que había llegado unos minutos pronto. Había salido corriendo del colegio y se había inventado excusas para Callum y Meera para marcharse con tanta prisa. Se había dicho a sí misma que eran excusas, pero, en el fondo, sabía lo que eran en realidad: mentiras.

Abrió el paraguas, pues no estaba muy segura de si estaba temblando por la lluvia o por los nervios. A lo largo de las setenta y dos horas anteriores, desde que habían planeado todo, no había sido capaz de dejar de darle vueltas al asunto, preocupada por si estaba siendo una tonta, por si se estaba equivocando o por si acabaría lamentándolo. Sin embargo, cada vez que había estado a punto de cancelar, había recibido otro mensaje y sus miedos se habían evaporado.

Un coche acercándose le hizo girar la cabeza y el estómago le dio un vuelco cuando reconoció el Model X negro tan familiar que aparcó a su lado, junto al bordillo. Abrió la puerta y se subió al vehículo.

–Has venido. –Andrew sonrió con un gesto calmado y relajado que contrastaba con su ansiedad y, mientras se abrochaba el cinturón de seguridad, tan solo fue capaz de asentir a modo de respuesta–. Me alegro mucho. Llevo todo el día deseando verte. ¿Te encuentras bien?

Era una pregunta muy fácil y, aun así, para Isla no había una respuesta evidente, tan solo un caos de pensamientos que se negaban a encajar en un único molde. Una parte de su cerebro le pedía que dijera que se había equivocado, que lo lamentaba y que iba a marcharse a casa para ponerse a hacer los deberes. Pero, entonces, pensó en todos los mensajes que se habían estado enviando a lo largo de las tres semanas anteriores, en lo embriagador que había sido recibirlos y mandarlos y en el hecho de que había habido momentos en los que había sentido que su conversación con Andrew era lo más emocionante que le hubiese ocurrido jamás.

La capacidad de juntar palabras seguía eludiéndola, así que se limitó a asentir de nuevo y observó a Andrew mientras metía la marcha en el coche y ponían rumbo hacia un pub ubicado a media hora de allí.

Mientras conducía, él comenzó a contarle una historia sobre uno de sus compañeros de trabajo. Era el tipo de historia que le hacía sentir muy madura y, al mismo tiempo, como si se estuviera probando un disfraz de adulta, insegura de si le quedaría bien. Los pensamientos de Isla divagaron entre los acontecimientos de las semanas anteriores y la secuencia de mensajes que la habían conducido hasta allí: sentada en el coche de un hombre al que conocía de toda la vida y embarcándose en lo que sabía (aunque una parte de ella misma todavía no quisiera admitirlo) que era una cita.

Rememoró aquel primer mensaje que le había enviado tres semanas antes y el segundo que le había llegado a la mañana siguiente: un meme sobre natación que la había hecho reír incluso antes de salir de la cama. Recordó el meme de buceo con el que le había respondido casi de inmediato y la retahíla de GIFs que se habían enviado a lo largo del día.

Pensó en cómo sus mensajes habían pasado a tratar asuntos más personales cuando Andrew le había preguntado por el colegio, los entrenamientos y la vida en un sentido más general –sus esperanzas, sus ambiciones, sus miedos y sus ansiedades–; en cómo él había compartido sus propias frustraciones con respecto al trabajo, la situación mundial o el estancamiento de su propia vida y el hecho de que, a veces, pensaba en sacudirlo y alterarlo todo, en arrojar las piezas al aire y ver dónde aterrizaban. Eran interacciones muy diferentes a las que mantenía con Callum, al que nunca le habían gustado demasiado las conversaciones largas por WhatsApp. Las charlas con su novio tendían a centrarse en el colegio y los deberes, las solicitudes de admisión a las universidades y los cotilleos sobre sus compañeros de clase. No es que hubiese nada malo en ello; siempre le había encantado hablar con él. Pero, en cierto sentido, aquellas conversaciones le parecían pequeñas en comparación con sus interacciones con Andrew. Pequeñas y menos significativas.

A los pocos días, Isla se había descubierto esperando con ansia que Andrew volviera a ponerse en contacto con ella, deseando que llegara el momento y sintiendo una descarga de adrenalina cada vez que un mensaje nuevo aparecía en la carpeta de chats restringidos a la que había movido su conversación para que no pudieran detectarla con facilidad en caso de que su móvil cayera en las manos equivocadas. Una parte de su cerebro le decía que aquel mero acto era significativo; que debería revelarle la naturaleza clandestina de su amistad. Sin embargo, la otra parte, imprudente, la ignoraba con determinación. Nadie se había comunicado con ella de aquel modo. Ningún adulto la había tratado nunca como una igual ni había compartido con ella tantas cosas sobre su propia vida con tanta franqueza. Desde la muerte de su padre, su madre dependía de ella a nivel emocional y psicológico, pero eso no hacía que se sintiera una igual o como si fuera una adulta.

A menudo, se sentía como si le hubiera tocado una responsabilidad que ni siquiera había deseado.

Y, entonces, tres noches antes, había recibido el mensaje que lo había cambiado todo. El mensaje que desvelaba lo que, en el fondo, sabía que estaba ocurriendo pero que, hasta entonces, había ignorado de forma deliberada.

A: Isla, estoy a punto de jugármela y, sinceramente, espero no llegar a arrepentirme. No puedo dejar de pensar en ti. Pienso en ti prácticamente en todo momento. Me encantan las conversaciones que mantenemos por aquí. Eres graciosa, inteligente y más sabia de lo que es propio para tu edad. Además, me comprendes de una forma que no había sentido en mucho tiempo. Nuestros mensajes de WhatsApp son la parte más memorable de mis días. Creo, si no me equivoco, que es posible que tú sientas lo mismo. Sospecho que ambos sabemos que esto ha ido más allá de lo que quiera que fuera al principio. Lo único que sé es que me encanta hablar contigo y no quiero que esto acabe. ¿Querrías que quedáramos para hablar cara a cara? Me gustaría verte. A. Besos.

Isla había leído el mensaje con el corazón palpitándole con fuerza. Lo había releído en innumerables ocasiones, intentando descifrar si había alguna interpretación que no fuese la evidente. Había pasado casi una hora indecisa, pensando, preocupándose y valorando los innumerables pros y contras.

Entonces, había recibido otro mensaje de Andrew.

A: De verdad, espero que estés estudiando o entrenado y que ese sea el motivo por el que no me contestas y no que te haya asustado. Si me he pasado de la raya, lo siento: pongamos límites, finjamos que no ha ocurrido y pasemos página. Es solo que me encanta hablar contigo y sería increíble si pudiéramos vernos y hacerlo en persona. A. Besos.

Sin permitirse albergar dudas ni un segundo más, Isla había tecleado una respuesta y la había leído de arriba abajo una sola vez antes de pulsar la tecla de «Enviar».

I: No me has asustado. Para ser sincera, no sé cómo me siento ahora mismo pero, desde luego, estaría bien que nos viéramos y pudiéramos hablar de ello. I. Besos.

La conversación había ocurrido apenas tres días atrás y, aun así, ya le parecía que había pasado una eternidad.

—Ya hemos llegado. —Andrew entró en el aparcamiento de un pub que se encontraba en una calle estrecha y rural—. ¿Todo bien?

Isla asintió con la garganta seca, consciente de que, durante la última media hora, había estado contestando a sus preguntas con tan solo una fracción de su atención.

—Un segundo. —Andrew estiró el brazo hacia la parte trasera del coche, sacó una caja de Tiffany del bolsillo de su abrigo y se la tendió—. Es un detallito. Espero que te guste.

Como si hubiera puesto el piloto automático, Isla se observó extender la mano para tomar la caja. Dentro, había una cadena de plata con un colgante del símbolo del infinito.

—Espero que esto no suene muy cursi, pero lo vi y pensé en ti. Haces que me sienta como si el mundo estuviese lleno de posibilidades infinitas. Déjame a mí. –Le quitó la caja, tomó el collar y abrió el cierre con una destreza sorprendente–. ¿Podrías levantarte el pelo?

Isla obedeció, se enrolló el largo cabello rubio entre los dedos y se lo sujetó en un moño temporal. Andrew alzó los brazos, le colocó la cadena y se la cerró.

Ella permaneció inmóvil mientras sus dedos le rozaban la nuca, su aliento le acariciaba la clavícula y el calor que emanaba de él le recorría la piel. Era consciente de que aquello no era «solo un detallito»; era un regalo cargado de significado.

Cuando se apartó de ella, la miró fijamente a la cara e Isla se dio cuenta de que no podría haber apartado la vista ni aunque hubiera querido.

Entonces, él se inclinó hacia delante y le acercó el rostro hasta que sus labios se tocaron. Empezaron a besarse, lo que le pareció emocionante y aterrador a partes iguales. Se le disparó la mente mientras miles de pensamientos le daban vueltas en la cabeza, indicándole que aquello estaba mal, que era raro, que él era demasiado mayor y ella demasiado joven, que ya tenía novio, que no quería engañar a Callum y que su madre se horrorizaría. No sabía cómo había acabado allí, en un coche, besando al marido de la mejor amiga de su madre, un hombre al que conocía de toda la vida. Y, aun así…, aunque esos pensamientos se le agolpaban en la cabeza, no podían competir con lo emocionante y excitante de la situación y lo mucho que deseaba que aquel hombre continuara lo que estaba haciendo.

Él se apartó y le posó una mano en la mejilla.

–¿Estás bien?

Isla asintió. Todavía notaba los labios de Andrew sobre los suyos y aún podía saborearlo. Era una sensación muy diferente a la que experimentaba cuando besaba a Callum.

–Estoy bien. –Su propia voz la sorprendió, ya que le sonó más calmada de lo que se sentía.

Andrew volvió a besarla en los labios con delicadeza.

–No puedo expresar lo mucho que he deseado hacer esto. Eres preciosa.

Le acarició el dorso de la mano con los dedos y ella se sintió como si sus pulmones no tuvieran la capacidad necesaria para contener todo el aire necesario para respirar.

–¿Entramos a tomar algo? No puedo tenerte en el aparcamiento toda la velada.

Cuando se bajó del coche y cerró la puerta, Andrew se dirigió hacia ella, le tomó la mano y entrelazó los dedos con los suyos. En ese momento, Isla fue consciente de que, en ese preciso instante, su vida se estaba bifurcando en dos caminos diferentes: la seguridad del colegio, la familia, los amigos y Callum por un lado y, por el otro, aquello, algo que todavía no podía definir o comprender; algo que le parecía emocionante y peligroso al mismo tiempo; algo que anhelaba pero también temía; algo a lo que una parte de su cerebro le pedía que pusiera fin de inmediato antes de que la cosa llegara más lejos a pesar de que, de todos modos, sus piernas seguían poniendo un pie delante del otro para seguir al marido de la mejor amiga de su madre –al padre de su compañero de juegos de la infancia– hacia lo más insensato que había hecho jamás.

PRESENTE

CAPÍTULO 14
Nicole

Nicole siente que el corazón le late con fuerza.

En el extremo del dormitorio, Andrew está sentado al borde de la cama, mirándola como si fuera un perrito triste esperando a recibir el perdón. Pero no puede perdonarlo; apenas puede tolerar mirarlo. Es la persona en la que debería poder confiar más que en nadie y, sin embargo, ha cometido la traición más atroz.

–Lo siento, Nicole. No sé cuántas veces más puedo decirlo.

–Entonces, deja de decirlo. –Las palabras se le escapan de golpe de los labios.

Por el rabillo del ojo, se percata de que Andrew la mira de forma tentativa (anhela algo que ella no puede darle) antes de enterrar la cabeza entre las manos.

Han pasado toda la noche dándole vueltas a la misma conversación: las mismas disculpas, las mismas súplicas de perdón y los mismos lamentables intentos de excusar lo que ha hecho. Pero no hay excusa que valga. No hay justificación. No hay ninguna defensa posible para el modo en el que se ha comportado.

Han pasado menos de veinticuatro horas desde que Nicole vio las mejillas cubiertas de lágrimas de su marido mientras estaba encorvado sobre el volante en el exterior del cementerio y sospechó lo que estaba a punto de decirle, como si su dolor fuese un coro griego que la incitara a comprender aquel abominable giro de la trama. Menos de veinticuatro horas y, aun así, entiende que la vida de todos ellos ha adoptado un eje diferente; que no hay ningún modo de recuperar ni una pizca siquiera del statu quo. No puede olvidar lo que sabe. No puede dejar de estar dolida por lo que ha hecho. No puede fingir que sus acciones no han acabado con la seguridad y la certeza de su familia.

El Garmin que lleva en la muñeca vibra y pasa los ojos por la pantalla. Durante un momento, no se cree que tan solo sean las ocho de la mañana y el día apenas acabe de comenzar. Esta última noche no ha podido dormir nada y ha observado el reloj mientras pasaba de forma inexorable de las dos a las tres de la madrugada, marchando hacia el amanecer. Ha yacido despierta en la cama tras haber exiliado a Andrew al dormitorio de invitados, estupefacta ante la idea de que él hubiese imaginado por un solo segundo que estaría dispuesta a dormir bajo la misma colcha y respirar el mismo aire íntimo que él después de lo que le había contado.

Ahora que lo recuerda, no comprende cómo fueron capaces de sobrevivir al resto del funeral de ayer y conseguir convencer a todo el mundo de que su matrimonio no acababa de estallar o cómo había podido ser capaz de hablar con Abby –para apoyarla, consolarla y llorar con ella–, teniendo en cuenta todo lo que sabía y que el mismo puñado de palabras no dejaba de darle vueltas en la cabeza una y otra vez: «Lo siento. Siento muchísimo lo que mi familia le ha hecho a la tuya».

–¿Cómo puedo arreglarlo? Quiero arreglarlo. –La voz de Andrew rompe el silencio.

–No hay manera de arreglarlo. –La burla atraviesa la voz de Nicole–. ¿Qué crees que vamos a hacer? ¿Irnos de viaje a las Maldivas y tener una segunda luna de miel para reavivar nuestro amor?

–Entonces, ¿lo que me estás diciendo es que vas a renunciar a diecinueve años de matrimonio a causa de un error de juicio?

–¿Un «error de juicio»? ¿Te acuestas con una chica de diecisiete años que encima es la hija de nuestra mejor amiga, y lo llamas «error de juicio»? Cielo santo, Andrew, no solo es algo asqueroso: es inmoral. Por el amor de Dios, apenas tenía la edad de consentimiento. Estamos hablando de Isla. La conocías desde que era una niña…, desde que era un bebé.

¿De verdad no entiendes lo deplorable que es lo que has hecho? Casi se puede considerar abuso.

–Baja la voz. Los chicos van a oírte.

«Los chicos». El corazón le da un vuelco al pensar en ellos y en cómo las acciones de Andrew han dado un giro dramático a la vida de todos de un modo que él ni siquiera comprende.

Piensa en Jack, durmiendo en la cama. Con quince años, se encuentra en ese extraño lugar intermedio entre la niñez y la adultez y, aunque está en plena adolescencia, sigue siendo muy joven en muchos sentidos: tanto por sus intentos infructuosos de afeitarse como por su rostro, que se parece al del miembro más joven de cualquier grupo masculino, ese hacia el que orbitan en masa las chicas preadolescentes porque no supone ninguna amenaza sexual. Piensa en todo a lo que ha tenido que enfrentarse su hijo en los últimos tiempos, incluso antes de los acontecimientos de la última quincena y en sus sesiones semanales con un psicólogo para lidiar con el diagnóstico de TDAH que él parece considerar una etiqueta de la que nunca va a escapar.

Piensa en Nathaniel, en lo enamorado que estaba de Isla y en lo devastadísimo que acabaría si algún día llegara a descubrir que su padre se había estado acostando con ella. Recuerda lo que Sita le dijo ayer por la mañana en el jardín del cementerio: «Es solo que, al parecer, últimamente…, a Nathaniel le han estado haciendo un poco el vacío».

Se le pasa por la cabeza que tal vez Isla lo hubiese estado excluyendo porque quería mantenerlo alejado para proteger el secreto de su relación con Andrew. Tal vez el aislamiento social de su hijo se deba de forma exclusiva al comportamiento egoísta, inmoral y destructivo de su marido.

–¿Nathaniel lo sabe?

Andrew la mira con la frente arrugada.

–¿Qué?

–Lo tuyo con Isla. ¿Nathaniel lo sabe?

Su marido frunce el ceño y niega con la cabeza.

–Claro que no. Tuve mucho cuidado.

Nicole no sabe si sentirse aliviada o enferma. La idea de que Andrew creara una intrincada red de mentiras –para engañarla a ella, a sus hijos y a su mejor amiga– le parece como adentrarse en un mundo paralelo en el que todo está bocabajo.

Se reprende a sí misma por haber sido tan estúpida; por no haber sabido o no haber adivinado que algo iba mal; por la inconsciencia de la falta de honestidad de su marido. Todos esos pequeños momentos, en apariencia insignificantes, en que pensaba que Andrew se mostraba distante y desestimaba como poco más que los altibajos de un matrimonio largo; todas esas ocasiones en las que lo rodeaba con los brazos solo para encontrarse con un cuerpo rígido antes de que la apaciguara con una palmadita platónica en el hombro y explicara que estaba cansado; todas las veces en las que le hablaba y sabía que, en realidad, no la estaba escuchando... Se da cuenta de que debieron de pasar semanas (meses) durante las cuales Andrew se estaba acostando a la vez tanto con ella como con Isla. La idea le parece nauseabunda.

Recuerda que, poco antes de la muerte de Isla, Andrew le sugirió de pronto que tal vez deberían pensar en cambiarse de casa y de vecindario. Le propuso la posibilidad de mudarse al norte del río (a Islington, tal vez, o a Hampstead) con un entusiasmo repentino, febril e intenso. Incluso se puso en contacto con algunos agentes inmobiliarios y le mostró los detalles de algunas de las casas a pesar de que ella le había explicado que no podían mudarse en aquel momento, a esas alturas de la educación de los chicos. En aquel instante, creyó que no se trataba más que de otra muestra de la inquietud generalizada de su marido, que siempre andaba buscando algo nuevo que comprar, alguna otra cosa que adquirir, algo diferente que probar. Solo ahora sospecha que escondía un motivo muy diferente: alejarlos de Abby e Isla para limitar las posibilidades de que lo descubrieran; sacarlos de la escena de sus traiciones deplorables.

Tantos momentos fugaces que decidió interpretar dentro de su singularidad y tratar como incidentes aislados... No fue capaz de verlos de manera colectiva, ignoró su impacto acumulativo y pasó por alto su posible significado.

Ceguera intencionada. Ingenuidad lamentable. Confianza indebida. Son la única explicación que se le ocurre. Y, ahora, la marcada sensación de ser una idiota le duele casi tanto como la traición de su marido.

–Nicole, por favor. Intenta comprenderlo. Fue algo estúpido e irracional, ya lo sé. Tan solo fue un momento de locura.

Ella lo mira fijamente, atónita.

–¿Un momento de locura? Un momento de locura que duró cuatro meses. No te atrevas a restarle importancia a lo que has hecho.

Ve cómo Andrew aprieta la mandíbula y percibe que se arrepiente de haberle confesado cuánto había durado su relación con Isla. Le ha contado que comenzó en abril mientras, sin duda, ella estaba metiendo su ropa interior en la maleta para el viaje familiar para esquiar en Zermatt, y que terminó siete semanas atrás, apenas cinco antes de que la mataran.

Incluso ahora, Nicole no tiene manera de saber si le está diciendo la verdad; si todavía estaban juntos cuando la joven murió o si todo empezó mucho antes de lo que él asegura.

–No intento restarle importancia. Pero creo que te has hecho cierta idea mental y las cosas no fueron así. No fue premeditado. Ocurrió… sin más.

La furia le hierve en la boca del estómago.

–Empezar a acostarse con una chica lo bastante joven como para ser tu hija no es algo que ocurra sin más. Que te sigas acostando con ella durante cuatro meses no es algo que ocurra sin más. Escogiste que pasara. Tenías elección, Andrew. Podías elegir si querías acosar o no a la hija de nuestra mejor amiga, que era una niña. No me mires así. Lo era: era una niña a la que conocías desde que nació. Podías elegir si querías hacerlo una segunda, una tercera o a saber cuántas otras veces más. –Pensar en eso, en cuántas ocasiones se habría acostado su marido con Isla la desestabiliza un instante–. No fue un accidente, Andrew. No tuviste una relación sexual con Isla por accidente. Elegiste tenerla. Así que no te atrevas a intentar negar tu responsabilidad en el asunto.

Lo fulmina con la mirada y se niega a ceder ante cualquiera que sea la justificación equivocada que él se haya dado a sí mismo.

—¿Qué me estás diciendo? ¿Quieres que me vaya de casa?

La exasperación le araña la garganta.

—No puedes irte de casa. No seas idiota. —Él la mira, pestañeando con confusión, y Nicole no puede creer que tenga que deletreárselo—. Si te vas de casa, la gente hará preguntas. Querrán saber por qué. Y supongo que no tienes más ganas que yo de contarles la verdad.

Como una sombra, el miedo atraviesa el rostro de Andrew y ella experimenta un momento de satisfacción ante la idea de que, al menos durante unos pocos segundos, parece haber comprendido una milésima parte del daño que ha provocado.

—Entonces, ¿qué hago? ¿Qué quieres que ocurra?

Nicole estudia el rostro del hombre al que, durante dos décadas, ha creído fuerte, decidido y resuelto. Es consciente de que el respeto que sentía por él se aleja a toda velocidad, como el agua derretida de un glaciar.

—¿Sinceramente? Me da igual lo que hagas. Pero llévate tus cosas a la habitación de invitados. No te quiero en esta.

Se produce un momento de indecisión antes de que Andrew se ponga en pie y se gire hacia ella con un gesto de autocompasión.

—¿Y qué les diremos a los niños?

—¿Sobre qué?

—Sobre por qué duermo en la habitación de invitados.

Durante varios segundos, Nicole no responde, asombrada ante la idea de que él piense que es ella la que tiene que responsabilizarse de todas las decisiones —de todas las mentiras— que van a tener que tomar para ocultar su falsedad.

—No lo sé, pero el engaño parece ser uno de tus fuertes, así que estoy segura de que se te ocurrirá algo.

Andrew la mira durante un instante antes de sacudir la cabeza como si él fuese la víctima en esta situación, y pasa junto a ella en dirección a la puerta del dormitorio.

—¿Adónde vas?

—Necesito tomar el aire.

Ya está abriendo la puerta cuando a Nicole se le empiezan a escapar las palabras de entre los labios.

—Espero que nunca tengas que llegar a entender por completo el daño que le has causado a nuestra familia. A nuestros hijos. Por tu bien, y por el bien de todos, espero que nunca tengas que comprenderlo de verdad.

Piensa en Jack, en Nathaniel y en todas las posibles repercusiones de las acciones de su marido. Sin embargo, sus pensamientos son demasiado inmanejables, demasiado abrumadores, así que tiene que cerrarlos con candado como si bajara la persiana de metal del escaparate de una tienda.

Andrew no responde antes de salir del dormitorio, y Nicole escucha el sonido de sus pies bajando por las escaleras y el chasquido suave de la puerta principal que le indica que, al menos por el momento, se ha marchado.

Tras soltar la tensión que se le ha acumulado en los pulmones con un largo suspiro, se sienta en el sofá que se encuentra bajo la ventana y se permite que los minutos transcurran en completo silencio.

La puerta de la habitación vuelve a abrirse y en el umbral aparece Jack, que va descalzo, en bóxeres y camiseta. Parece estar esperando a que le dé permiso para entrar. Tiene la cara pálida y dos cortes rojizos en la mejilla, resultado de su último intento de afeitarse.

—¿Acabas de despertarte? —Nicole intenta mantener una voz calmada.

Él asiente y se frota los ojos mientras entra en el dormitorio. Se sienta junto a ella y permite que lo rodee con un brazo. Semejante muestra de afecto matutino es poco habitual, así que espera a que hable y le da el margen necesario para que diga lo que quiera que sea que le esté pasando por la mente.

—¿Sobre qué estabais discutiendo papá y tú?

Titubea y reprime el impulso de decirle que no es nada y correr un tupido velo sobre el asunto.

—Es solo que, ahora mismo, ambos estamos bastante tensos con todo lo que ha ocurrido.

Esa explicación parcial queda pendida del aire entre ellos, pero no tiene ningún deseo de explayarse.

Jack le aparta la cabeza del hombro y Nicole lo ve en su gesto: tanto que sabe que no le ha contado toda la historia como el acuerdo implícito de que, por el momento, va a aceptarla para hacerles la vida más fácil a todos ellos.

—Voy a darme una ducha.

—Está bien. ¿Quieres tortitas para desayunar?

Jack niega con la cabeza.

—No hace falta, gracias.

Lo observa mientras sale de la habitación, deseando encontrar las palabras (y el valor) para decirle todo lo que tiene que decirle. En su lugar, debe contentarse con la esperanza, con la creencia, de que llegará un día en el que ambos estarán preparados.

Cuando pestañea para deshacerse de la sequedad de los ojos, en su cabeza se reproducen escenas del funeral de ayer. Abby, durante la recepción, aparentemente petrificada por la conmoción, como si su cuerpo la protegiera de la enormidad de lo que había ocurrido. Nathaniel, solo y en la periferia de todos los grupos, como si una barrera invisible le impidiera acercarse demasiado. Jack, callado y alerta cuando llegaron a casa. Ella misma, tan angustiada por la revelación de Andrew que no pudo ocuparse del todo de los posibles sentimientos de los chicos.

Sin embargo, hoy es diferente. Hoy, y a partir de ahora, va a centrar todas sus energías en sus hijos. Pase lo que pase entre Andrew y ella en el futuro, ahora lo único que le importa es el bienestar de Nathaniel y Jack.

CAPÍTULO 15
Abby

Abby se hace un ovillo con las rodillas pegadas al pecho y los brazos en torno a las espinillas. Con los ojos cerrados con fuerza, respira hondo e intenta absorber el aroma de su hija que emana del almohadón en el que apoyó la cabeza por última vez, tres semanas atrás.

Los músculos de la garganta se le contraen como si alguien le estuviera rodeando el cuello con las manos. Unos llantos guturales le suben hasta el pecho y se le escapan por los labios. Se hunde en su dolor, como si estuvieran tirando de ella hacia las profundidades de un vórtice y el agua la rodease, arrastrándola hacia el fondo. No intenta resistirse.

No tiene ni idea de cuánto tiempo lleva allí tumbada, sobre la cama doble de Isla en la que hace veinte noches que no duerme nadie, o de cuántos minutos pasan mientras le caen las lágrimas como si procedieran de una reserva ilimitada. El dolor hierve a fuego lento en sus entrañas, abrasador, quemándola desde dentro mientras llora por la injusticia de la situación.

Tan solo deja de llorar cuando empieza a dolerle la garganta y se queda sin energía en el cuerpo.

Mientras se enjuga las lágrimas y nota la humedad del almohadón, siente un instante de pánico y teme haber disminuido el olor de Isla que desprenden las sábanas. Vuelve a enterrar la cara en la almohada, inhala, detecta el aroma de su hija y siente una oleada de alivio. Sin embargo, a esa sensación la sigue una punzada al darse cuenta de que no siempre será así. Algún día, entrará en el dormitorio de Isla y descubrirá que ha desaparecido; que su aroma se ha borrado del mundo. La idea le parece insoportable y la destierra a un rincón de su mente.

Posa los ojos sobre la novela sin terminar que hay en la mesilla de noche y que tiene un marcapáginas asomando a un tercio del final: Emma, de Jane Austen. Un libro que ya nunca llegará a terminar. Nunca descubrirá que Emma se casa con el señor Knightley, que Harriet encuentra la felicidad junto al señor Martin y que Frank Churchill no era el hombre que creían que era. Al mirar en torno a la habitación, ve la ropa que nadie volverá a ponerse, los libros de texto que nadie estudiará y el portátil con el que no volverán a escribirse ni un ensayo ni un correo electrónico.

Le parece imposible que exista toda una vida de adulta que Isla nunca llegará a vivir. Décadas de aprender, amar, trabajar y viajar. Una plétora de experiencias que nunca ocurrirán porque formaban parte del futuro de su hija.

Cuando cierra los ojos, sus pensamientos vagan entre preguntas que no se pueden contestar. Nunca ha sido fatalista; nunca ha estado de acuerdo con la idea de que tu destino está decidido y los momentos cruciales predeterminados. Siempre se ha mantenido firme en la creencia de que cada uno se forja su propio camino. Y, aun así, ahora se descubre especulando sobre todas las vidas que, sin saberlo, se verán afectadas por la muerte de su hija. Los estudiantes universitarios con los que Isla nunca entablará amistad. Los profesores que nunca le darán clase. Los hombres a los que nunca besará mientras está borracha en la pista de baile de una discoteca a altas horas de la madrugada. Los trabajadores que ascenderán porque su hija no estará allí para competir por el puesto. El hombre con el que no se casará. Se pregunta con quién se casará él en su lugar y qué clase de vida llevará. ¿Será feliz? ¿Será igual de feliz que si Isla hubiera vivido y se hubiera casado con ella?

Piensa en Stuart y, durante un instante breve y perverso, envidia la muerte prematura de su marido. Envidia el hecho de que sufriera un infarto con cuarenta y un años, que no esté vivo para soportar esta pena y no tenga que aguantar el dolor agudo e inexpresable de perder a su hija.

Un portazo repentino la sobresalta. Cuando mira el despertador que hay junto a la cama de Isla se da cuenta de que son casi las cinco de la tarde. Confundida, comprueba la hora en el reloj de pulsera que lleva en la muñeca y se encuentra con la misma hora, lo que la desorienta. No es posible que se haya hecho tan tarde. Recuerda el momento en el que Clio se ha marchado a clase por la mañana y haber recogido el *bagel* a medio comer y el vaso de zumo de mango de su hija. Sin embargo, las horas intermedias son un borrón. Sin duda no puede llevar allí todo el día. No ha podido pasarse nueve horas en el dormitorio de Isla, sumida en una neblina de pena. Sin embargo, no hay ninguna otra explicación para esas horas perdidas.

Unos pasos arduos suben por las escaleras, así que saca las piernas de la cama y se enjuga las lágrimas de las mejillas. Cuando Clio llega al rellano, dibuja algo que se parece a una sonrisa en el rostro.

—Hola, cariño, ¿cómo ha ido el día?

Su hija la mira con suspicacia desde el pasillo que separa su cuarto del de su hermana.

—¿Qué estás haciendo?

Abby inspecciona el dormitorio como si acabara de darse cuenta de dónde está.

—Solo estaba organizando algunas cosas. —La sonrisa forzada hace que le duelan las mejillas. Clio sigue en el umbral de la puerta y se muerde la uña del pulgar. Parece estar esperando a que le diga algo más—. ¿Has tenido un buen día? —Las palabras le arañan la garganta. Hay algo perverso en los intentos de retomar la normalidad, siente como si seguir con la vida del día a día fuese traicionar a Isla. Clio asiente, evitando mirarla a los ojos—. ¿Tienes hambre? Puedo prepararte algo de comer.

Mantenerse ocupada, eso es lo que tiene que hacer. Todo el mundo le dice lo mismo de manera constante. Es consciente de que está fracasando miserablemente a la hora de seguir ese consejo.

Su hija niega con la cabeza. Abby espera a que se marche a su dormitorio, se ponga los auriculares con cancelación de ruido y finja estar haciendo los deberes mientras se dedica a ver vídeos tontos en internet. Sin embargo, Clio no se mueve. Permanece en la puerta del dormitorio de Isla y no sabe si está esperando a que le dé permiso para entrar o si quiere hablar de su hermana. A esas alturas, lleva tres semanas resistiéndose a todos sus intentos por compartir su pena y Abby no sabe cuál sería la mejor manera de consolarla.

–¿Te encuentras bien?

Clio se encoge de hombros.

–Sí. Tan solo pensaba que tal vez quisieras saber los resultados de la competición de arte.

En su mente, algo se sacude antes de encajar. El premio de arte anual de Collingswood. Clio se pasó la mitad de las vacaciones de verano preparando su portafolio, que consistía en una serie de autorretratos hechos al óleo, con carboncillos y con tinta y pluma.

–Lo siento. Se me había ido de la cabeza. ¿Cómo ha ido?

Su hija la fulmina con una mirada de furia descarnada.

–Te lo he recordado esta misma mañana.

–Lo sé, lo siento. Es solo que… hoy he estado muy ocupada.

Piensa en las nueve horas que ha perdido sumida en su dolor y todavía no es capaz de entender cómo ha ocurrido.

Clio sigue fulminándola con la mirada.

–No pasa nada. Después de todo, ¿por qué debería esperar que Isla no fuera el centro de toda tu atención solo porque esté muerta?

Las palabras estallan en el aire que las separa. Por un instante, Abby no puede ni hablar, ni moverse, ni respirar. La violencia pende del aire como el humo de un fuego que, una vez encendido, no puede extinguirse. Han atravesado una línea, un límite, y ambas saben que no pueden volver atrás.

Antes de que se le ocurra algo que decir, Clio suelta un hondo suspiro de frustración, se da la vuelta y, echando chispas, entra en su dormitorio antes de cerrar la puerta a su espalda con un portazo.

La conmoción paraliza a Abby. Nunca había oído semejante veneno en la voz de su hija. Nunca había sentido tal intensidad en su ira, su rivalidad y su sentido de la injusticia.

Algo se abre en su interior: un abismo de fracaso abyecto. Le ha fallado a Isla; ha fracasado a la hora de cumplir con el único objetivo de la misión de una madre: mantener a su hija sana y salva, libre de daño. Ha fracasado a la hora de asegurar el orden correcto de las cosas: no sobrevivir a su propia descendencia. Y también le ha fallado a Clio de un modo que ni siquiera comprende: no la ha ayudado a sentirse igual de amada, valorada y estimada como su hermana.

Les ha fallado a sus dos hijas y la culpabilidad fermenta en su interior junto con una pena inexpugnable.

CAPÍTULO 16
Jenna

–Nos veremos en quince días. Si, mientras tanto, tienen algún problema, llámenme. Pero lo están haciendo muy bien.

Jenna sonríe antes de darse la vuelta y recorrer la pasarela exterior del duodécimo piso del bloque de viviendas sociales en el que está visitando a una de las familias a su cargo.

Mientras pasa junto al ascensor estropeado y baja las escaleras de hormigón –con las paredes cubiertas de grafitis y el suelo lleno de paquetes de patatas fritas, colillas y latas vacías de cerveza–, revisa en el calendario del teléfono móvil el resto de las citas para esta tarde: una reunión de un grupo de especialistas en uno de los colegios locales para discutir el plan de protección de un menor y la reunión semanal en la oficina con una trabajadora social recién graduada. Al comprobar la hora –casi las tres de la tarde–, piensa en la montaña de papeleo que va a tener que rellenar antes de irse.

Tras tirar fuerte de la puerta, que no se cierra si no es con un golpe decidido, entra en su destartalado Opel Corsa y le suena el teléfono. Ante el número que aparece en la pantalla, siente un hormigueo de preocupación. Puede que Callum tenga casi dieciocho años, pero ver el número de teléfono del colegio todavía le provoca un instante de ansiedad silenciosa.

–¿Dígame?

–¿Señora James?

–Sí, soy yo.

–Soy el señor Marlowe, de Collingswood. Me preguntaba si tendría un momento.

Jenna piensa en todas las cosas que todavía debe hacer, pero sabe que se trata de una pregunta retórica.

—Por supuesto.

Se produce un momento de duda antes de que el hombre comience a hablar.

—Ha llegado a nuestros oídos que Callum cuenta con un historial personal… complicado del que solo hemos tenido conocimiento recientemente.

Jenna se toma un momento para respirar hondo. Lleva casi una semana esperando esta llamada pero, ahora que ha llegado, no está segura de cuál es la mejor manera de lidiar con ella. En el fondo, sabía que el colegio acabaría descubriendo lo del asunto con el coche robado; que Abby, Nicole o alguno de los otros padres informaría a Collingswood al respecto. Han pasado seis días desde el funeral de Isla y, a estas alturas, lo único que le sorprende es que hayan tardado tanto en volver a contactar con ella.

—¿Qué quiere decir? —Si el señor Marlowe quiere condenar a su hijo por haberse visto involucrado en algo a los catorce años, va a tener que ser explícito.

—Por lo que sabemos, Callum estuvo implicado en un incidente que requirió de intervención policial.

Cuántos eufemismos. Es una de las cosas que no soporta de los profesores y los padres del colegio de su hijo. Nadie va nunca de frente. Nadie se atreve jamás a decir algo difícil o controvertido.

—Hace ya mucho tiempo de eso.

Puede oír el tono defensivo de su voz. Desearía poder contenerlo; haber aprendido, al igual que todos esos padres refinados y seguros de sí mismos de Collingswood, a hacerse cargo de una situación como esta y quitarle hierro al asunto antes de que se convierta en un problema.

El señor Marlowe se aclara la garganta.

—Según tengo entendido, ocurrió justo antes de que Callum empezara décimo curso, ¿verdad? Hablando de forma relativa, no mucho antes de que presentara solicitud para Collingswood, ¿no es así?

Lo plantea como una pregunta, pero Jenna es consciente

de que están jugando al gato y al ratón: un juego en el que, al final, acabarán cazándola.

—Sí, pero, aun así, de eso hace más de tres años.

Se produce otro silencio incómodo.

—Estoy seguro de que comprende nuestra preocupación. He hablado con el director del centro y pensamos que habría sido mejor que se nos facilitara esta información durante el proceso de selección de Callum en lugar de tener que enterarnos ahora a través de terceros.

Jenna oye la elipsis que se produce en el discurso del hombre. Comprende ese mundo tan exclusivo lo suficiente como para poder leer entre líneas: «No queremos que nuestros alumnos estén relacionados con esta clase de comportamientos tan escandalosos. Desacredita a la escuela. De haberlo sabido, jamás le habríamos concedido a su hijo una plaza y, mucho menos, una beca completa».

Se le seca la boca por completo. Callum no puede perder la beca. No pueden, de ninguna de las maneras, obligarlo a abandonar Collingswood. La idea de que tenga que regresar a su antiguo colegio es inconcebible. No va a permitir que eso ocurra.

—Lo siento muchísimo, señor Marlowe. Soy consciente de lo que parece. Es solo que, cuando Callum solicitó plaza en Collingswood, pensamos que ya lo había dejado atrás; que había aprendido de sus errores y había seguido adelante.

Se percata de la inconsistencia de la excusa y comprende la frustración del profesor. Pero sabe, tal como debe de saber él, que, si hubiera revelado el comportamiento ilegal de Callum durante el proceso de selección, lo habrían rechazado de inmediato.

—Como ya le he dicho, tan solo nos habría gustado que nos lo hubiera contado…

—Lo sé, y lo siento muchísimo. Nunca podré disculparme lo suficiente. Pero, de verdad, tan solo fue un instante de estupidez por parte de Callum. Fue algo del todo impropio en él. Le encanta Collingswood. Allí está muy a gusto y feliz. Ha sido algo muy bueno para él y estamos muy agradecidos por todas las oportunidades que ha recibido.

Se da cuenta de que el tono de su voz suena como si se estuviera arrastrando y hace una mueca ante su propio servilismo. Pero es más que consciente de las dinámicas de poder que están en juego: sabe que es el colegio el que tiene todos los ases bajo la manga y que su mano es tan mala que bien podría no tener cartas.

—Sabemos que Callum está progresando mucho en Collingswood. Nunca tuvimos ninguna duda de que sería así. Pero, si hubiéramos conocido su historia, podríamos habernos asegurado de que recibiera el apoyo adecuado en caso de que la información se volviera de conocimiento público. De este modo, en cierto sentido, nos ha pillado un poco a contrapié.

Ahí está de nuevo la reprimenda por no haber desvelado antes el historial de su hijo con la conducción de vehículos robados.

—Lo entiendo, por supuesto. Y de verdad, siento muchísimo no habérselo contado yo misma. Tan solo quiero lo mejor para él. Eso es todo.

—Estoy seguro de que eso es lo que queremos todos. Comprendemos que la situación debe de ser difícil para Callum y queremos mostrarle nuestro apoyo de cualquier modo que esté en nuestras manos. Pero también estoy seguro de que entiende que, ahora mismo, este asunto es muy delicado. ¿Le parece bien que volvamos a hablar dentro de aproximadamente una semana para ver cómo van las cosas? Y, mientras tanto, si quiere hablar de cualquier asunto, mándeme un correo electrónico y planificaremos una reunión telefónica.

Jenna se siente tan agradecida de que Callum no vaya a ser expulsado durante una temporada —o, peor aún, de manera definitiva— de inmediato que agradece al señor Marlowe con profusión, suelta un suspiro de alivio mientras se despide y cuelga la llamada. Sin embargo, sabe que su hijo está en la cuerda floja y comprende que, con toda probabilidad, no se trate más que del aplazamiento de la ejecución. Es imperativo que haga todo lo posible por mantenerlo alejado de los problemas; lejos de cualquier atisbo de controversia.

Lo único que desea es que Callum tenga una oportunidad en la vida; las oportunidades que ella nunca recibió; las oportunidades que tienen todos esos estudiantes de Collingswood solo porque sus padres son lo bastante ricos como para pagar la matrícula.

Ahora, cuando rememora la actitud de su hijo en su anterior colegio –atribulado por las interrupciones en clase, la falta de disciplina o el secreto a voces de que se vendían y tomaban drogas en las instalaciones escolares–, le parece impensable que regrese allí. El cambio que ha experimentado desde que comenzó a asistir a Collingswood ha sido transformador. Se muestra más decidido, más elocuente, más seguro de sus pensamientos, sus opiniones y sus sentimientos y más equipado con una sensación de confianza en sí mismo, así como con la idea floreciente de que es alguien inteligente y capaz –tal como Jenna siempre ha sabido– y de que, si se esfuerza, reúne todas las posibilidades de alcanzar el éxito.

Al consultar la hora, se da cuenta de que va a llegar tarde a la reunión. Mientras introduce la dirección en Google Maps, comienza a ensayar todos los argumentos que esgrimirá si su próxima conversación con el señor Marlowe va por otros derroteros. Argumentos que es consciente de que no consisten más que en suplicar para que no excluyan a Callum de un colegio que ha llegado a amar; un colegio que, como bien sabe, es la llave de su futuro.

CAPÍTULO 17
Abby

Abby comprueba la hora en el reloj de pulsera. Las tres y media. Falta más o menos una hora para que Clio regrese a casa. Se promete a sí misma que esta vez, cuando su hija vuelva del colegio, no la encontrará en el dormitorio de Isla tal como ocurrió el viernes pasado. Hoy la encontrará en la cocina, haciendo lo que quiera que sea que hacen los padres normales cuando sus hijos vuelven a casa del colegio. En los tres días que han pasado desde que se olvidó del premio de arte de Collingswood –competición en la que Clio quedó segunda a pesar de que, por norma general, los primeros premios siempre se los otorgan a los estudiantes de bachillerato–, su hija se ha mostrado más taciturna, enfadada y retraída de lo habitual, y sabe que tiene que compensárselo.

Una hora. Es lo que le queda para estar en el dormitorio de Isla, donde parece pasar la mayor parte de los días.

Le sobreviene la necesidad de mirar las fotos que Isla tomó a lo largo de los años. Su teléfono móvil quedó destrozado durante el atropello, pero las fotografías estarán guardadas en la nube. Se sienta en el escritorio, donde se encuentra el portátil que lleva intacto tres semanas, levanta la tapa, teclea la contraseña que su hija siempre compartió con ella alegremente y la imagen de su rostro sonriente le da la bienvenida. Su fondo de pantalla es una fotografía tomada en el festival de Reading dos veranos atrás. En ella, Isla aparece entre Meera y Yasmin. Las tres están rodeando los hombros de las otras con los brazos y el sol destella sobre sus respectivas cabezas, formando lo que parecen los halos resplandecientes de los ángeles.

El dolor le atenaza el pecho. Isla ya no asistirá a más festivales. No volverá a bailar y no volverá a vivir las largas noches de verano con sus amigas.

Tras hacer clic en el icono de la galería, va pasando una serie de fotografías y retrocede a través de los días, las semanas y los meses como si tuviera una máquina del tiempo: imágenes que documentan casi cada día de los últimos años. Isla junto a la piscina antes de una competición, con un gorro de baño que le cubre la larga melena rubia y las gafas de natación pegadas a la frente. Isla en el colegio, haciendo el tonto con sus amigos. Isla durante la expedición a Snowdonia que llevó a cabo dos años atrás para conseguir el nivel plata del Premio Duque de Edimburgo.

De pronto, todos esos recordatorios visuales de la vida exuberante que su hija ya no está viviendo le resultan abrumadores.

Cuando cierra la galería, experimenta una furia renovada ante la idea de que su asesino siga en libertad. Han pasado tres semanas y tres días desde que la mataron y, en su búsqueda del conductor, la policía no ha conseguido nada: un motorista que la dio por muerta y la dejó allí, como si fuera un animal atropellado, ni siquiera se tomó la molestia de llamar a una ambulancia. Cada vez que llama por teléfono al detective a cargo del caso, él le dice que están haciendo todo lo posible, revisando las grabaciones de las cámaras de seguridad y llevando a cabo interrogatorios, pero a Abby le cuesta creerlo. Le resulta incomprensible que, con los tiempos que corren –donde hay cámaras de vigilancia en cada esquina, en las tiendas y en los bloques de oficinas– hayan sido incapaces de desenterrar ni una pista. Pero, aunque atraparan al delincuente, lo peor a lo que se enfrentaría sería una pena de prisión, insignificante en comparación con la cadena perpetua que le espera a ella, condenada al dolor.

Cuando vuelve a concentrarse en el portátil, posa los ojos sobre el icono de Gmail y titubea. Ese es un mundo al que, con razón, jamás ha tenido acceso. Incluso ahora, una parte de sí misma siente que sería una invasión de la privacidad de Isla. Sin embargo, algo en su interior anhela tener una nueva conexión con su hija, algo que la acerque más a ella.

Durante varios segundos, mantiene la mano suspendida sobre el panel táctil, sin estar muy segura de qué hacer a continuación. Entonces, contempla cómo entra en contacto con la base de aluminio y siente el clic bajo los dedos.

Cuando abre Gmail, se encuentra con noventa y ocho correos electrónicos sin leer. Les echa un vistazo por encima y ve que, en su mayoría, es correo basura o boletines informativos con rebajas de ropa, promociones para conciertos o circulares de diferentes asociaciones de natación.

Conforme retrocede en el tiempo, empiezan a aparecer nombres familiares: Yasmin, Meera, Kit y Jules. Amigas a las que su hija conocía desde los once años y, en algunos casos, incluso más. No abre ninguno de los mensajes, pues no tiene ningún deseo de inmiscuirse en la correspondencia privada de unas chicas de diecisiete años.

En la barra de navegación ve que hay una serie de carpetas con nombre: «Colegio», «Natación», «Solicitudes de admisión». Al ver la tercera carpeta, Abby es consciente de que el aliento se le queda atrapado en la garganta: el futuro frustrado de Isla expuesto ante ella en toda su crudeza.

Bajo la carpeta de las solicitudes de admisión a la universidad hay otra con la etiqueta «CAR», un acrónimo que no reconoce. La curiosidad le puede, y cuando hace clic en ella se encuentra con una serie de correos electrónicos procedentes de una cuenta sin nombre que solo es una retahíla de letras y números aleatorios: FSW23BS@gmail.com. Ninguno de los correos tiene asunto y, antes de que pueda plantearse lo que está haciendo, abre el primero de la lista.

Mientras pasa la vista por el contenido, comienza a acelerársele el corazón.

Lee el correo dos veces, lo cierra, abre el siguiente y lo lee también. Abriéndolos y cerrándolos, lee un mensaje detrás de otro (y otro, y otro, y otro), pero todos ellos son variaciones del mismo tema. La cabeza le da vueltas y los músculos de la garganta se le estrechan hasta que le parece imposible que a través de ellos pueda pasar aire suficiente.

Porque todos proceden de la misma cuenta. Y todos reiteran una misma terrible acusación.

«Eres una zorra. Lo sabes, ¿verdad?».

«¿Te está pagando? ¿Es por eso por lo que llevas semanas follándotelo? ¿O te pone la idea de tirarte a hombres que te doblan la edad?».

«Sabes que tan solo lo hace porque se lo pusiste en bandeja, ¿verdad? No eres más que un agujero en el que puede meter la polla. Zorra».

«¿Y si se lo cuento a su mujer? ¿O a tu madre? ¿O a todas las personas de tu colegio? ¿Cuál crees que sería la reacción de la gente? Entonces, dejarías de ser Doña Perfecta, ¿verdad?».

«Acabará aburriéndose de ti, ¿lo sabes? Y, entonces, no serás más que una trágica fulana que dejó que se la follara un hombre mayor».

«¿Es que no tienes ni un ápice de vergüenza? Vas por ahí fingiendo ser perfecta cuando lo único que eres es una sucia putita».

«¿Qué clase de chica de diecisiete años se la chupa a un hombre casado tan mayor como para ser su padre?».

Los repugnantes correos no tienen fin (hay una docena o más) y Abby los lee con una sensación de asco vertiginosa. Trata de controlar sus pensamientos, pero es como si estuviera intentando aferrarse al aire.

No entiende por qué alguien le mandaría a su hija mensajes así, tan espantosos y repugnantes. No comprende por qué alguien haría afirmaciones tan extrañas. Isla no era ese tipo de adolescente.

Vuelve a leer los correos y estudia la dirección en busca de cualquier pista sobre la identidad del remitente, pero tiene la cabeza hecha un lío y no puede pensar con claridad o descifrar el código, si es que hay alguno.

Se da cuenta de que, junto a algunos de los mensajes, hay una flecha que indica que recibieron respuesta, así que hace clic en la dirección del remitente, la copia, va a la bandeja de enviados y pega la dirección en la barra de búsqueda.

Entonces, aparecen una serie de respuestas y Abby empieza por la más reciente.

«Se ha acabado. Ya te lo dije. Ahora, déjame en paz. Por favor».

Un socavón parece abrirse bajo sus pies y siente que cae en su interior sin saber hasta qué profundidad llega o sin tener ni idea de que podría estar esperándola al fondo. Abre la siguiente respuesta y, después, la siguiente, retrocediendo en el tiempo con cada nuevo mensaje. El corazón le palpita con fuerza y le tiemblan las manos.

«Se ha acabado. ¿Contento? Ahora, deja de mandarme mensajes».

«Por favor, no se lo cuentes a nadie. Por favor. No es lo que piensas».

«Por favor, mantenlo en secreto. No pretendíamos que ocurriera. No quiero que nadie salga herido».

«Deja de escribirme correos. Si continúas así, acudiré a la policía».

«Sea lo que sea que creas, te estás equivocando».

«¿Te pone mandarles mensajes abusivos a las mujeres jóvenes?».

«¿Quién eres? ¿No sabes que solo los cobardes mandan mensajes anónimos?».

Abby oye que un sollozo involuntario se le escapa de entre los labios mientras su cerebro se esfuerza por encontrarle sentido a lo que está leyendo.

No es posible. No lo es. Isla jamás habría hecho algo así. No era propio de ella.

Y, sin embargo…, frente a ella tiene las respuestas enviadas desde el correo electrónico de su hija en las que prácticamente admite los hechos de los que la acusan. Prácticamente admite haber tenido una aventura con un hombre mayor. Un hom-

113

bre casado. Un hombre lo bastante mayor como para ser su padre. Un hombre que Abby no puede imaginar sin que los pulmones se le llenen de odio.

Los pensamientos le dan vueltas en la cabeza mientras intenta imaginar de quién podría tratarse y dónde podrían haberse conocido; si fue a través de la natación, en el colegio–(es imposible que sea un profesor, ¿no? Abby se rompe la cabeza intentando pensar en cualquier miembro del personal de Collingswood que alguna vez le haya dado motivos de preocupación, pero no se le ocurre nadie–, o si se trataba de alguien que había conocido alguna noche que hubiera salido con sus amigas. Las especulaciones se le agolpan en la mente: no puede pensar con claridad –es incapaz de concentrarse en un posible rostro, en un nombre probable o en un sospechoso que resulte realista– y siente que tantas conjeturas van a volverla loca.

Al comprobar las fechas de los correos electrónicos, se da cuenta de que el primero se envió menos de tres meses atrás, y el último, apenas unas semanas antes de su muerte.

Según esos mensajes, hace tres meses su hija ya llevaba «semanas» acostándose con un hombre casado. Desde antes de que comenzaran las vacaciones de verano, cuando Abby había creído que estaba ocupada con sus amigas, el colegio o la natación. Es decir, siendo una chica normal de diecisiete años.

Una náusea le sube desde el fondo de la garganta. Es como si la estuvieran obligando a contemplar una película que ya ha visto miles de veces, pero, en esta ocasión, con una narrativa modificada de un modo perverso. La están forzando a ver a su hija a través de un prisma cambiante que la retrata bajo una luz diferente y confusa.

Y, aun así, de pronto todo cobra sentido. Por ejemplo, que Isla pusiera fin a su relación con Callum cuando parecía perdidamente enamorada de él apenas unas semanas antes. En ese momento, Abby se sintió aliviada y agradeció en silencio al universo por hacer que su hija hubiese entrado en razón.

Ahora que es demasiado tarde, se da cuenta de que debería haber tenido cuidado con lo que deseaba. Jamás se le había pasado por la cabeza que tal vez hubiese roto con Callum porque había conocido a otra persona, pero las fechas encajan y es la única explicación razonable. Isla lo dejó con su novio porque algún depredador sexual casado –un hombre cuya identidad piensa descubrir y, cuando lo haga, no será responsable de sus actos– coaccionó a su hija –preciosa, inocente e inexperta– para que mantuviera una relación con él.

Abby echa un vistazo a la pantalla, los correos electrónicos anónimos y las respuestas de Isla.

Entonces, otra idea se le cuela en la cabeza. Al principio, lo hace en silencio, como si no quisiera ser vista pero, entonces, empieza a gritar, exigiendo que le preste atención.

Alguien le estaba mandando mensajes abusivos a su hija: correos electrónicos en los que la amenazaban con desenmascararla. Si alguien era lo bastante malicioso y siniestro o estaba lo bastante enfadado como para enviar esos mensajes tan repugnantes (y como para seguir enviándoselos apenas unas semanas antes de que la mataran), ¿de qué más habría sido capaz?

¿Dónde se encontraría esa persona y qué estaría haciendo la noche que mataron a Isla?

DIEZ SEMANAS ANTES
DE LA MUERTE DE ISLA

CAPÍTULO 18
Isla

Isla se dio la vuelta hacia el costado con la colcha blanca y bien planchada atrapada bajo el brazo desnudo. La luz del sol se derramaba por un hueco entre las cortinas, y alzó la cabeza para mirar el reloj despertador situado junto a la cama: acababan de dar las seis y media. Pensó dónde estaría normalmente a esa hora un jueves por la tarde: en la piscina para una sesión de entrenamiento; una sesión de entrenamiento que llevaba perdiéndose diez jueves seguidos. En su lugar, llevaba esas últimas diez semanas subiéndose al tren que llegaba hasta Waterloo y recorriendo a pie la corta distancia que había hasta un enorme hotel corporativo. Daba un nombre falso en el mostrador de recepción, le entregaban una tarjeta llave, subía en el ascensor y atravesaba el pasillo de moqueta. Diez semanas entrando en la habitación de hotel vacía y sintiéndose increíblemente adulta y, al mismo tiempo, como pez fuera del agua. Diez semanas dejando la inútil bolsa de natación junto al armario, acomodándose en el sillón junto a las ventanas que llegaban del suelo al techo y desde las que se veía la carretera principal, y esperando a que Andrew llegara.

Junto a ella, él dormía en silencio. En un par de minutos se despertaría con un sobresalto, miraría su Garmin y parecería sorprendido al comprobar la hora. Entonces, levantaría el brazo para que ella pudiera apoyarle la cabeza en el pecho y le pasaría los dedos por el pelo antes de dirigirse al baño para darse una ducha. A Isla, el hecho de saber ya lo que iba a hacer y de que ambos supieran tanto sobre los hábitos del otro le parecía al mismo tiempo extraño y asombroso. A veces, cuando contemplaba el rostro del hombre mientras dormía, se sentía como si estuviera hallando la respuesta a una pregunta que no había sido consciente de estar haciendo.

«Tú y yo nos entendemos. Tenemos una conexión que va más allá de las palabras, de la diferencia de edad y de cualquier explicación racional. Lo supe la primera vez que te llevé en coche. Me pareció muy sencillo. Contigo, todo me resultaba fácil. Siento que funciona».

Isla rememoró el breve discurso que Andrew le había dado apenas dos meses atrás, sentados en aquel pub que, para entonces, ya se había convertido en su escondite usual para las tardes de los jueves. Acurrucados en su habitual rincón tranquilo –él con una copa de vino tinto y ella con una gaseosa con lima–, le había tomado la mano y le había soltado ese discurso. Cuatro semanas después del primer beso, aquella había sido la primera vez que le había dicho que la quería. Aquella velada, Isla había sabido de un modo inequívoco que Andrew sería el primer hombre con el que se acostaría. Aquella había sido la noche en la que accedió a reunirse con él en una habitación de hotel el jueves siguiente, totalmente consciente de lo que iba a ocurrir.

Al fin se daba cuenta del verdadero motivo por el que nunca se había acostado con Callum: no porque hubiese querido aferrarse a su preciada virginidad, sino porque, sencillamente, no era la persona adecuada.

Andrew emitió un leve ronquido y se giró de espaldas. Mientras repasaba cada uno de los años que habían transcurrido desde que lo conocía –toda su vida, de hecho–, pensó en todos los fines de semana y vacaciones que había pasado en su compañía: las Nochebuenas en casa de Andrew y Nicole, Nocheviejas celebradas en las mismas fiestas y barbacoas veraniegas en sus respectivos jardines; los fines de semana largos que habían pasado en el barco de su padre, las vacaciones escolares en las que se habían escapado a casitas en pueblos costeros y los viajes de ambas familias para esquiar en los Alpes. Al mirarlo, no era capaz de comprender cómo no había notado lo guapo que era hasta unos meses antes.

A través de la ventana de aquel séptimo piso le llegó el ronroneo del tráfico de la calle.

Rememoró aquella tarde en el coche de Andrew en la que le había pasado los dedos por el cuello desnudo; lo nerviosa y confusa que se había sentido; la inseguridad ante sus primeros mensajes mientras intentaba convencerse a sí misma de que tan solo tenía interés en ella a nivel paternal dada la ausencia de su padre y cómo, en parte, se había sentido una tonta por imaginar que sus interacciones escondían un trasfondo de coqueteo. Y, aun así, en apenas unos días, se había dado cuenta de que esperaba con ganas sus mensajes, que no podía evitar emocionarse cuando recibía uno y se sentía defraudada cuando no sabía nada de él durante un par horas.

Cuando recordaba aquellos primeros días de su relación, se avergonzaba de lo ansiosa que había estado, de la falta de confianza en sí misma, de cómo había respondido a las atenciones de Andrew y de su inquietud ante la idea de que pudiera sentirse atraído por ella. Apenas habían pasado unos meses desde su primer beso y ya le parecía que aquella era una versión diferente de sí misma: una versión infantil y poco sofisticada que se alegraba de haber dejado atrás como si fuera ropa desechada que le encantó en el pasado pero que a esas alturas le parecía desaliñada.

En el exterior, la sirena de un coche patrulla aulló e Isla esperó que Andrew se removiera, pero su respiración no cambió, pues estaba sumido en un sueño profundo.

Aquella relación era muy diferente a la que había mantenido con Callum. Pensó en la noche que había cortado con él al día siguiente de haber besado a Andrew por primera vez. Se había sentido demasiado confundida y culpable para seguir adelante como si no hubiera pasado nada. Callum le había rogado que cambiara de idea y le había preguntado una y otra vez qué había hecho mal. Había creído que eran felices y que ella lo quería. Durante aquella conversación, hubo momentos en los que Isla había tenido la sensación de que estaba cometiendo un terrible error y acabaría lamentándolo; que estaba siendo impulsiva al ponerle fin a una relación de cinco meses por una sola velada (un solo beso) con otro hombre. La culpabilidad que experimentó por hacerle daño a Callum había sido abrumadora. Pero mientras lo miraba se había dado cuenta de que algo había cambiado entre ellos; algo profundo e irrevocable. No podía hacer retroceder el reloj; no podía fingir que no sabía lo que era sentirse deseada por un hombre mayor; no podía cambiar lo que había ocurrido entre ella y Andrew o los sentimientos que había empezado a albergar por él.

Con Callum, se había sentido como una adolescente. Su relación había estado firmemente asentada sobre el mundo hermético del colegio. Pero, con Andrew, se sentía más adulta e inteligente, más sabia y culta. Él la escuchaba, la alentaba a opinar y la hacía sentir como si la madurez no fuese algo que alcanzaría tras la universidad, sino un lugar en el que ya estaba habitando. Con él, se sentía segura y, a la vez, eufórica. Ya le había enseñado mucho.

Era extraño lo mucho que había cambiado en los meses que llevaba con Andrew. Era como si ya no fuese aquella persona que solía ser pero todavía no estuviera segura de en quién se estaba convirtiendo.

Posó los ojos sobre la cajita cuadrada y morada en la mesilla de noche. Andrew se la había dado nada más llegar, media hora más tarde de lo que habían acordado, dado que se había retrasado en el trabajo por una reunión telefónica. Isla se había acostumbrado a que se retrasase y a abrir algún libro de texto para estudiar un poco antes de que llegara. Aquel día, había aparecido con una sonrisa de disculpa, le había posado las manos en las mejillas, la había besado con ternura en los labios y le había preguntado si podría perdonarlo por llegar tan terriblemente tarde. Entonces, se había sacado la cajita morada del bolsillo y se la había tendido. Un par de pendientes de plata confeccionados con suma delicadeza

122

que se unirían a los otros tres pares que ya le había regalado, los dos collares, la estilográfica Montblanc y el bolso bandolera de la marca Mulberry. El baúl que tenía en casa a los pies de la cama estaba repleto de objetos bien escondidos que no podía ponerse o utilizar sin levantar sospechas. Pero sabía que, en algún momento de un futuro no muy lejano, en cuanto entrara en la universidad –con suerte, en Oxford–, podría ponerse las joyas cada vez que él fuera a visitarla.

En la mesita de noche, se encendió la pantalla del teléfono de Andrew, que estaba en silencio, e Isla alzó la cabeza para echarle un vistazo.

Se trataba de un WhatsApp de Nicole y el breve mensaje resultaba visible en la pantalla principal.

> **N:** Hola, cariño. Tan solo quería comprobar si sabías a qué hora volverías a casa. Besos.

La culpa se le aferró a la garganta al pensar en las diferentes versiones de aquella mujer que había conocido a lo largo de los últimos diecisiete años. Nicole, que le había enjugado las lágrimas infantiles, le había limpiado la rodilla rasguñada o le había sostenido la mano mientras cruzaban la calle de camino al colegio. Nicole, que le había preparado sus cenas favoritas de la infancia –lasaña, espaguetis a la boloñesa o albóndigas– cuando iba a jugar con Nathaniel, cuidando siempre de ella como si formara parte de su familia. Nicole, que las había apoyado a todas ellas con unos cuidados y una compasión inquebrantables tras la muerte de su padre. Nicole, que tan a menudo se había sentado en la mesa de la cocina para compartir una copa de vino con su madre y que la había hecho reír en días en los que, teniendo en cuenta su pena, a Isla le había parecido algo imposible. Años y años en los que Nicole le había mostrado amor y amabilidad de forma decidida. Después de su madre, era la persona adulta en la que más confiaba. Y, sin embargo, ahí estaba ella, cometiendo la más terrible de las traiciones.

Cerró los ojos con fuerza e intentó contener la creciente oleada de pánico.

Mientras silenciaba su culpabilidad de forma consciente, reprodujo de nuevo todo lo que Andrew le había contado sobre su matrimonio: el conformismo en el que se había sumido su relación en los últimos años, la falta de pasión y la vida emocional separada; el enorme respeto y amor que sentía hacia Nicole junto con la idea profundamente asentada de que tan solo estaban juntos por el bien de Nathaniel y Jack; el acuerdo implícito de que, en cuanto su hijo pequeño se marchara a la universidad, si no antes, cada uno emprendería su propio camino.

–No estás dormida, ¿verdad?

Cuando Isla abrió los ojos, vio que Andrew estaba despierto, mirándola. Negó con la cabeza.

–Tan solo estaba pensando.

Tras apartar de su mente todos los pensamientos sobre Nicole, pasó bajo el brazo de Andrew y le apoyó la cabeza sobre el pecho. Lo observó mientras se estiraba para tomar el teléfono móvil, vio que leía el mensaje de su mujer y esperó su reacción.

–¿Tienes que marcharte? –Intentó mantener un tono de voz neutral.

Él le pasó las yemas de los dedos por el pelo.

–Todavía no. Quiero aprovechar cada segundo que podamos pasar juntos. –Hizo una pausa–. ¿Qué te parecería que fuéramos de viaje solos un par de días?

Isla se apartó de sus brazos y se apoyó sobre el codo.

–¿En serio? ¿Crees que podríamos hacerlo?

–¿Por qué no? Siempre que a ti se te ocurra alguna excusa creíble… Yo puedo decir que se trata de un viaje de negocios. –Le enterró el rostro en el cuello y la barba incipiente le arañó la piel–. ¿No sería estupendo? Un par de días lejos, los dos solos, sin tener que estar pendientes del reloj. Hay un hotel a las afueras de Oxford que creo que te encantaría. –Le sonrió–. ¿Qué te parece? ¿Podrías decir que vas a quedarte en casa de alguna amiga? ¿O que tienes que asistir a algún evento de natación?

Isla respiró hondo y se dijo a sí misma que dejara de estar nerviosa; que eso era lo que hacían las personas adultas que mantenían una relación con otras personas adultas.

–Desde luego. Ya se me ocurrirá algo.

Mientras le acariciaba el rostro, él la miró fijamente.

–El tiempo que pasamos juntos es el mejor momento de toda la semana. Lo sabes, ¿verdad?

Se inclinó hacia delante y la besó en los labios con suavidad. Mientras le correspondía, Isla se obligó a olvidar a Nicole, a Nathaniel, a su madre, a Clio, a Callum, al colegio y a las semanas de entrenamiento de natación que había perdido y que sabía que, en algún momento durante la temporada de otoño, acabaría lamentando.

–¿Estás segura de que no pasa nada si te dejo aquí?

Isla asintió.

–Estaré bien.

La tranquila calle residencial en la que Andrew la dejaba a veces se encontraba a tan solo diez minutos caminando de su casa.

Él consultó el reloj de pulsera.

–Lo siento, debería marcharme ya. Esta noche tengo que revisar algunos documentos.

La besó e Isla intentó no pensar en el mensaje de Nicole que había visto en su teléfono; trató de no especular con la idea de que, de hecho, volvía a casa para pasar un tiempo con su esposa.

–Te mandaré un mensaje más tarde. ¿Te parece bien lo del jueves que viene?

Isla asintió mientras recogía la mochila y la bolsa de deporte del hueco para las piernas. Tras besar a Andrew una última vez (deseando no tener que despedirse y poder pasar toda la noche juntos), se bajó del coche, le dijo adiós con un gesto de la mano y lo observó mientras se alejaba.

–¿Qué estás haciendo? –Se dio la vuelta de golpe y sintió como si el corazón se le hubiera caído a los pies–. ¿De qué iba eso?

Isla se quedó mirando a Callum, pues el pánico la dejó confundida durante varios segundos.

–¿Qué estás haciendo aquí?

–¿Esa es tu respuesta? Te veo bajar del coche de Andrew Forrester después de que se haya pasado los últimos cinco minutos manoseándote, ¿y lo único que se te ocurre es preguntarme qué estoy haciendo aquí?

–No es lo que piensas…

–No soy idiota. Sé lo que he visto. –Callum sacudió la cabeza, incrédulo–. En serio, Isla, ¿Andrew Forrester? Es el padre de Nathaniel, por el amor de Dios. Es… Es raro. Lo sabes, ¿verdad? –Isla hizo una mueca mientras apretaba el asa de la mochila–. ¿Cuánto tiempo lleváis juntos?

Bajó la vista hacia el suelo, incapaz de encontrar las palabras necesarias para defenderse.

–Mierda. ¿Por eso cortaste conmigo? ¿Por él? ——Las mejillas se le sonrojaron de golpe. No podía alzar la vista; no quería que Callum viera la culpa reflejándose su rostro–. Fue por eso, ¿verdad? Santo cielo, Isla, es algo muy retorcido. Se está aprovechando de ti totalmente. Lo sabes, ¿verdad? Es un puñetero acosador.

Isla se obligó a mirarlo de forma directa.

–No es así…

–Así, ¿cómo? Tiene casi cincuenta años, Isla. Tú tienes diecisiete. ¿Qué parte de todo eso no es retorcido?

–No entiendes…

–No me vengas con esas. ¿Qué es lo que te dijo? ¿Que su matrimonio es una mierda y que tan solo sigue con su esposa por el bien de sus hijos? –Isla sintió una nueva oleada de sangre subiéndole por el cuello–. Por el amor de Dios. Menudo cliché. Eres inteligente. ¿Cómo te creíste esa mentira de mierda?

Algo le estalló dentro: la necesidad de exculparse, de validar su relación y replicar al falso relato que Callum estaba construyendo.

—No es una mentira de mierda. Me quiere. —Él soltó un gemido, pero ella prosiguió—: Lo siento; sé que todavía estás dolido por lo que ocurrió entre nosotros. Tienes que saber que nunca pretendí hacerte daño.

Callum la miró con los ojos entrecerrados.

—Supongo que te estás acostando con él.

—Eso no es asunto tuyo.

—Es obvio. Dios. ¿Cómo puedes ser tan ingenua?

—No soy…

—¿Qué crees que va a ocurrir? ¿Crees que va a dejar a la madre de Nathaniel? ¿Que vais a vivir juntos? ¿Vas a dejar de lado la universidad para jugar a la familia feliz con un tipo lo bastante mayor como para ser tu padre? Un tipo que solía ser amigo de tu propio padre, por el amor de Dios. ¿Cómo no eres capaz de ver lo retorcido que es? Te está utilizando, Isla. ¿Cómo no te das cuenta?

Las lágrimas le escocieron los ojos, pero pestañeó para deshacerse de ellas.

—No tienes ni idea de lo que dices. No tengo por qué escuchar esto.

Se dio la vuelta y comenzó a alejarse antes de notar una mano en el brazo.

—Para, por favor. Estoy preocupado por ti. Me preocupa en lo que te has metido.

Ella se soltó de su agarre.

—No tienes que preocuparte por mí; estoy bien.

Callum la miró con una arruga frunciéndole el puente de la nariz.

—En serio. Piensa en lo que estás haciendo. Y si alguna vez necesitas hablar…

Su voz, que había adquirido un tono más suave, se fue apagando y, de pronto, una ansiedad renovada se apoderó de los miedos de Isla.

—No se lo contarás a nadie, ¿verdad?

Durante varios segundos, Callum se quedó mirándola fijamente y una oleada de emociones le atravesó el rostro con demasiada rapidez como para que ella las interpretara.

–Tienes que ponerle fin. Lo sabes. Ponle fin ahora, antes de que alguien más salga herido.

Sin esperar a que le respondiera, él se dio la vuelta y se alejó.

Con la mochila apretada contra el pecho, Isla lo observó mientras se marchaba, maldiciéndose a sí misma por haber sido tan tonta y haber olvidado que el sitio en el que Andrew la dejaba a veces se encontraba cerca del club de atletismo de Callum.

Pero, sobre todo, pensó en el gesto del chico; en la conmoción, la repulsión y la decepción evidentes en su rostro. Y, por mucho que intentó convencerse a sí misma de que no era vengativo, de que se lo guardaría para sí mismo a pesar del daño que le había hecho, el miedo se le agitaba en el estómago. Porque Callum lo sabía. E Isla no tenía forma de predecir qué haría con esa información.

En cuanto Isla atravesó la puerta principal, oyó voces procedentes de la cocina y sintió una sacudida de aprensión.

Tras quitarse las zapatillas de deporte en silencio, comenzó a arrastrarse con sigilo por las escaleras con la esperanza de evitar una conversación. Sin embargo, golpeó con la mochila un cuadro que colgaba de la pared, haciendo repiquetear el marco.

–Isla, ¿eres tú? –la llamó su madre desde el otro lado de la puerta cerrada de la cocina.

Maldiciendo en silencio su torpeza, intentó imprimirle un tono alegre a su voz.

–Sí. Voy a darme una ducha.

–Antes, ven a saludar.

Volvió a bajar las escaleras, atravesó el suelo a cuadros del pasillo y dibujó una amplia sonrisa antes de abrir la puerta.

En la mesa, su madre y Nicole estaban sentadas con una botella de Pouilly-Fuissé.

–¿Qué tal el entrenamiento de natación?

–Bien, gracias. –Se tragó aquella mentira y pasó la vista con rapidez en torno a la habitación, intentando no toparse con la mirada de Nicole.

–¿Y las clases han ido bien?

–Sí, genial.

–¿Te ha parecido que Nathaniel se encontraba bien? Esta mañana estaba un poco pálido y no he vuelto a verlo desde entonces.

La pregunta de Nicole iba dirigida a ella y no podía seguir evitándola más tiempo. Mientras se giraba para mirarla, suplicó que la culpabilidad que sentía permaneciera oculta.

–Esta mañana, en Matemáticas, me ha parecido que estaba bien.

–Estupendo. Es un alivio que hoy haya acabado el colegio. Necesitáis unas vacaciones. –La sonrisa de la mujer era amplia, confiada y afectuosa.

–Nicole ha pasado para tomar una copa de vino. –Su madre tenía las mejillas sonrojadas e Isla sospechó que habían bebido más de una copa.

–Andrew sigue en el trabajo, así que he pensado en venir a hacerle compañía a tu madre –dijo la otra mujer mientras comprobaba la hora en el reloj de pulsera–. De hecho, debería ponerme en marcha. En el mensaje me ha dicho que estaría llegando sobre las ocho y media y le he prometido que cenaríamos juntos.

A Isla le dolían las mejillas por el esfuerzo de sonreír. En un oído, una voz le decía que no se preocupara; que claro que Andrew tendría que cenar con su esposa en alguna ocasión; que eso no era ningún indicativo de lo que realmente sentía. Sin embargo, otra voz le decía que no había sido del todo sincero con ella; que le había dicho que se iba a casa para trabajar cuando en todo momento estaba planeando cenar con Nicole.

Tras apurar lo que le quedaba de vino, la mujer se levantó de la mesa.

–¿Nos vemos mañana por la mañana en pilates?

Abby asintió.

–Por supuesto. Te acompaño a la puerta.

Mientras su madre y Nicole salían al pasillo, charlando sobre los eventos escolares que la AMPA estaba planeando para el siguiente curso escolar, a Isla le sonó el teléfono. Se lo sacó del bolsillo y abrió el mensaje.

> **A:** Hola, preciosa. Gracias por lo de esta tarde. Ojalá supieras lo mucho que disfruto el tiempo que pasamos juntos. Las conexiones como la nuestra no se dan muy a menudo. Te echo mucho de menos cuando no estamos juntos. Tengo muchas ganas de que podamos pasar un par de días solos. Le echaré un vistazo a mi agenda y te diré qué fechas me vienen bien. Te quiero. Besos.

Leyó el mensaje con mariposas en el estómago y tecleó una respuesta.

> **I:** Estoy muy emocionada ante la idea de hacer un viaje juntos. Será perfecto. Yo también te quiero. Besos.

Cuando oyó el chasquido de la puerta principal, salió de WhatsApp, se metió el teléfono en el bolsillo y deseó que la culpabilidad le desapareciera del rostro.

Había pasado una semana desde que Callum había visto a Isla saliendo del coche de Andrew. Siete días en los que había esperado con el alma en vilo para ver si hacía algo al respecto o se lo contaba a alguien. Siete días en los que se había estado preparando para lo peor. Pero no había ocurrido nada. Las clases habían acabado y, desde entonces, no había vuelto a verlo, pues se había marchado un par de días para asistir a los cursos de verano. Le había mandado algunos mensajes para preguntarle si se encontraba bien y ella le había contestado con emoticonos anodinos. No quería ignorarlo por miedo a provocarlo, pero, del mismo modo, tampoco deseaba proseguir con su última conversación.

El sol de últimas horas de la tarde surcaba el cielo cuando atravesó las puertas del tren y accedió al andén. Pensó en Andrew que, a esas alturas, estaría de vuelta en la oficina tras la tarde truncada juntos. Se había disculpado mucho por no poder quedarse y le había dicho que el mercado de valores estadounidense se estaba comportando de forma errática, por lo que debía volver a su trabajo por mucho que deseara quedarse más rato con ella. Sin embargo, le había enseñado el hotel que tenía reservado para las minivacaciones que se tomarían más adelante, aquel mismo verano: una casa de campo en los Cotswolds con unos jardines preciosos y un restaurante con estrella Michelin. Lo único que tenía que hacer ella era inventarse una coartada para su madre. Esa era la única parte del plan que no le hacía demasiada gracia: antes de su relación con Andrew, nunca le había mentido –jamás había tenido motivos para hacerlo– y las capas de subterfugios que cubrían su vida en aquel momento empezaban a pesarle como si fueran diferentes estratos de roca.

–Hola, Isla.

Cuando giró la cabeza de golpe, se sobresaltó al ver a Nathaniel en el andén, a apenas unos centímetros de ella –demasiado cerca para que le resultara cómodo–, con los brazos imposiblemente largos colgando a los costados y las piernas larguiruchas y las rodillas huesudas asomando de forma ridícula bajo unos pantalones cortos, demasiado grandes.

Intentó poner en orden sus pensamientos, pero tenía la cabeza repleta de ansiedad.

Nathaniel acababa de bajarse del mismo tren que ella. El tren procedente de Waterloo que ella había tomado tras haber pasado dos horas en un hotel con su padre.

–Hola, ¿cómo estás? –Su voz sonó sorprendentemente firme, pero apartó la vista cuando Nathaniel la alcanzó y se puso a su lado. Atravesó la barrera automática y salió a la calle.

–Bien, gracias. ¿Qué has estado haciendo?

Era una pregunta bastante inocua, pero a ella le pareció cargada y acusadora.

–He ido a Wimbledon para ver a una amiga.

–¿Alguien a quien conozca?

Intentó respirar con calma y de forma regular.

–No; una chica con la que solía entrenar. –Estaba segura de que, por encima del sonido de los viajeros que pasaban junto a ellos a toda velocidad y el tráfico de la calle principal, Nathaniel debía de ser capaz de detectar el tono falso de su voz.

–¿No se supone que esta tarde tenías entrenamiento?

Los pensamientos se le agolparon en la cabeza. Las mentiras que estaba contando. Las excusas espontáneas que tenía que conjurar como si fuese un mago sacando un conejo de una chistera.

–¿Sinceramente? Necesitaba una tarde de descanso.

Notaba los ojos de Nathaniel perforándole el lateral de la cara. Trató de evitar la intensidad de su mirada y, en su lugar, se concentró en la colección de marcas de acné que le salpicaba la frente.

–Qué raro… Yo me he subido en Wimbledon y no te he visto en el andén.

Por un instante, aquello la dejó sorprendida. Sintió que la estaba interrogando; como si, con cada cosa que dijera, fuese a correr el riesgo de incriminarse todavía más.

–Casi lo pierdo. He tenido que subirme en el último momento. –La mentira le quemó en las mejillas, ardiente e inquietante–. No le digas a nadie que me has visto aquí, ¿de acuerdo? Mi madre se enfadará al saber que no he ido a entrenar, pero necesitaba una tarde libre, de verdad.

Nathaniel asintió.

–Por supuesto. –Una sonrisa le curvó una de las comisuras de los labios, como si hubieran quedado atados por el secreto que ella le había pedido guardar.

Un autobús pasó rodando junto a ellos con lentitud y el

humo del diésel le dejó un regusto acre al fondo de la garganta. Cuando dejaron la calle principal para dirigirse hacia sus respectivas casas, Nathaniel se detuvo de pronto y le apoyó una mano en el brazo, rozándole la piel con los dedos húmedos y pegajosos.

–Escucha; no sé si debería decirte esto. –Hizo una pausa como si fuera uno de los jueces de un programa de talentos de la televisión–. No quiero enrevesar más las cosas, pero creo que tal vez haya algo entre Callum y Yasmin.

Isla notó que se le fruncía el ceño.

–¿Por qué?

–Este fin de semana, los vi juntos en el parque. Callum estaba rodeando los hombros de Yasmin con un brazo. Parecían muy… unidos. Ya sabes…

Los celos se retorcieron bajo las costillas de Isla. Sabía que estaba siendo una hipócrita. Había sido ella la que había puesto fin a la relación. Había sido ella la que había traicionado a Callum al besar a otro hombre mientras todavía estaban juntos. Y, aun así, la idea de que estuviera saliendo con otra persona –con una de sus amigas– le resultaba demasiado dolorosa de imaginar.

–Son amigos. ¿Por qué no iban a querer pasar rato juntos? –Notó el tono defensivo de su voz.

–Pero no estaban pasando el rato sin más. Por el modo en el que se comportaban, era evidente que hay algo entre ellos.

A Isla se le contrajeron los músculos de la garganta.

–¿Cuándo los viste?

–El domingo.

La cronología de los acontecimientos se burlaba de ella. Tres días después de que Callum la hubiese visto con Andrew.

Nathaniel le estrechó el brazo y ella se estremeció ante el roce. Durante años, se habían abrazado sin pensárselo dos veces pero, en aquel momento, cada contacto físico entre ellos estaba cargado de un deseo unilateral que le ponía los pelos de punta.

–Lo siento; no debería haberte dicho nada. Tan solo he pensado que querrías saberlo. De todos modos, tú eres mucho más guapa que Yasmin.

Nathaniel intentó sostenerle la mirada, pero era ferviente e incómoda, así que ella apartó la vista.

—No pasa nada. —Dibujó una sonrisa decidida con los labios y cambió de tema de conversación —. En fin, ¿qué estabas haciendo en Wimbledon?

Él se quedó en silencio un instante e Isla sintió su decepción ante el hecho de que no estuviera dispuesta a cotillear sobre Callum y Yasmin.

—He tenido que llevar la bicicleta al taller. Los frenos no dejaban de chirriar y me estaban volviendo loco.

Al fin llegaron al cruce en el que sus rutas se separaban para volver a casa e Isla se despidió, aliviada de poder librarse de la presencia empalagosa de Nathaniel.

Y, aun así, sus palabras le resonaban en los oídos: «Por el modo en el que se comportaban, era evidente que hay algo entre ellos». Intentó convencerse a sí misma de que Callum no tenía malicia; de que no saldría con una de sus mejores amigas solo para vengarse. Pero lo oportuno del momento era indiscutible, demasiado sospechoso como para tratarse de una coincidencia: apenas unos días después de que hubiera descubierto lo de su relación con Andrew.

Por mucho que intentara ver las acciones de Callum a través de un prisma generoso, no dejaban de refractarse del mismo modo distorsionado con el miedo de que, si era lo bastante rencoroso como para empezar a salir con una de sus mejores amigas, tal vez fuese una idiota por confiar en que mantendría su relación con Andrew en secreto.

PRESENTE

CAPÍTULO 19
Nicole

Apenas acaban de pasar las siete cuando suena el timbre. Nicole espera que no se trate de Andrew regresando antes de lo esperado de su salida matutina para correr. Cuanto más tiempo pase fuera, mucho mejor. Han transcurrido diez días desde que le confesó la aventura que había mantenido con Isla. Diez días desde que ella comenzó a inventarse excusas que darles a Nathaniel y a Jack sobre un ataque repentino de insomnio que obliga a su marido a dormir en el dormitorio de invitados. Sin embargo, ya está empezando a sentirse como si existiera en dos mundos paralelos: el de mentiras y secretos atroces que debe guardar a toda cosa y el mundo en el que debe fingir normalidad para poder mantener a su familia a flote. Semejante dualidad es agotadora y hay momentos en los que teme no ser capaz de guardar las apariencias.

Tras cerrar el portátil, con el que ha estado rellenando más formularios para el seguro del coche desaparecido, recorre el amplio pasillo en dirección a la puerta principal. Cuando la abre, encuentra a Abby al otro lado.

Desde que mataron a Isla, ha visto a su amiga casi todos los días. Días en los que ha desatado la ira de su dolor. Días en los que ha permanecido silenciosa, seria. Días en los que se ha mostrado furibunda ante la ineptitud de la policía y en los que ella ha intentado apaciguarla, consolarla y conducirla hacia un camino más calmado. Ha habido momentos en los que se ha sentido casi como si la ira de su amiga la envolviera; en los que se ha sentido abrumada por su poder tan desatado. Sin embargo, hoy parece diferente: llena de adrenalina y casi febril.

–¿Puedo pasar?

–Por supuesto.

Nicole da un paso atrás para dejar entrar a Abby y la sigue hasta la cocina. Echa un vistazo hacia lo alto de las escaleras, deseando en silencio que Jack y Nathaniel se queden en su dormitorio; no quiere que tengan que enfrentarse al dolor un martes a las siete de la mañana. Espera que Andrew no regrese de correr y no verse obligada a interpretar otra farsa marital, mucho menos enfrente de Abby, a quien su marido ha causado tanto daño.

–He encontrado algo entre los correos electrónicos de Isla.

Un nudo le oprime la garganta. Piensa en la revelación de Andrew y un millar de posibilidades que, en este breve instante, no puede creer que no se le hayan ocurrido antes le atraviesan la cabeza: la posibilidad de que exista una huella digital de lo ocurrido entre su marido e Isla; un rastro de migajas virtuales a la espera de que alguien lo siga.

–¿Qué has encontrado? –La voz de Nicole suena chillona a causa de la culpabilidad, pero Abby no parece darse cuenta y saca un fajo de papeles del bolso.

«Por favor, que no sea lo que creo que es. Por favor, que no deje al descubierto lo que te ha hecho mi familia».

–Toda una retahíla de mensajes en el ordenador de Isla. Mensajes anónimos. Los he imprimido.

Nicole respira para calmar el martilleo que siente en el pecho. Cuando abre los labios, la lengua se le despega del velo del paladar.

–¿Qué tipo de mensajes?

–Mensajes repugnantes. Sin más. –Abby hace una pausa como si se estuviera preparando para revelarle lo que quiera que sea que ha descubierto. El papel se arruga bajo la fuerza de su agarre y Nicole tiene la sensación de estar ante una persona que se desmorona–. Léelos tú misma.

Su amiga empuja el fajo hacia ella. Nicole estira el brazo, lo toma y se obliga a centrar la vista en las palabras impresas.

«¿Qué clase de chica de diecisiete años se la chupa a un

hombre casado que es lo bastante mayor como para ser su padre?».

«Eres una zorra. Lo sabes, ¿verdad?».

«¿Te está pagando? ¿Es por eso por lo que llevas semanas follándotelo? ¿O te pone la idea de tirarte a hombres que te doblan la edad?».

El ácido se le acumula en la garganta y no se atreve a alzar la vista y enfrentarse a lo que quiera que sea que vaya a ocurrir a continuación.

—No sé qué hacer. Me pone enferma…

La voz de Abby se apaga y Nicole se obliga a leer el resto de los mensajes en busca de cualquier mención del nombre de Andrew. Sin embargo, no encuentra nada. Tan solo un mensaje abusivo tras otro.

Algo hace clic en su interior; algún tipo de impulso instintivo de supervivencia; una necesidad primitiva de defender a su familia. No hay manera de saber cuáles serán las repercusiones si la aventura de su marido con Isla sale a la luz. No es un riesgo que pueda permitirse correr. Ni tampoco se atreve a hacerlo.

—Probablemente sean de algún chico aburrido del colegio que no tiene nada mejor que hacer que meterse con chicas de diecisiete años. No puedes creer que sea cierto. No es más que una broma estúpida y de mal gusto.

Abby niega con la cabeza.

—No es una broma. También hay contestaciones de Isla, pidiéndole que pare. Por lo que escribió, es evidente que es cierto. No lo entiendo. ¿Cómo es posible que no lo supiera? ¿Cómo es posible que sucediera algo así y yo ni siquiera lo supiera? Bueno… Debieron de manipularla, coaccionarla o algo por el estilo, ¿no? Isla no haría una cosa así. No es propio de ella. Tal vez ese hombre tuviera algún modo de influenciarla. —Abby está balbuceando, pues sus pensamientos van más rápidos que su lengua.

Tal como ha hecho muchas veces, Nicole piensa en cómo empezaría la relación entre su marido y la hija de su amiga y en la explicación que le dio Andrew: que la había llevado en coche en un par de ocasiones y la cosa «había ido en aumento». No puede evitar preguntarse (y temer) si fue algo más deliberado e intencionado por parte de Andrew, pero es una idea en la que no puede permitirse pensar ahora mismo. Se toma un momento para recuperar la compostura.

–Lo siento mucho. Esto es lo último que necesitas. Debes de estar volviéndote loca. –En su mente, una pregunta resplandece con luces de neón en primer plano–. ¿Se menciona en algún momento de quién podría tratarse? ¿A quién estaba… viendo Isla?

Se produce un momento de silencio en el que Nicole se siente como si estuviera cayendo por la madriguera de un conejo, como Alicia. Abby niega con la cabeza.

–No, he revisado todos los correos electrónicos en busca de pistas, pero no hay nada. Bueno…, podría ser cualquiera, ¿no? Alguien a quien conociera a través de la natación, sus amigas o en una fiesta. Literalmente, cualquiera. ¿Cómo voy a descubrirlo? Tengo que saber quién era. Quiero que me mire a los ojos y me diga en qué momento le pareció que no pasaba nada por acostarse con una chica de diecisiete años. Ni siquiera era adulta todavía, por el amor de Dios. –Abby entierra el rostro entre las manos como si tanta especulación le ocupase demasiado espacio en la cabeza.

Cualquier pensamiento coherente abandona a Nicole e intenta imaginar con desesperación qué diría a continuación si no estuviera ocultando semejantes secretos.

–¿Tienes alguna idea de quién podría haber escrito los correos electrónicos?

La idea de que alguien más conozca la relación entre Andrew e Isla le provoca ganas de vomitar, pero no puede dar rienda suelta a ese miedo ahora mismo; no cuando Abby está presente.

Su amiga niega con la cabeza.

–Son todos anónimos. Pero tiene que ser Callum, ¿verdad? ¿Qué otra persona albergaría tanto odio como para mandarle unos mensajes así? Ninguna otra persona tiene razones o motivos. Ya sabes lo desconsolado que se quedó cuando Isla rompió con él.

Nicole piensa en Callum, aterrada con lo que podría hacer con esa información si de verdad es él quien ha enviado esos correos electrónicos. De pronto, la asalta una amarga sensación de arrepentimiento por no haber sido más amable con el chico desde su llegada a Collingswood; por no haber recibido de forma más efusiva tanto a Callum como a Jenna. Nunca se ha mostrado antipática, pero tampoco ha hecho ningún esfuerzo por integrarlos en la comunidad. Ahora, el remordimiento es una vara con la que se golpeará a sí misma hasta altas horas de la noche.

–¿Qué hago ahora? No sé qué se supone que tengo que hacer con esto. –Abby se estruja las manos como si intentara que alguna explicación se escurriera entre ellas–. Me siento como si estuviera perdiendo la cabeza. Siento que… No sé… Siento que, en realidad, no conocía a mi hija en absoluto.

Nicole le pasa una mano por la espalda.

–No puedes pensar eso. Isla y tú teníais una relación increíble. Sabes que es así. Fuera lo que fuese esta… situación, no se trata más que de un desliz adolescente. No dejes que eso redefina la relación que tenías con ella.

La puerta de la cocina se abre con un chasquido y Jack aparece en el umbral con los ojos nublados por el sueño y el cabello rubio despeinado, lo que le confiere el aspecto de la clase de adolescente que podría presentar un programa de televisión en Disney Channel y, al mismo tiempo, hace que todavía parezca el niñito que solía aovillarse sobre el regazo de Nicole mientras le leía Donde viven los monstruos.

El tiempo parece deformarse, acelerándose y ralentizándose a la vez.

Nicole ve a su hijo mirar a Abby, que está sentada en la mesa de la cocina. Teme lo que haya podido oír antes de abrir la puerta y se reprende a sí misma por no haber sido más cuidadosa. Nota la fragilidad del control que ejerce sobre el bienestar de su familia y sabe que tiene que seguir poniendo parches sobre los agujeros lo mejor que pueda.

—¿Acabas de despertarte? —Intenta mantener un tono de voz alegre y optimista.

Rápidamente, Jack pasa la vista hacia ella, interrogante e inseguro.

—Lo siento, no sabía que estabais… Iré a… —Gira sobre sí mismo y se escabulle hacia el pasillo.

Nicole se da la vuelta hacia Abby y recompone el gesto.

—Lo siento. Es que está en esa edad tan difícil… No pretendía ser maleducado.

Su amiga no parece haberla escuchado y se levanta de la mesa de forma abrupta.

—Voy a acudir a la policía. Tienen que descubrir de quién proceden estos mensajes. ¿Y si hay algún tipo de conexión entre esto… —añade, agitando en el aire el fajo de papeles— y lo que le ocurrió a Isla?

Nicole siente una punzada de alarma, como si un torrente de sangre se le hubiera subido a la cabeza. Si Abby le muestra esos mensajes a la policía, al final, de forma inevitable, el rastro los conducirá hasta Andrew, y no puede permitir que eso ocurra.

—Pero los agentes ya te han dicho que creen que fue un accidente aleatorio. Sé que esos correos son horribles, ha debido de ser espantoso encontrarlos, pero lo más probable es que procedan de alguien que tan solo tenía celos de Isla.

—Pero no lo sabemos seguro, ¿no? Si alguien estaba amenazándola por internet, ¿quién dice que no le hiciera daño también en la vida real? —Abby se cuelga el bolso del brazo y se dirige hacia la puerta de la cocina a grandes zancadas, como un ángel vengador decidido a hacer justicia.

Mientras la sigue por el pasillo, Nicole intenta pensar en algo (lo que sea) para contener la marea que es su furia.

—Deja que vaya contigo. No querrás ir sola a la comisaría.

—Piensa que, al menos, si está presente, sabrá lo que se dice. Al menos estará advertida y preparada de antemano.

Abby niega con la cabeza.

–Gracias, pero quiero hacerlo ya. Necesito que las cosas sigan en marcha.

–No pasa nada. No tengo por qué ducharme. Voy a vestirme y...

–No, de verdad, preferiría ir sola. –Abby se estira y le posa una mano en el brazo–. No es que no agradezca tu oferta, porque la agradezco. Pero necesito hacerlo.

Nicole asiente en silencio, incapaz de pensar en ninguna sugerencia que la haga cambiar de idea. Observa a Abby mientras abre la puerta delantera, camina hacia su BMW, aparcado junto a la acera, y se sube al interior.

El pánico le distorsiona los pensamientos cuando arranca y se dirige hacia la comisaría, donde les enseñará a los agentes esos mensajes anónimos que, sin duda, los conducirán de vuelta hasta su familia.

Al cerrar la puerta, la asalta una sensación aciaga. Alguien sabe que Andrew tuvo una aventura con Isla. Y, si esa persona estaba lo bastante enfadada como para mandarle a la chica unos mensajes tan horribles, no se atreve a imaginar lo que podría hacer a continuación.

CAPÍTULO 20
Jenna

Jenna se quita el abrigo de los hombros, lo deja en uno de los colgadores que hay junto a la puerta principal y saca los pies de los zapatos.

Cuando entra en el salón llama a Callum, pero tan solo le responde el silencio. Se mira el reloj de pulsera y ve que son casi las siete y cuarto. Tras encender la pantalla del teléfono, teclea un mensaje para preguntarle dónde está y si va a volver a casa para la cena.

En menos de un minuto, el móvil suena.

> **C:** Me he quedado en la biblioteca hasta las siete. Ya voy de camino a casa, pero se me acaba de escapar un autobús y el siguiente pasa en doce minutos. Nos vemos en un rato. Besos.

Se permite sentir un alivio momentáneo ante la idea de que esté en la biblioteca, siendo diligente. Desde la llamada que mantuvo con el señor Marlowe hace cuatro días, ha estado extremadamente atenta al comportamiento de Callum, su actitud y cualquier referencia al colegio. Tan solo tiene que mantener la cabeza agachada y esforzarse y, con suerte, el estigma que lo rodea en Collingswood acabará por desvanecerse.

Se dirige hacia la cocina, abre el congelador para buscar algo de cenar entre las pilas de comida que prepara de antemano y escoge chili con carne, que es uno de los platos preferidos de su hijo. Está a punto de meterlo en el microondas para descongelarlo cuando suena el timbre.

144

Cuando abre la puerta, el tiempo parece retroceder hasta detenerse en un punto que había esperado no tener que volver a visitar.

—Hola, señora J, ¿está Callum por aquí?

Con el corazón martilleándole el pecho, Jenna mira fijamente al joven que se encuentra en el umbral de su casa.

—¿Qué estás haciendo aquí?

Él sonríe.

—Ese no es un saludo muy educado. Tan solo quiero ver a Callum. ¿Está en casa?

Durante un instante, se queda sin palabras. No había vuelto a ver a Liam Walsh desde el día en el que Callum y él se presentaron juntos ante el tribunal de menores para enfrentarse a los cargos de complicidad. No había vuelto a ver a Liam desde que lo condenaran a asistir durante dos años a un centro de rehabilitación para menores por haber ido de pasajero en el coche robado que Ryan Marsh iba conduciendo cuando había matado a la mujer. Había albergado la esperanza de no volver a verlo nunca más.

—¿Va a pedirme que pase? Mataría por una taza de té. —Una de las comisuras de los labios de Liam se curva en una sonrisa burlona.

—Callum no te quiere aquí. Y yo, tampoco. —Con el pulso acelerado, se dispone a cerrar la puerta, pero Liam mete el pie entre la hoja y el marco y hace fuerza con él.

—Qué gesto tan maleducado. Tan solo quiero ver a Callum. ¿Puede ir a buscarlo?

Jenna niega con la cabeza.

—Callum no quiere tener nada que ver contigo.

El joven sonríe de medio lado mientras empuja la puerta con la palma de la mano.

—¿De verdad? No me dio esa impresión cuando lo vi hace apenas un par de semanas.

Durante un instante, se queda sin palabras.

—¿De qué estás hablando?

Él arquea las cejas con inocencia fingida.

–¿No se lo ha contado? Tal vez no sea tan niñito de mamá, después de todo.

Liam ladea la cabeza en un gesto provocador y Jenna requiere de todo su autocontrol para no empujarlo con fuerza y alejarlo de su apartamento. Sin embargo, es alto y fuerte, y los bíceps bien definidos y llenos de tatuajes se le marcan bajo las mangas de la camiseta.

–Deja en paz a Callum. Lo digo en serio. No quiero que te acerques a él. –Había tenido la esperanza de que su voz sonara amenazante, pero oye el temblor que destila.

Liam la mira sin pestañear durante un instante. Entonces, suelta una carcajada y se encoge de hombros.

–No se preocupe. Ya me pondré al día con él en otro momento. Conozco la escuela pija a la que va.

Jenna respira hondo para calmar el palpitar que siente bajo las costillas.

–No te acerques a él. ¿Me oyes? No te quiero cerca de su colegio.

Las imágenes se suceden en su mente a toda velocidad: ve a Liam apareciendo en Collingswood y causando problemas; el señor Marlowe interviniendo; el colegio consiguiendo la excusa que necesita para expulsar a su hijo de una vez por todas. Teniendo en cuenta que la posición de Callum en el centro ya se encuentra en el filo de la navaja, no puede permitir que eso ocurra.

–Lo digo en serio. Mantente alejado de mi hijo.

El joven entrecierra los ojos y su sonrisa se convierte en una línea apretada y amenazante. El temor le punza la piel y, durante varios segundos, Jenna siente miedo –miedo de verdad– de lo que pueda hacer a continuación.

Pero, entonces, de pronto él aparta la mano de la puerta delantera y comienza a alejarse con aire arrogante mientras le dice por encima del hombro:

–Cuídese, señora J. Y dígale a Callum que nos pondremos al día pronto, ¿de acuerdo?

Jenna cierra la puerta de golpe, pone la cadena y da un paso atrás como si tal vez Liam estuviese a punto de irrumpir a través de ella. Tiene las manos pegajosas y húmedas, así que se las seca en los pantalones e intenta calmar la respiración.

«No me dio esa impresión cuando lo vi hace apenas un par de semanas». El comentario burlón del joven le resuena en los oídos e intenta decirse a sí misma que estaba mintiendo; que no puede ser cierto. Su hijo es demasiado sensato, demasiado consciente de la oportunidad que le han dado en Collingswood como para poner en riesgo su futuro.

Sin embargo, mientras se repite esas frases para convencerse a sí misma, no es capaz de silenciar la otra voz de su cabeza, esa que le recuerda lo reservado que se ha mostrado Callum en los últimos tiempos. No solo tras la muerte de Isla, sino también antes de eso. La ruptura le arrebató la confianza en sí mismo de un modo que Jenna no había esperado, además de reavivar sus inseguridades en cuanto a Collingswood y sobre si de verdad encajaba o merecía estar allí.

La pregunta la irrita como si fuera un niño molesto. Si Callum se sentía vulnerable por su posición en el colegio, tal vez el lugar evidente en el que buscaría refugio –el lugar al que se retiraría en busca de familiaridad y seguridad por muy perverso que pueda parecer, teniendo en cuenta los problemas en los que lo habían metido en el pasado– sería entre sus antiguos amigos del colegio. Con Liam Walsh.

Recuerda el momento en el que su hijo llegó a casa la noche de la muerte de Isla, la mentira que le contó sobre la marca que le atravesaba el rostro y que, evidentemente, no era el resultado de haberse chocado contra una puerta. Entonces, se pregunta qué otras mentiras podría estar contándole. Recuerda la sonrisa de suficiencia que adornaba el rostro de Liam y una pregunta aparece como si alguien hubiese encendido un interruptor: ¿cómo sabía el joven dónde vivían si no se lo había dicho Callum? Se mudaron después de que lo aceptaran en Collingswood. No hay ningún motivo para que Liam lo sepa.

Se apoya en la pared, cierra los ojos e intenta recuperar algún atisbo de compostura antes de que Callum llegue a casa. No va a hablarle de la visita del otro chico, de eso está segura. Si Liam estaba mintiendo, si su aparición de esta tarde no ha sido más que falsa osadía, estaría cayendo en su juego al contárselo a su hijo.

Sin embargo, las dudas siguen rondándole como buitres sobre el cuerpo de un animal muerto: tal vez estuviese diciendo la verdad; tal vez Callum hubiese vuelto a pasar tiempo con él.

Cierra los puños con fuerza. Porque sabe que la amistad con Liam tan solo puede conducirlo a un lugar, y no es uno al que tenga intención de dejarle ir.

CAPÍTULO 21
Abby

Abby está sentada en el coche frente a la comisaría de policía, planteándose si entrar allí y reiterar todo lo que les ha dicho diez horas atrás, a las ocho de la mañana, cuando les ha enseñado el montón de correos electrónicos anónimos que le habían enviado a Isla.

El detective Webb ha leído los mensajes, le ha dado las gracias por llevárselos y la ha compadecido por lo perturbador que debía de haber sido leerlos. Cuando Abby le ha preguntado de forma abierta si no era posible que existiese una conexión entre el asesino de su hija y quienquiera que hubiese escrito esos correos, el policía la ha mirado casi con tristeza, con lástima inconfundible en el rostro, y le ha repetido lo que ya le había dicho en innumerables ocasiones: que creía que el accidente de Isla había sido un atropello con fuga trágico pero aleatorio; que no había motivos para sospechar que se tratara de algo más siniestro. Abby ha sacudido el fajo de papeles en el aire y le ha preguntado si no eran evidencia suficiente de que podría haber otra explicación; que quizá no hubiese sido aleatorio en absoluto, sino totalmente intencionado. El gesto de contención del detective Webb mientras aseguraba que sus agentes investigarían los correos electrónicos si les daba acceso a la cuenta de Isla y que estaban haciendo todo lo posible por esclarecer las circunstancias en torno a su muerte le ha resultado irritante. Al igual que Nicole, ha concluido con demasiada rapidez que lo más probable es que se trate de la obra de algún adolescente aburrido; sin duda, alguien de su colegio con quien tal vez hubiese discutido y estuviera intentando sacarla de quicio. Abby ha tenido que aunar toda su paciencia para explicarle que su hija no tenía enemigos –había sido la chica más popular de su curso– y que su colegio no era así, repleto de personas capaces de algo semejante.

El agente ha mostrado más interés en el hombre con el que Isla había estado teniendo una aventura. ¿Tenía alguna idea de quién podría ser? ¿Isla había dado muestras de mantener una relación romántica con alguien? ¿Creía que fuese posible que su hija se lo hubiese contado a alguna de sus amigas? ¿Solía ser habitual que Isla guardara secretos? Todas las preguntas para las que no ha tenido una respuesta significativa le han parecido un reproche sobre su ineptitud como madre; un reconocimiento directo de que, en realidad, no conocía a su hija en absoluto, pues no tenía consciencia de lo que le pasaba por la cabeza y el corazón. Tras descubrir los mensajes, Abby se había visto obligada a replantearse todo lo que creía saber sobre Isla, así como su confianza inquebrantable en su honestidad e integridad. De pronto, había tenido que aceptar que su hija había sido reservada, falsa y deshonesta; que debía de haberle mentido –jamás llegaría a saber cuántas veces– sobre adónde iba, qué iba a hacer o con quién había estado; que le había ocultado un secreto de tal magnitud: una aventura con un hombre casado, con el marido de otra persona, con un tipo lo bastante mayor como para ser su padre.

No esperaba que un policía hombre comprendiera cómo se sentía al respecto o que se había pasado la noche anterior despierta, incapaz de ahuyentar la imagen espantosa de su preciosa hija de diecisiete años siendo seducida por un repugnante hombre de mediana edad que era lo bastante mayor como para saber que aquello no era apropiado; imaginando las manos de ese hombre recorriendo la piel inocente de Isla; imaginándolo tocándola, besándola y engatusándola para abrirse paso hasta su corazón y su cuerpo, lugares sobre los que no tenía derecho. No esperaba que el detective entendiera el dolor, ese dolor destructor y atormentador de comprender que Isla no se había sentido capaz de confiar en ella y le había ocultado aquella parte de su vida, o la agonía de saber con certeza que jamás sería capaz de preguntarle al respecto.

Esta mañana, cuando al fin se ha marchado de la comisaría (después de que el detective Webb le dejara claro que tenía otras cosas que hacer y otros casos con que lidiar), se ha alejado de allí con exactamente los mismos sentimientos que ha experimentado durante todas y cada una de las reuniones que ha mantenido con la policía a lo largo de los últimos veinticinco días: resentimiento por haberse dejado engañar, furia contra los agentes por no mostrar ninguna sensación de urgencia e ira ante la idea de que no hayan conseguido atrapar al asesino de su hija.

Su teléfono suena desde el asiento contiguo y, cuando lo toma, ve que se trata de un mensaje de Nicole.

> **N:** Tan solo te escribo para saber cómo estás.
> ¿Alguna novedad de la policía? Besos.

Abby vuelve a dejar el móvil en el asiento y siente que la intensidad de su frustración aumenta.

Vuelve a girarse para mirar la comisaría de policía, planteándose si debería volver a entrar e insistir en que tendrían que haberse tomado más en serio su visita de esa mañana y que deben esforzarse más.

Y entonces, de pronto se da cuenta de algo. Y, en cuanto lo hace, no comprende cómo es posible que no se le haya ocurrido antes. Tan solo puede suponer que la ira, el descontento y la confusión le han enmarañado los pensamientos y le han nublado el juicio. Es algo tan obvio –tan transparente, evidente y obvio– que, durante un instante, se siente humillada por no haberse dado cuenta antes y por haberse puesto tan a la defensiva con las preguntas del detective. En cuestión de minutos, él ha llegado a una conclusión que ella ha tardado veinticuatro horas en alcanzar.

Es el sospechoso. Probablemente, el más importante.

El hombre que sedujo a Isla es el sospechoso principal en el caso de su muerte. Por eso el detective Webb está tan interesado en desvelar su identidad. La policía no cree que la persona que escribiera los correos electrónicos sea la culpable de matar a su hija. Cree que se trata del hombre que se aprovechó de Isla de un modo tan despreciable.

Cuando cae en la cuenta, la idea se le enrosca en torno a la garganta y le presiona la tráquea.

Los pensamientos le dan tumbos en la cabeza como si estuviera borracha. Tal vez ese hombre, ese monstruo que acosó a su hija, estuviese enfadado con ella. Tal vez estuviese desesperado por mantener su reputación, su matrimonio y su familia. Tal vez hubiesen puesto fin a la relación e Isla estuviese a punto de desenmascararlo.

Tal vez necesitase silenciarla.

Abby enciende el motor, se aleja del bordillo y se dirige a casa, consciente de lo que debe hacer. Tiene que revisar hasta el último centímetro del dormitorio de Isla. Debe descubrir la identidad del hombre que coaccionó a su hija para que mantuviera una relación con él. Porque está convencida de que, si lo consigue, habrá encontrado a la persona responsable de su muerte.

SIETE SEMANAS ANTES
DE LA MUERTE DE ISLA

CAPÍTULO 22
Isla

Isla estaba sentada sobre la tapa del inodoro, con la mano temblorosa, sosteniendo el estrecho palito de plástico entre el pulgar y el índice. La primera luz del amanecer resplandecía débilmente a través de la ventana y tenía los ojos fijos en la prueba que sostenía en la mano y que, en los siguientes minutos, determinaría su futuro.

Mientras permanecía sentada, a la espera, no podía creer que hubiese sido tan descuidada. Durante días, aquella posibilidad ni siquiera se le había ocurrido. Había sido Sonia, su compañera de entrenamiento de natación, la que le había expresado el alivio que sentía ante la idea de que no fuese a bajarle la regla durante la siguiente competición del condado. Isla no había sido consciente hasta ese momento de que no era capaz de recordar la última vez que le había bajado a ella. Al revisar el calendario del móvil y examinar su memoria, se había percatado de que tendría que haberle bajado quince días antes y ni siquiera se había dado cuenta. Habían pasado casi dos semanas y ni tan solo había sido consciente del retraso. Había estado demasiado preocupada con otros asuntos. La noche que iba a pasar fuera con Andrew y para la que todavía no se le había ocurrido ninguna excusa que darle a su madre. Las solicitudes de admisión a la universidad en las que tenía que pensar y la cada vez mayor toma de conciencia de que, cuando regresara al colegio en septiembre, solo le quedarían dos cuatrimestres para presentarse a los exámenes de acceso. Los entrenamientos de natación cinco o seis veces a la semana y la determinación de clasificarse para los nacionales británicos. Y, más allá de eso, los engaños diarios que le revolvían el estómago: las mentiras, las falsedades, las distorsiones de la verdad que se inventaba todos los días para su madre, su hermana y sus amigas.

Por la ventana del baño miró hacia fuera, hacia el jardín. Se acordó de un fin de semana a principios de primavera en el que se había sentado allí con Callum, con los libros esparcidos a su alrededor y los portátiles abiertos, para estudiar juntos. Tan solo habían pasado unos meses, pero ya le parecía que aquello había ocurrido en otra vida.

Apenas lo había visto en las dos semanas y media que habían transcurrido desde que la había descubierto saliendo del coche de Andrew. Se sentía agradecida de que las vacaciones de verano hubiesen comenzado ese mismo día y de que Callum se hubiese marchado de inmediato un par de días para asistir a los cursos de verano. Sin embargo, el viernes anterior, se había encontrado con él frente a la biblioteca local y no había podido evitar la conversación.

«Isla, venga ya, tienes que ser capaz de ver que es… muy raro. Es el padre de Nathaniel. Literalmente, es lo bastante mayor como para ser tu padre. Sé que crees que tan solo estoy enfadado porque me dejaste por él, pero no se trata de eso. Es solo que… todo este asunto es muy retorcido. Seguro que te das cuenta».

Isla le había dejado soltar la diatriba, consciente de que le había hecho daño y de que, como mínimo, le debía la oportunidad de ventilar sus quejas. Pero entonces, por suerte, le había sonado el móvil (su madre, preguntándole si volvería a casa para comer) y había tenido un motivo creíble para escapar.

Aquella noche, incapaz de calmar la ansiedad que la carcomía ante la idea de que Callum pudiera contarle a alguien lo de su relación con Andrew, le había mandado un mensaje para implorarle de nuevo que guardara el secreto. Su respuesta le había sugerido que lo único que había logrado había sido ofenderlo todavía más.

C: Por Dios, Isla, ¿por quién me has tomado?

156

Pero entonces, la última noche, había recibido un correo electrónico anónimo de una cuenta que no había reconocido.

«¿Qué clase de chica de diecisiete años se la chupa a un hombre casado lo bastante mayor como para ser su padre?».

Había leído el mensaje, enferma por la inquietud. La única persona que sabía lo suyo con Andrew era Callum. Sin dudar, había sacado el móvil y había abierto WhatsApp.

> **I:** ¿Así que ahora te dedicas a mandarme correos anónimos? Ya basta, Callum. Siento cómo te traté, de verdad, pero los dos tenemos que pasar página.

La respuesta tan solo había tardado unos segundos en llegar.

> **c:** ¿De qué estás hablando? ¿Qué mensajes anónimos?

Isla se había quedado mirando la pantalla mientras intentaba poner en orden sus pensamientos caóticos. Una parte de su cabeza le decía que Callum no escribiría algo así: ser cobarde y abusivo no era su estilo. Pero, entonces, había recordado su enfado el día que la había visto salir del coche de Andrew.

«Es el padre de Nathaniel, por el amor de Dios. Es… Es raro. Lo sabes, ¿verdad?».

Así que ya no sabía qué pensar.

Se obligó a bajar la vista de nuevo hacia la prueba de embarazo que tenía entre las manos y sintió que su mundo comenzaba a desintegrarse.

La inconfundible segunda raya azul. La confirmación irrefutable de sus peores miedos. Su vida tomando un rumbo diferente e insostenible.

Isla estudió el rostro de Andrew, deseando saber en qué estaba pensando. Entendía que aquello se trataba de una bomba, pero su silencio la estaba poniendo nerviosa.

A su alrededor, en un pub de Barnes en el que habían quedado a toda prisa, hombres trajeados y mujeres con vestidos de falda larga bebían cócteles carísimos y cerveza embotellada. Ella daba sorbos de agua con gas, tensa por la ansiedad mientras esperaba a que él respondiera.

–¿Cómo te encuentras? ¿Estás bien? –Isla asintió, pues las palabras eran como raspas de pescado que se le hubieran quedado atascadas en la garganta–. ¿Sabes…? ¿Sabes más o menos de cuántas semanas estás?

–Creo que de unas seis.

–De acuerdo. Eso está bien. –A Andrew se le crispó la mejilla derecha–. ¿Y no se lo has contado a nadie? –Ella negó con la cabeza. Tras estirar el brazo al otro lado de la mesa él le tomó la mano–. Es mejor que esto se quede entre nosotros dos, ¿vale? Y no te preocupes: lo solucionaremos. Yo me encargaré de todo.

Isla se descubrió asintiendo a pesar de que no sabía muy bien por qué.

–Te pediré una cita en una clínica privada y, como es obvio, lo pagaré. Te prometo que encontraré el mejor centro. –Ella siguió asintiendo, sin asimilar del todo el significado de las palabras de Andrew–. Saldrás el mismo día. Es una intervención rápida, sencilla y totalmente segura. Sé que es mucho que asumir, pero todo irá bien. Es una suerte que te hayas dado cuenta tan pronto.

Cuando él le estrechó la mano, Isla se dio cuenta de que se había tomado una decisión; una en la que no era consciente de haber participado. Una parte de ella quería protestar e insistir en que lo hablaran más y exploraran todas las opciones; en que al menos le permitiera opinar al respecto. Pero cuando intentó pensar en lo que podría decir y a qué conclusión alternativa podrían llegar, se dio cuenta de que no había otra opción viable. Andrew se estaba mostrando tan prosaico porque no había otro resultado factible.

Mientras él seguía hablando (sugiriendo que el aborto quirúrgico era preferible porque el aborto en casa a través de medicamentos levantaría sospechas y diciéndole que, al día siguiente, a primera hora, le mandaría los detalles de la cita

158

en cuanto la hubiera reservado), Isla pudo sentir la vergüenza tiñéndole las mejillas. No se trataba de que hubiera esperado que Andrew anunciara que iba a dejar a Nicole para mudarse con ella. Eso ni siquiera era lo que quería. Se trataba de la actitud despreocupada con la que estaba hablando, como si la idea de que se quedara con el bebé ni siquiera constituyera una posibilidad remota; como si sus sentimientos, sus pensamientos y sus opiniones no importaran.

—Deja de parecer tan preocupada. Todo va a salir bien. —Andrew sonrió mientras le pasaba el dedo por la cara interior del codo—. Te quiero. Lo superaremos juntos, te lo prometo.

Isla intentó devolverle la sonrisa y trató de destilar algo de tranquilidad a sus palabras. Sin embargo, en algún lugar en sus entrañas sentía que aquel era un momento decisivo de su vida, un momento en el que su futuro estaba virando hacia un camino diferente, y que no había forma de regresar al lugar del que procedía o a la persona que había sido antes de los acontecimientos de los últimos meses.

—Oye, Isla, espérame.

Isla miró a su espalda y sintió un tirón de desaliento al ver a Nathaniel pedaleando hacia ella con la bicicleta. Tenía la costumbre irritante de aparecer cuando menos le apetecía verlo (lo que, en aquel momento, ocurría prácticamente siempre).

—¿Adónde vas?

Echó un vistazo a aquella tranquila calle residencial y se dio cuenta de que no lo sabía. Había salido de casa más de una hora antes y, desde entonces, había estado caminando, aunque sin ninguna dirección o propósito en mente. Tan solo había sentido una necesidad visceral de salir a la calle, despejar la cabeza y dilucidar cómo se sentía con respecto a la conversación con Andrew de la noche anterior.

Aquella mañana, a las nueve y media, el móvil le había sonado al recibir un mensaje suyo.

A: Aquí están los detalles de la cita. La he pedido a tu nombre, pero ya la he pagado, obviamente. Se trata de una clínica muy prestigiosa y cuidarán de ti de un modo excepcional. Sé lo duro que es y siento muchísimo que tengas que estar viviendo esto. Pero creo que ambos sabemos que, en realidad, el aborto es la única opción. Todo irá bien, te lo prometo. Te quiero. Besos.

Había leído el mensaje y había sacado una captura de pantalla para poder acceder a los detalles de la cita sin tener que volver atrás en la conversación de WhatsApp. Había intentado desentrañar cómo se sentía; había tratado de imaginar cómo sería llegar a la clínica en Marylebone, someterse a la intervención y recuperarse después sin contárselo a su madre, pero la imaginación se le había quedado corta.

Lo que de verdad quería era escapar de sus propios pensamientos, pero parecían decididos a seguirla donde fuera.

—Tan solo iba a dar un paseo junto al río. Necesitaba algo de aire fresco.

—¿Te importa si te acompaño?

Todos los instintos en el interior de su cabeza gritaban que quería estar sola, que necesitaba espacio, que la última persona que quería que le hiciera compañía era Nathaniel. Sin embargo, no podía improvisar una excusa creíble para rechazar su propuesta y no se atrevía a hacer nada que pudiera hacerle sospechar.

—Claro.

Durante unos instantes, caminaron en silencio sobre el puente mientras el caparazón del sol de las últimas horas de la tarde se aferraba a la superficie del agua. Giraron hacia el camino que bordeaba el Támesis y se pegaron al río mientras Nathaniel empujaba la bicicleta junto a él.

—Entonces, ¿te la repararon?

—¿El qué?

—La bicicleta.

Él se quedó mirando el manillar durante unos segundos.

–Sí; todo arreglado.

Un par de remeros pasaron deslizándose por el agua e Isla pensó en la natación, el aborto y en cuánto tardaría en poder volver a entrenar tras intervención. Pensó en todas las excusas (en todas las mentiras) que debería inventarse si tenía que tomarse un tiempo de reposo. Pero no podía permitirse pensar en eso; no en aquel momento.

–Me he enterado de lo del examen de conducir. Lo siento. Vaya mierda.

Nathaniel se encogió de hombros.

–El examinador era un idiota. Me di cuenta de inmediato de que no le caía bien. En cualquier caso, he entregado la solicitud para presentarme de nuevo. Es imposible que suspenda la próxima vez. –Empezó a toquetearse un granito que llevaba en la mejilla y, entonces, paró de pronto, cohibido–. ¿Puedo hablar contigo de algo? –Le echó un vistazo rápido y, después, volvió a apartar la vista.

Isla fue consciente de que los músculos de la garganta se le tensaban por el miedo a desvelar los secretos que estaba guardando.

–Por supuesto.

A cámara rápida, imaginó al chico declarándose al fin y pensó en la imposibilidad de lidiar con eso, además de todo lo demás, en aquel preciso instante.

–Es solo que, ahora mismo, el ambiente en casa está un poco raro y la verdad es que no tengo con quién hablar de ello.

Intentó parecer atenta y que la consternación no se le reflejara en el rostro. Lo último sobre lo que quería hablar con Nathaniel era la situación de su vida familiar.

–Ya sabes que mi padre siempre ha sido un poco adicto al trabajo, ¿verdad? Eso no es nuevo. Pero, últimamente, parece diferente. Incluso cuando está en casa, parece como si tuviera la cabeza en otra parte. ¿Sabes lo que quiero decir? –Isla asintió. Tenía las palmas de las manos perladas de sudor y se las secó en el algodón de los pantalones cortos–. Es como si siempre estuviera pensando en alguna otra cosa; como si nunca estuviera con nosotros en realidad. –Se le puso la piel de gallina, muy consciente de que no quería estar manteniendo aquella conversación–. Sé que puede obsesionarse por completo con el trabajo cuando tiene entre manos alguna inversión grande pero, a estas alturas, lleva así meses. No puedo evitar pensar… No sé… Tal vez le pase alguna otra cosa.

El pánico hizo que a Isla se le acelerara la respiración.

–¿Como qué?

Nathaniel se encogió de hombros.

–No lo sé. Tal vez esté enfermo o algo así y no quiera contárnoslo.

Intentó no mostrar el alivio que sentía.

–Seguro que no es eso. Lo más probable es que tan solo esté ocupado. Tu padre siempre me ha parecido un hombre muy saludable.

–Sí, pero el tuyo también estaba sano. –Se produjo un instante de silencio–. Lo siento. Decir eso ha sido una mierda por mi parte.

–No pasa nada…

–No, ha sido una estupidez. Lo siento. No pretendía molestarte.

–No lo has hecho. No pasa nada.

El dolor se le enredó en el pecho, pero se obligó a ignorarlo. Lo desenmarañaría más tarde, cuando estuviera sola.

Nathaniel dejó de caminar, se dio la vuelta para mirarla y se apoyó la bicicleta contra la cadera.

–Hay otra cosa que también es muy rara. A pesar de que casi nunca está en casa, cuando sí está, no le quita las manos de encima a mi madre. Es asqueroso.

Un calor se le enroscó en torno a la garganta como si fuera una bufanda que no quisiera llevar puesta.

–¿De verdad? –Las palabras sonaron leves y atipladas, como si no tuviera espacio suficiente en la garganta para soltarlas.

Nathaniel asintió.

–Cuando apenas lleva unos días en casa, de pronto, empieza

a decirle a mi madre lo preciosa que es y lo increíble que le parece. Actúa como si no pudiera estar separado de ella.

Isla intentó reprimir la puñalada de celos. Se dijo a sí misma que dejara de ser idiota; que Nicole era la esposa de Andrew y que, por lo tanto, claro que tenía que mostrarse afectuoso con ella de vez en cuando. Debía fingir que su matrimonio era feliz, por supuesto, sobre todo delante de Nathaniel y Jack. Sería ridículo imaginar lo contrario. Y, aun así, recordaba todas las veces que le había contado que su matrimonio se había sumido en el reino de lo platónico; que amaba a Nicole por ser la madre de sus hijos, pero que todo el romance y el deseo se habían esfumado tiempo atrás.

Nathaniel se miró el reloj de pulsera con los ojos entrecerrados a causa del resplandor del sol.

–Mierda, será mejor que me vaya. Dije que estaría en lo de Elliot a las seis. –Pasó una pierna por el tubo horizontal de la bicicleta y se sentó en el sillín–. Gracias por escucharme. Te lo agradezco de verdad. A veces, creo que eres la única persona que nos entiende a mi familia y a mí.

Se dio la vuelta para marcharse e Isla tan solo se sintió aliviada de que se fuera.

Conforme lo observaba alejarse pedaleando, sus palabras le resonaron en los oídos.

«Cuando apenas lleva unos días en casa, de pronto, empieza a decirle a mi madre lo preciosa que es y lo increíble que le parece. Actúa como si no pudiera estar separado de ella».

Mientras seguía paseando junto al río, se dijo a sí misma que aquello no importaba. Cómo se sintiera obligado a actuar en casa para mantener las apariencias era irrelevante. Andrew la quería –se lo había dicho una y otra vez– y eso era lo único que importaba.

PRESENTE

CAPÍTULO 23
Jenna

Jenna se encuentra sentada en el auditorio a oscuras, viendo la producción de Macbeth de bachillerato. En el escenario, alumnos a los que conoce de vista pero no por nombre recorren la tarima, desprendiendo seguridad en sí mismos y enunciando cada sílaba como si estuvieran leyendo las noticias de las diez.

Junto a ella, Callum se remueve en el asiento y Jenna se pregunta si se habrá equivocado al insistir en que vinieran. A pesar de que su hijo ayudó a construir el escenario, se ha resistido a asistir a la actuación y le ha dicho que quería pasar desapercibido; que ya era bastante malo que la mitad de los alumnos del curso siguieran reciclando la misma noticia pasada sobre sus problemas con la conducción de un coche robado; que no quería pasar su tiempo libre rodeado de chacales rondando el cadáver de los cotilleos escolares a la espera de que llegara su turno para alimentarse. Pero a ella le ha parecido importante que hicieran acto de presencia y que su ausencia no alimentara las especulaciones. Quería demostrar que no tenían nada que esconder y que merecían formar parte de la comunidad escolar, por mucho que la tarea le pareciera digna de Sísifo.

Uno de los actores que están en el escenario comienza uno de los pocos soliloquios que reconoce («Mañana, y mañana, y mañana…») y su atención empieza a vagar mientras pasa la vista por la sala.

Abby y Nicole están sentadas tres filas por delante de ella, juntas, tal como es inevitable que lo estén en todos los eventos escolares. Le sorprende ver a Abby. Han pasado menos de cinco semanas desde que mataron a Isla y había supuesto que evitaría cualquier actividad relacionada con bachillerato durante el resto del curso. Sin embargo, la mujer siempre se ha tomado muy en serio su papel como presidenta de la AMPA y trata dicho puesto, que es voluntario, con la misma formalidad que si se tratase de un trabajo de ejecutiva a tiempo completo. Si hubiera sabido que iba a estar presente, tal vez se habría mostrado tan dispuesta como Callum a mantenerse alejada de la obra de teatro. En cambio, antes de la actuación, ha tenido que enfrentarse a un momento incómodo en el baño de mujeres, pues ha salido de uno de los cubículos justo cuando Abby estaba entrando. Ha dudado un instante, sin estar muy segura de si debía decir algo o de si la otra mujer se mostraría receptiva ante su compasión. Pero, entonces, Abby ha entrado a uno de los cubículos y ha cerrado la puerta, tomando la decisión por ella.

Callum se saca el móvil del bolsillo y la pantalla se ilumina en medio de la oscuridad. Jenna le da un fuerte codazo y arquea las cejas a modo de protesta silenciosa. Mientras su hijo vuelve a concentrarse en el escenario, ella le estudia el rostro, tal como ha hecho tantas veces a lo largo de los últimos siete días, desde la aparición no deseada de Liam Walsh. Intenta detectar cualquier rastro de engaño; cualquier pista de que le está ocultando algo. Gracias a su trabajo, sabe demasiado bien lo engañosos que pueden ser los adolescentes y es consciente de que, aunque Callum le estuviera mintiendo, es posible que no reconociera necesariamente las señales.

El público comienza a aplaudir y, sobresaltada, se da cuenta de que la obra ha llegado a su fin, así que se une a los aplausos a pesar de que, para ser sincera, apenas se ha enterado de la actuación. Lo más importante es que han venido, han comprado entradas y los han visto apoyar al colegio. Con toda certeza, en algún momento los padres empezarán a cotillear sobre alguna otra cosa y los compañeros de clase de Callum encontrarán algo diferente con lo que obsesionarse. Sin duda, los profesores recordarán que su hijo es un estudiante diligente y de alto rendimiento y olvidarán las faltas que cometió mucho antes de llegar al centro.

Cuando salen del flamante y puntero auditorio hacia el patio, Jenna está a punto de sugerir que tal vez deberían volver a casa en lugar de unirse a tomar una copa en el vestíbulo del colegio. Pero, entonces, ve que un coche patrulla entra en el aparcamiento y dos agentes se bajan. Miran alrededor como si estuvieran orientándose antes de posar los ojos sobre el grupo que se amontona frente al teatro.

La ansiedad se le retuerce en el estómago. Se obliga a sí misma a dejar de preocuparse: no hay ningún motivo justificado por el que la policía pudiera querer hablar con Callum. Aun así, nota que su hijo se tensa junto a ella y siente el miedo que emana de él mientras observan al señor Marlowe, que atraviesa el césped cortado de forma inmaculada para hablar con los agentes.

Entonces, el jefe de estudios mira a Jenna a los ojos con gesto indescifrable: no es capaz de discernir si de disculpa o de enfado. Antes de poder interpretarlo, el hombre y los agentes están atravesando el jardín hacia ellos y siente doscientos pares de ojos girándose hacia Callum.

—¿Callum James? ¿Hablamos un momento?

Su hijo la mira (asustado y vulnerable: un niño pequeño atrapado en el cuerpo de un hombre adulto), y su instinto maternal de protección se dispara.

—¿De qué se trata? —Intenta hacer que su voz suene fuerte y autoritaria. Ha utilizado su acento más pijo, pero sabe que palidece en comparación con la seguridad auténtica de los padres que ahora los están observando, a la espera.

—¿Señora James?

Jenna asiente y decide que no es el momento ni el lugar de corregir al policía y decirle que es «señorita» y no «señora»; que el padre de Callum los abandonó hace años y que el único motivo por el que no ha vuelto a utilizar su apellido de soltera es para mantener cierta sensación de identidad compartida con su hijo.

–Tan solo nos gustaría que Callum nos acompañara a la comisaría para responder algunas preguntas.

–¿Sobre qué?

Los agentes intercambian una mirada atribulada, como si estuviese armando demasiado escándalo. Tras ellos, el señor Marlowe contempla la escena y Jenna comprende que la situación no es más que otra mancha en el expediente académico de Callum y que, sin duda, llegará un momento, tal vez en un futuro no muy lejano, en el que la paciencia del hombre se agote. A su alrededor, todo permanece en silencio mientras padres y alumnos fingen estar mirando el teléfono móvil, mostrando un interés repentino en las flores que bordean el césped o retrasan el breve paseo hasta el vestíbulo para tomar unas copas, decididos a no perderse el drama que se desarrolla frente al auditorio.

–Lo cierto es que lo mejor sería que pudiéramos discutir este asunto en privado. –El policía se pasa los pulgares por la cinturilla de los pantalones negros y se los sube sobre el vientre prominente.

–Tal vez pudieran utilizar mi despacho. –Hay una nota de autoridad en la voz del señor Marlowe; un deseo evidente de hacer que el espectáculo deje de estar a la vista de todos.

Uno de los agentes asiente.

–Eso nos sería de mucha ayuda, gracias.

Sin esperar a que Jenna responda, el señor Marlowe se dirige a grandes zancadas hacia el edificio de bachillerato, que se encuentra junto al auditorio. Uno de los policías mira a Callum con una ceja arqueada y ladea la cabeza para ordenarle que lo siga. La humillación palpita en las mejillas de Jenna mientras su hijo y ella, con los agentes pisándoles los talones, siguen al señor Marlow hacia el edificio de ladrillo rojo y hasta su despacho, situado en la planta principal.

–Muy bien; los dejo a solas –dice el hombre mientras pasa la vista en torno a la sala con un aire de resignación, como si hubiese hecho todo lo posible por minimizar la interrrupción y el escándalo, al menos por esa noche.

–Si no le importa, preferiría que se quedara. –Jenna se vuelve hacia los policías–. Suponiendo que no tengan objeciones.

Desea –más bien necesita– que el señor Marlowe sepa que no tiene nada que esconder; que está siendo abierta, transparente y honesta con Collingswood en lo que respecta a su fe en la integridad de su hijo.

Los dos agentes intercambian una mirada y ponen los ojos en blanco antes de indicar que están de acuerdo.

El profesor se sienta en el borde de un sillón que se encuentra cerca de la puerta. Jenna y Callum permanecen en el centro del despacho, frente a los policías. A través de la ventana ve a los padres y los alumnos hablando y cotilleando, por lo que experimenta una oleada de indignación ante el aluvión de especulaciones provocado por los dos agentes.

–Acudir al colegio de un menor de edad para interrogarlo no es una práctica habitual, ¿no es así? ¿Cómo han sabido siquiera que estábamos aquí?

Durante un momento, uno de los policías parece avergonzado y echa un vistazo al más mayor, que arquea una ceja en gesto defensivo.

–Hemos ido a su apartamento, señora James, pero no había nadie en casa. Hemos supuesto que estarían aquí, dado que sabíamos que esta tarde había un evento en el colegio. –Titubea como si estuviera decidiendo cuánta información desvelar–. Hoy mismo hemos venido a hablar con algunos profesores de Isla Richardson para intentar obtener una visión más completa de su vida, sus amistades… y sus relaciones. Hay un toque cortante en el tono de su voz, y nota que junto a ella Callum se estremece.

–¿Qué es tan urgente como para no poder esperar a más tarde, cuando estuviéramos en casa, o incluso a mañana? –En su voz, Jenna oye a la trabajadora social que es. Sabe que tiene que reivindicar cierta autoridad.

El agente más joven respira hondo, como si estuviera preparándose para soltar un discurso ensayado.

–Hemos conseguido grabaciones de seguridad de la noche

que mataron a Isla Richardson. En ellas, Callum aparece corriendo por una calle no muy lejana al lugar de los acontecimientos, más o menos a la hora que ocurrieron. –Se gira en su dirección –. Lo único que queremos saber es qué estabas haciendo allí.

Mira a su hijo, deseando que hable y refute las sospechas del policía. Pero él se queda mirando fijamente el suelo. No parece dispuesto o capaz de defenderse de las insinuaciones que ha hecho.

Jenna se cuadra ante los agentes; no va a permitir que la intimiden. En el trabajo, con los jóvenes a su cargo, se ha enfrentado a muchas situaciones como esta. Trata de adoptar la versión profesional de sí misma e intenta imaginar qué diría si, en lugar de su hijo, Callum fuese uno de sus casos.

–Correr por una calle no es un crimen, ¿no es así?

El policía más joven se gira para mirarla; parece sorprendido por la nota de reto y desafío que hay en su voz.

–Por supuesto que no es un crimen, señora James. Pero hay cierta confusión que tal vez pueda ayudarnos a esclarecer. En una de las ocasiones en las que otros agentes hablaron con Callum sobre la muerte de Isla Richardson y en la que, si no me equivoco, usted estaba presente, ambos aseguraron que su hijo estaba en casa con usted en el momento en el que la mataron. Así que nos preguntamos cómo es posible que tengamos grabaciones de seguridad en las que Callum aparece cerca de la escena del crimen cuando, supuestamente, estaba con usted en casa, a unos treinta minutos caminando. Según tenemos entendido, aseguraron lo mismo frente a múltiples testigos durante el funeral de Isla Richardson.

Jenna nota que las miradas se posan sobre ella, tanto la de los agentes de policía como la del señor Marlowe, y siente cómo, con cada segundo que pasa, se van decantando por su veredicto de culpabilidad. Piensa en la mentira que dijo en el funeral de Isla: una mentira inventada en el calor del momento para desviar la atención del historial de Callum con la conducción de coches robados que acababa de salir a la luz;

para proteger a su hijo de acusaciones que está segura de que son infundadas.

Pone voz firme e intenta recuperar a la fuerza el control de la situación.

—Debí de equivocarme con los tiempos. Después de todo, pasaron bastantes cosas esa noche. —Traga saliva ante su propia mentira—. Pero lo que es más importante: si Callum hubiese estado involucrado de cualquier modo en el accidente que mató a Isla, tal como es evidente que están insinuando ustedes, sin duda no habría podido estar corriendo por una calle al mismo tiempo. Parece lógico, ¿no es así? —Oye la nota de victoria que le tiñe la voz a pesar de que la inquietud le palpita en las mejillas.

—Precisamente eso es lo que queremos dilucidar. —El agente más mayor suelta un suspiro—. Señora James, creo con total sinceridad que sería mejor que mantuviéramos esta conversación en la comisaría. Estoy seguro de que no desea prolongar cualquier interrupción del evento escolar de la velada más que nosotros.

Jenna vuelve a mirar por la ventana, ve que los padres y los alumnos siguen reunidos en el patio y percibe su curiosidad morbosa. Al borde del césped, cerca de la ventana, ve que Abby le hace gestos descontrolados a Nicole, y es como si pudiera sentir la furia que emana de ella como erupciones solares. Sabe que no puede seguir exponiendo a Callum a semejante debacle durante más tiempo.

—De acuerdo. Pero hemos venido con mi coche. Los seguiremos hasta la comisaría.

Ni en broma va a permitir que se lleven a su hijo en un coche patrulla frente a todos los alumnos de bachillerato. Además, sabe que los policías tienen el deber de minimizar los conflictos; que no pueden insistir en que Callum viaje con ellos a menos que lo estén arrestando.

El agente más mayor asiente.

—Está bien, señora James. Es la comisaría de Broad Street. ¿La conoce?

Asiente. Ha estado allí con jóvenes a su cargo en más ocasiones de las que puede recordar.

Mientras los policías salen del despacho del señor Marlowe y atraviesan el césped, Jenna agarra a Callum del brazo y lo dirige hacia su propio coche. Tras ellos, siente docenas de ojos clavándosele en la nuca, como si su hijo y ella fuesen fenómenos de circo que existiesen de forma exclusiva para el entretenimiento morboso de los demás.

El resentimiento bulle en su interior. No importa lo mucho que se esfuerce Callum, lo inteligente que sea o lo que pueda llegar a conseguir. Aquí siempre será un marginado; aquel al que la gente siempre señala con un dedo acusador. Siempre será el estudiante del que todo el mundo piensa mal de inmediato solo por su procedencia.

Mientras se sube al coche, recuerda la noche que lo arrestaron por haber ido en un coche robado; una noche en la que descubrió cuánto miedo puede experimentar una persona sin llegar a asfixiarse en él. Después del juicio y de la admisión en Collingswood, se había permitido creer que, tal vez, hubiesen dejado atrás los problemas; que quizá las cosas como las segundas oportunidades o empezar de cero existiesen de verdad. Pero, mientras el coche patrulla sale por la imponente verja negra y ella los sigue, ve el mar de rostros que los observan desde el patio del colegio y en su mente se asienta la idea de que jamás van a librarse del pasado de Callum.

A lo largo de todo el camino hacia la comisaría, le promete que le cubrirá las espaldas y permanecerá a su lado pase lo que pase. Le asegura que confía en él y que no cree que haya hecho nada malo, independientemente de lo que puedan sugerir las grabaciones de seguridad. Y, aun así, durante los quince minutos de viaje en coche, es incapaz de silenciar la voz de su cabeza que le pregunta si está segura; si no tiene ni un atisbo de duda o qué hará si, al final, resulta que se equivoca.

CAPÍTULO 24
Abby

Abby escucha el mensaje pregrabado por enésima vez. Tras tragarse la frustración, pone fin a la llamada y deja el móvil bocabajo sobre la mesa de la cocina. Han pasado casi veinticuatro horas desde que la policía interrogó a Callum; horas durante las que le ha dejado una docena de mensajes al detective que supuestamente está investigando el caso de Isla, pero él ni siquiera ha tenido la cortesía de devolverle la llamada. Hasta ahora, toda la información que ha recopilado procede de terceras personas: la amiga que vio a Callum y a Jenna saliendo de la comisaría de policía de Broad Street a las diez menos cuarto de la noche; los rumores que circulan por el colegio y que le transmitió otra madre de que hay grabaciones de seguridad en las que Callum aparece cerca de la escena del crimen en la que murió su hija; la información que le ha enviado Nicole, a la que le ha insistido que le preguntara a Nathaniel, de que Callum ha estado en clase, con los labios sellados y actitud defensiva.

Esa idea, la imagen de Callum danzando por el colegio como si no tuviera nada por lo que sentirse culpable, hace que un nudo de furia se le tense en torno al corazón. Toma el teléfono y le escribe otro correo electrónico (el cuarto del día) al detective Webb para pedirle que se ponga en contacto con ella lo antes posible. La falta de urgencia por parte del policía le resulta exasperante e incomprensible a partes iguales.

En el transcurso de la última semana, se ha sentido como si estuviera perdiendo la cabeza mientras buscaba pistas de la identidad del hombre casado que coaccionó a su hija para que mantuviera una relación con él. Ha registrado el dormitorio de Isla en busca de diarios, cartas, notas, correos electrónicos… Cualquier cosa que pudiera arrojar un poco de luz sobre quién se trataba. Sin embargo, no ha encontrado nada de utilidad. En el baúl que hay a los pies de la cama, bajo unas mantas de lana y varios cojines, encontró un alijo de objetos que no había visto antes: dos collares, tres pares de pendientes, un bolso bandolera de la marca Mulberry y una estilográfica Montblanc. Todos ellos, extravagancias que Isla jamás habría podido permitirse comprar y que, por lo que ella sabe, jamás habría querido. Objetos que supone que fueron regalos del hombre con el que estaba saliendo. Ha examinado cada uno de ellos con la esperanza de encontrar alguna nota, alguna tarjeta de regalo o cualquier otra cosa que desvelara su nombre. Pero no ha conseguido nada más allá de llegar a la conclusión de que el hombre era rico y ostentoso.

La idea de que Isla ocultara todos esos regalos en su dormitorio (escondidos en un lugar en el que era poco probable que ella fuese a encontrarlos) vuelve a despertar su furia hacia el monstruo que, sin duda, se los regaló. Sin embargo, por muy doloroso que pueda ser, no va a dejar de buscarlo. Tiene que descubrir la identidad del hombre que creyó que era permisible aprovecharse de su hija de un modo tan repugnante. Incluso se ha planteado preguntar a algunas de las amigas de Isla (Meera, Jules o Yasmin) para ver si confió en ellas, pero no soporta la perspectiva de contárselo y que no lo sepan todavía. Si su hija escogió no contarlo ella misma, no quiere manchar su reputación.

La puerta delantera se cierra con un portazo y, cuando Abby mira la hora, se da cuenta de que Clio debe de haber llegado a casa. Oye unos pasos fuertes recorriendo el pasillo y se pregunta qué versión de su hija la saludará hoy: silenciosa y reservada o enfadada y desafiante.

En cuanto entra en la cocina, se fija en que tiene el ceño fruncido y comprende de inmediato que es un día en el que va a tener que andar de puntillas en torno a sus sentimientos.

–Hola, cielo, ¿cómo ha ido el día?

Clio pasa junto a ella y se dirige directamente hacia el frigorífico.

–Bien.

Toma una lata de San Pellegrino, tira de la anilla para abrirla y bebe con ganas.

Estudia el rostro de su hija. Unas bolsas oscuras le cuelgan bajo los ojos como lunas crecientes y Abby se pregunta si estará teniendo problemas para dormir o si se estará quedando despierta hasta tarde, viendo vídeos de TikTok o mandándose mensajes con sus amigas.

–He pensado que, esta noche, tal vez podríamos pedir sushi y ver una película. ¿Qué te parece?

Clio niega con la cabeza, evitando su mirada.

–Voy a salir.

–¿Dónde vas a ir? Es entre semana y mañana tienes clases.

Ella da otro trago de la lata antes de contestar.

–Un rato a casa de Freya.

Abby se obliga a no oponerse, a reconocer que Clio necesita lidiar con la pena a su manera, incluso aunque eso signifique que esté siempre con sus amigas.

–¿Quieres comer algo antes?

–No; le he dicho que iría en cuanto me hubiera dado una ducha y me hubiera cambiado de ropa.

–Puedo llevarte.

Clio arroja la lata en el cubo para el reciclaje y se dirige hacia la puerta.

–No pasa nada; iré caminando.

Abby oye cómo sube las escaleras con pesadez en dirección a su dormitorio, que se encuentra en el último piso.

La casa le parece silenciosa de un modo antinatural y las horas de soledad hasta que llegue el momento de irse a dormir se extienden ante ella como un bostezo de cansancio. Una sensación repentina y abrumadora de pérdida se aferra a ella mientras se imagina un mundo paralelo; un mundo en el que Isla sigue viva y en el que, al atravesar la puerta, se da cuenta de inmediato (tal como hacía siempre) de que su madre se siente frágil y vulnerable; un escenario en el que Isla fingiría no tener planes para esa noche y sugeriría pedir comida a domicilio y ver una película. Abby sabría que no era cierto, que habría planeado quedar con Meera, Kit o Jules, y sentiría culpabilidad y gratitud a partes iguales por el hecho de que su hija sacrificase una velada con sus amigas para hacerle compañía.

La pena se le clava en el pecho como un cuchillo. La enormidad de la pérdida de Isla inunda la estancia y su ausencia es como un silencio atronador.

Cierra los ojos e intenta lidiar con el dolor de la pérdida. Había creído que nada podría dolerle tanto como la muerte de su marido. Ahora sabe que existen cosas peores, mucho peores, que perder a tu pareja a los cuarenta y uno. Perder a un hijo es que te arrebaten la confianza en el orden natural de las cosas y experimentar ira, desesperación, resentimiento e incredulidad a partes iguales. Sobrevivir a tu descendencia es algo antinatural y está mal en todos los sentidos posibles. Abby siente esa perversidad en cada fibra de su ser. Perder a tu hija cuando tiene diecisiete años y está al borde de la adultez, justo cuando puedes ver su futuro abriéndose ante ella, justo cuando tienes la sensación de que quizá tu labor al criarla haya sido pasable... Perder a una hija en ese momento es la broma más cruel de todas. Resulta insufrible. A veces, no puede evitar pensar que si no fuera por Clio no tendría ningún motivo para seguir adelante.

Abre los ojos de golpe y se saca esa idea de la cabeza. Sabe que permitir que algo así se encone es peligroso. Se plantea llamar a Nicole y ver si está libre para venir a cenar con ella y distraerse así de su dolor devastador, pero decide no hacerlo. A lo largo de las últimas semanas, ya se ha apoyado de más en su amiga. De hecho, se ha apoyado demasiado en ella en los últimos cinco años, desde la muerte de Stuart. Siendo sincera, no sabe cómo habría superado el luto sin Nicole.

Desde algún punto del pasillo le llega el sonido de un teléfono. Sale de la cocina y ve que el móvil de Clio –que, por norma general, parece pegado a la mano de su hija– está sobre el cubrerradiadores de madera entre una pila de cartas que Abby no encuentra fuerzas para abrir. Cuando llega hasta allí, deja de sonar.

Al agarrarlo, se da cuenta de que en la pantalla principal hay un mensaje de Freya.

> **F:** No te olvides del carné de identidad. Esta
> noche va a ser una LOCURA. Sam tiene whippets.
> Nos vemos en la estación a las seis.

Abby lee el mensaje mientras la inquietud le galopa en el pecho. Desbloquea el teléfono para buscar en Google qué son los «whippets» y descubre que son las latas plateadas de gas de la risa que a veces ve tiradas por las aceras o apiladas bajo los bancos del parque.

Las alarmas le resuenan en los oídos. Clio tan solo tiene quince años. Es consciente de que los adolescentes sobrepasan los límites pero, para ella, este es territorio desconocido: Clio mintiéndole a la cara sobre adónde va o lo que va a hacer; Clio quedando con gente (Sam) de la que ella no ha oído hablar jamás; Clio tomando drogas. Solo que tal vez no sea territorio desconocido en absoluto. Tal vez Clio le mienta a todas horas y, sencillamente, ella no se hubiese dado cuenta hasta ahora.

Echa un vistazo al piso superior a través de las escaleras y, cuando oye el murmullo de la ducha, vuelve a concentrarse en el teléfono de su hija. La ha visto teclear la contraseña en tantas ocasiones que le resulta tan familiar como la suya propia. Una parte de ella sabe que está invadiendo su privacidad, pero le parece necesario e incluso imperativo. Es su deber descubrir qué se trae entre manos.

Al revisar los mensajes, se encuentra largas conversaciones repletas de emoticonos, GIFs y jerga que no comprende. Pero no ve nada que sea preocupante de un modo evidente; nada tan flagrante como la mentira descarada que le ha contado hoy. En la galería de la cámara, se desliza entre un sinfín de selfis de su hija con sus amigas en entornos mundanos e innumerables capturas de pantalla de diferentes cuentas de TikTok.

Pero, entonces, sus ojos se detienen sobre una serie de fotografías del viernes por la noche de hace dos semanas. Clio vapeando, con el humo saliéndole en espiral de entre los labios, y los brazos en torno a los hombros de chicos (jóvenes en la veintena) que parecen demasiado mayores como para estar en compañía de chicas de quince años. Clio bebiendo de una botella de cerveza en lo que parece un bar o un club. Clio sentada en el asiento del conductor de un coche, con las manos en el volante y riéndose mientras mira a la cámara. Abby hace clic en la foto para averiguar los detalles de cuándo la tomaron. A la 1:04 de la madrugada. Sin embargo, los viernes, cuando pasa la noche fuera, su hija siempre le dice que está en casa de Freya. Hasta ahora, no había tenido motivos para desconfiar de ella o para comprobar con la madre de la otra chica si esa afirmación era cierta.

Vuelve a bajar la vista hacia la imagen y los pensamientos se le amontonan en la cabeza: dónde está hecha la fotografía y quién la sacó, qué demonios estaba haciendo Clio al volante de un coche a la una de la madrugada, si bebe y toma drogas de manera habitual con chicos mayores y, en caso de ser así, qué otras cosas podría estar haciendo.

La ansiedad le estrecha la garganta mientras sigue revisando la galería.

Entonces, ve algo que hace que el aliento se le quede atascado en los pulmones.

Se trata de una serie de fotografías tomadas la noche de la muerte de Isla. Están granuladas, pues se sacaron con el zoom al máximo. Y, aun así, las dos figuras que aparecen se distinguen con claridad.

Isla y Callum en la calle, cerca de casa de Meera.

Abby pasa las imágenes (hay muchas: treinta o más), consciente de que ha echado un vistazo a través de una puerta que no tendría que haber abierto y que, ahora que sabe lo que esconde detrás, no es capaz de cerrar.

La secuencia de fotografías cuenta una historia irrefutable: brazos gesticulando en el aire, una palma extendida frente a una cara, uno dándole la espalda a la otra. Una discusión.

El dolor y la angustia se le enredan en la garganta. Ver fotos de Isla la noche que murió es como si una ola se la tragara y la arrastrara mar adentro. Intenta ampliar las imágenes y descifrar el gesto de su hija, pero las fotografías se difuminan y se vuelven borrosas, dejándola sin nada más que un puñado de píxeles sin sentido.

Hace clic en el botón de información para comprobar a qué hora se sacó una de las fotografías, después otra y otra más. La ira aumenta en su interior. La última se tomó a las nueve de la noche, apenas minutos –literalmente, veinticinco minutos– antes de que la gente de la fiesta saliera a la calle y encontrara el cuerpo de Isla en la calzada. Ahí tiene pruebas indiscutibles de lo que sospecha desde hace tiempo: que Callum es uno de los principales sospechosos de la muerte de su hija.

Y entonces, la asalta otro pensamiento.

Clio tiene en el teléfono todas esas fotos que demuestran que Callum e Isla estuvieron discutiendo frente a la fiesta apenas minutos antes de que mataran a su hija y, aun así, no las ha compartido ni con ella ni con la policía.

Una idea se le cuela en la cabeza, aunque no está muy segura de si quiere que le preste atención.

Si Clio sacó todas esas fotos de su hermana la noche que la mataron, eso quiere decir que había estado vigilando a Isla: espiándola y fotografiándola desde lejos.

Clio estaba presente justo antes de que la mataran.

Abby echa la mente atrás para recordar dónde se suponía que estaba su hija pequeña aquella noche. Está segura de que en casa de Freya. Siempre está en casa de Freya. Y, aun así, a juzgar por las pruebas que tiene a mano, no estaba con su amiga. Estaba en Windermere Road, espiando a su hermana.

Conforme sigue deslizándose por la galería, sus ojos se posan sobre otra serie de fotos que le erizan la piel a causa del miedo.

Son imágenes de Isla, descargadas del boletín informativo del colegio, de la página web del club de natación y de los álbumes en red que Abby tiene en la nube para que todas ellas puedan compartirlos.

Solo que no son normales. Todas y cada una de las fotografías (hay una docena o más) han sido modificadas. Todas han sido alteradas del modo más vil imaginable.

En una de ellas, han añadido de forma digital sangre goteando de los ojos de Isla. En la siguiente, le han puesto un burdo pene animado junto a la boca. En otra, una flecha le atraviesa el pecho.

Sin embargo, es la última imagen la que hace que a Abby se le hiele la sangre.

Es una fotografía de Isla durante sus vacaciones más recientes, en una playa de las Maldivas. Está mirando a cámara, riendo, recién salida del mar con la larga melena cayéndole sobre los hombros. Es una de las fotografías favoritas de Abby. En ella, Isla parece muy feliz, pletórica y llena de vida. La tiene enmarcada en su dormitorio.

Solo que esta versión no se parece en nada a la original. Esta versión es una abominación. En ella, alguien ha dibujado una soga en torno al cuello de Isla y, con una fuente roja y gruesa, le ha escrito dos palabras sobre el cuerpo: «Muérete, zorra».

Abby se queda mirando la fotografía fijamente, abrumada por una sensación de vértigo y sin estar muy segura de poder caminar; como si, al dar un paso al frente, pudiese caer en un abismo desconocido.

El chasquido de la puerta del baño dos pisos por encima hace que el teléfono de Clio esté a punto de caérsele. Con manos temblorosas, sale de la aplicación de fotografías, vuelve a la pantalla principal y deja el móvil donde lo ha encontrado justo cuando su hija aparece en lo alto de las escaleras, envuelta en una toalla de baño demasiado grande.

–No encuentro mi teléfono.

Abby se toma un momento para respirar hondo, decidida a no delatarse.

–Está justo ahí, junto a la puerta principal –dice, señalándolo como si ella misma acabara de verlo.

Clio no le contesta y tampoco le da las gracias por ayudarla a encontrarlo. En su lugar, baja las escaleras con paso firme, agarra el móvil y vuelve a subir, deslizándose por la pantalla con una mano y sujetándose la toalla con fuerza en torno al pecho con la otra.

Mientras la observa alejarse, Abby piensa en todos los años en los que, desde la muerte de Stuart, Clio mostró una rivalidad abierta con Isla; en todas las veces en las que su hija mayor intentó hablar con ella, reconectar y redescubrir la cercanía de la que habían disfrutado de pequeñas y tan solo logró que la rechazara. Piensa en lo celosa que ha estado Clio en los últimos años: celosa de la natación, así como de los logros académicos y la popularidad de su hermana. Piensa en lo volátil que se ha mostrado desde la muerte de Isla: antagónica, truculenta y respondona. Volatilidad que Abby había achacado a su dolor. Sin embargo, ahora se le ha metido en la cabeza una sospecha molesta que se niega a marcharse.

Rememora la noche en que mataron a Isla: Clio le había dicho que iba a dormir en casa de Freya pero, entonces, poco antes de que llegara la policía, regresó de forma inesperada y sin motivo aparente.

Su cerebro vuelve a reproducir las imágenes que acaba de ver en el teléfono de su hija, acosando a Isla la noche en la que la mataron. Recuerda las horribles fotografías manipuladas que sabe que la perseguirán en la oscuridad de la noche: «Muérete, zorra». Una voz susurra en medio del silencio, goteándole veneno en el oído e inundándole la cabeza de unas sospechas que no se atreve a plantearse. Porque sabe que, si se permite albergar la más mínima creencia de que puedan resultar ciertas, corre riesgo de que todo su mundo explote.

CAPÍTULO 25
Nicole

–¿Qué hay para cenar?

Nicole aparta la vista del portátil y deja de teclear el correo electrónico que está escribiéndole al tutor de Jack para hablar sobre cómo van a lidiar en el colegio con su TDAH.

–Voy a preparar curri tailandés.

Espera a que, de forma inevitable, Nathaniel ponga los ojos en blanco, y él cumple debidamente. El curri tailandés es uno de los platos favoritos de Jack y, siempre que lo cocina, parece provocar en su hijo mayor una rivalidad fraternal latente. Al mirarlo, con su cuerpo alto y anguloso que tal vez nunca llegue a adquirir volumen, desearía que existiera alguna manera de meterse en su cabeza y leer sus pensamientos. No los que decide compartir con ella –tan a menudo plagados de esa bravuconería y fanfarronería que los chicos de diecisiete años parecen creer señal de su masculinidad–, sino sus pensamientos y sentimientos reales. Sus auténticos miedos.

–¿Qué tal han ido las prácticas de conducir?

Han pasado más de doce semanas desde que Nathaniel suspendió el examen de conducir. La lista de espera es tan grande que ha tenido que aguardar más de tres meses para que le dieran fecha para presentarse de nuevo la próxima semana.

–Bien.

–¿Cómo te sientes al respecto?

Nathaniel se encoge de hombros y Nicole no insiste más, pues sabe lo desesperado que está por aprobar y lo humillado que se sintió al suspender la primera vez.

La puerta de la cocina se abre y aparece Jack con los hombros encorvados y la cabeza gacha, pues hace tiempo que su infantil falta de inhibiciones se vio sustituida por la torpeza adolescente. Todavía no ha crecido del todo: sigue siendo diez centímetros más bajo que su hermano y el pecho aún no se le ha expandido. Siempre ha pensado que no es como el resto de los chicos: es más sensible y menos bravucón. Se pasa los fines de semana con su amigo Luke, haciendo carreras con los karts, y a Nicole siempre le ha gustado que practique actividades al aire libre en lugar de estar pegado a los juegos de ordenador como tantos chicos de su edad. Sin embargo, últimamente pasa más tiempo a solas en casa y no sabe cómo sacarlo de su caparazón.

Jack se arrastra hacia la panera y arranca un trozo de una baguette mientras Nathaniel sigue mirando su teléfono móvil. Sospecha que ninguno de sus hijos se cree la historia que se ha inventado sobre ese ataque repentino de insomnio por el que Andrew va a dormir en el cuarto de invitados. Es consciente de que la fricción existente entre su marido y ella es palpable: no es capaz de seguir mirándolo a los ojos y se tensa en cuanto entra en una habitación. Tampoco es que últimamente compartan las mismas habitaciones muy a menudo. Andrew prefiere quedarse hasta tarde en el trabajo y va a la oficina los fines de semana con la intención de evitarla, cosa que ella le anima a hacer de buen grado. Apenas unas semanas atrás, creía que su familia era feliz. Ahora le parece una manta vieja y andrajosa: tan solo ha necesitado un hilo suelto para que todo se desmoronara.

—¿A que no adivinas lo que ha pasado con Callum esta tarde?

Nicole nota que los músculos de los hombros se le tensan de repente.

—¿Qué ha pasado?

—Zach ha dicho que no quería seguir siendo el encargado de diversidad e inclusión, así que Callum se ha ofrecido a ocupar el puesto. ¿Te lo puedes creer? Ayer prácticamente lo arrestaron y hoy pretende formar parte del consejo estudiantil. Todo el mundo sabe que es más que probable que tuviera algo que ver con la muerte de Isla.

—Nathaniel, ya basta. —La voz de Nicole suena más afilada de lo que pretendía.

—¿Qué? Es cierto…

—Lo digo en serio, Nathaniel. No puedes ir por ahí esparciendo rumores sin fundamento sobre la gente. Eres mejor que eso.

Su hijo pone los ojos en blanco.

—Lo que tú digas.

Tras darse la vuelta, sale de la cocina y sube las escaleras.

—¿Estás bien?

Mira a Jack, que tiene los ojos cansados, y desea pasar los próximos años a toda velocidad y poder catapultarlo hasta un momento y un lugar en el que se sienta más seguro de sí mismo y las cosas se hayan calmado.

Él asiente.

—Estoy bien. Me voy a mi habitación.

Nicole lo observa mientras sale de la cocina. Lo único que desea es que sus hijos sean felices; que estén sanos y salvos, contentos y en paz consigo mismos. Ha descubierto que el aspecto más difícil de ser madre es la impotencia ante el hecho de no poder moldear el mundo para que sea tal como te gustaría que fuera para tus hijos. No ser capaz de poder escudarlos de la adversidad le parece el fracaso más inevitable de la maternidad.

Desde que Abby le mostró los mensajes anónimos hace ocho días, ha estado esperando a que la verdad salga a la luz. Siente que está viviendo en un estado febril de expectación, a la espera de que el delgado hilo del que pende la seguridad de su familia se parta al fin; de que la persona que envió esos mensajes anónimos revele el nombre del hombre que se estaba acostando con Isla o a que la policía le diga a Abby que han descubierto la identidad tanto de quien envió los mensajes como del hombre que acosaba a su hija. Cada vez que su amiga la llama por teléfono o le manda un mensaje, Nicole está segura de que ha llegado el momento en el que la vida de su familia va a explotar.

El sonido del timbre interrumpe el silencio. Nicole comprueba la hora (las seis menos cuarto) y sospecha que será uno de los repartidores de Amazon que los visitan a diario para entregar los pedidos de Andrew.

En su lugar, cuando abre la puerta se encuentra con un par de agentes de policía. El miedo le palpita bajo las costillas, segura de que se va a desarrollar la escena que ha estado temiendo.

—¿Señora Forrester? ¿Tiene cinco minutos? Tenemos novedades sobre su coche robado.

Nicole no sabe si sentirse aliviada o ansiosa. Da un paso atrás, les indica que pasen y les señala el camino hacia la cocina. Echa un vistazo en dirección a las escaleras con la esperanza de que ni Nathaniel ni Jack salgan de sus respectivos dormitorios hasta que los hombres no se hayan marchado.

Tras seguirlos hasta la estancia, espera pacientemente mientras se presentan. Se sientan en torno a la mesa de la cocina y rechazan la oferta de té o café.

—Queríamos informarle de que hemos encontrado su coche.

—¿De verdad? ¿Dónde? —No puede ocultar su sincera sorpresa. Una parte de sí misma se había preguntado si tal vez no volvería a verlo nunca.

—En el polígono industrial de Springfield. ¿Lo conoce? Está a unos dos kilómetros y medio de aquí.

Nicole niega con la cabeza.

—Creo que no. ¿Y el coche está bien? ¿Podré recuperarlo?

Los dos agentes intercambian una mirada cargada de significado.

—De hecho, parece haber estado implicado en una colisión. Tiene una abolladura considerable en la parte delantera. Están realizando algunas pruebas pero, mientras tanto, tanto usted como cualquier otra persona que utilice el coche de forma regular deben venir a comisaría para que les tomemos las huellas dactilares lo antes posible.

—¿Por qué?

—Tan solo necesitamos descartar a cualquiera que use el vehículo de forma habitual para poder buscar huellas dactilares desconocidas y que pertenezcan a quienquiera que lo robara. Es un procedimiento habitual; nada de lo que preocuparse.

Nicole asiente mientras los agentes le dan los detalles de adónde tiene que ir y con quién tiene que hablar, y le insisten en la necesidad de que todos los miembros de la familia se sometan a la toma de huellas dactilares lo antes posible para que la investigación pueda seguir su curso. Los hombres se disculpan por no saber cuándo le devolverán el vehículo y le comentan que, mientras tanto, debería informar a su compañía de seguros.

Nicole los escucha con la atención puesta a medias en el pasillo por si sus hijos fuesen a aparecen. Preferiría darles la noticia ella misma en lugar de que se enteren por dos agentes de policía desconocidos. Porque tal vez no lo estén diciendo (quizá ni siquiera hayan atado los cabos todavía), pero a ella las pruebas circunstanciales le parecen evidentes: su coche desapareció la noche que mataron a Isla Richardson y, ahora, ha aparecido en un polígono industrial con una abolladura compatible con una colisión. Le encantaría que no fuese más que una coincidencia, pero la posibilidad de que exista una conexión entre ambas cosas es innegable.

Acompaña a los policías hasta la salida, se despide de ellos y cierra la puerta. Tiene la mente acelerada y no es capaz de imaginar cómo va a comunicarles la noticia a Nathaniel, a Jack y a Andrew. Y lo peor de todo: a Abby.

SEIS SEMANAS ANTES
DE LA MUERTE DE ISLA

CAPÍTULO 26
Isla

Isla salió de la clínica y se llevó la mano a los ojos para escudarlos del resplandor del sol. Notaba las piernas temblorosas, como si los músculos de los muslos se le hubieran aflojado y fuesen las extremidades de un potrillo recién nacido. Se dijo a sí misma que eran todo imaginaciones suyas; que no había ninguna razón fisiológica para que se sintiera tan inestable; que el médico había dicho que la intervención había salido bien: «Puede que estés un poco dolorida y que notes sensibilidad durante unos días. También puedes esperar sangrar un poco durante un par de semanas. Si en algún momento te preocupa algo, tan solo tienes que llamar a recepción. Pero no espero que haya ninguna complicación».

Lógicamente, Isla era consciente de que se trataba de una intervención rutinaria, que miles de mujeres se sometían a ella todos los días y que era poco probable sufrir ninguna repercusión médica. A nivel racional, sabía que era una privilegiada por tener acceso a ella y que millones de mujeres en todo el mundo no contaban con la misma suerte. Sabía que era una afortunada por el hecho de que Andrew hubiese pagado para que fuera a una clínica privada en la que la habitación que le habían asignado se parecía a la de un hotel de lujo. Y, aun así, la abrumaba una sensación de vulnerabilidad y precariedad, como si su equilibrio se encontrase en el filo de la navaja, amenazando con hacerla caer.

Sacó el teléfono móvil, abrió WhatsApp y le mandó un mensaje a Andrew.

I: Está hecho. Besos.

Mientras contemplaba cómo las marcas de verificación pasaban de gris a azul, experimentó una punzada de culpabilidad ante la mentira que le había contado a su madre por la mañana: que se dirigía al Hunterian Museum, un lugar al que llevaba una eternidad queriendo ir pero que no había tenido la oportunidad de visitar durante el curso. Su madre no había mostrado ni un ápice de incredulidad porque, por norma general, nunca le mentía. Antes de su relación con Andrew, jamás había tenido motivos para hacerlo, pero, en aquel momento, todos los engaños la inundaban de culpa. Más que nada, deseaba que su madre estuviera con ella en ese momento para calmarla, consolarla y asegurarle que todo iba a ir bien. Pero sabía que era imposible. Abrir ese melón le parecía impensable.

El teléfono emitió un pitido cuando recibió la respuesta.

A: Espero que estés bien. Estoy en una reunión telefónica. Voy a pedirte un coche y ahora te envío los detalles. Te llamaré en cuanto acabe. Besos.

Isla leyó el mensaje mientras la asaltaba la sensación de que la habían abandonado. Necesitaba que alguien estuviese allí con ella y la cuidara. Se le llenaron los ojos de lágrimas y pestañeó para desprenderse de ellas, pues se sintió humillada de antemano ante la idea de empezar a llorar en medio de una calle de Marylebone a las cuatro y media de la tarde.

En la calzada, un coche pasó frente a ella a toda velocidad por el semáforo, haciendo sonar el claxon con furia. Isla se tensó con todo el cuerpo en alerta máxima: rígida, ansiosa y agitada. Bajó la vista hacia el teléfono, deseando que llegara su coche. Se sentía inexplicablemente cohibida, como si todas las personas que pasaban junto a ella —cada hombre trajeado hablando en voz alta a través de unos auriculares con Bluetooth, cada mujer con un vestido de flores y cada madre que empujaba un carrito— supieran con exactitud dónde había estado y lo que había hecho.

Recibió un mensaje en el móvil y deslizó el pulgar por la pantalla para abrirlo. Se trataba de una captura de pantalla de la reserva de la empresa de alquiler de coches para ejecutivos que Andrew utilizaba siempre. La acompañaba un mensaje.

A: El coche debería llegar en unos cinco minutos; lo tengo esperando desde hace una hora. Arriba tienes los detalles de la reserva. Lo siento mucho. No puedo salir del trabajo: es una de esas semanas. Pero te llamaré más tarde, en cuanto haya terminado con esto. Besos.

Tras cerrar WhatsApp, Isla miró en torno a la calle, esperando que el Mercedes negro (siempre eran Mercedes negros) llegara pronto. El sol la deslumbraba y la envolvía de calor, y el sudor le corría por la espalda hacia la zona lumbar. Echó un vistazo a su alrededor y se refugió en el alivio que le proporcionaba la sombra de un portal.

Incluso en ese momento seguía siendo incapaz de decidir si deseaba que Andrew la hubiese acompañado a la clínica o no. Al menos, si lo hubiera hecho, ya estaría de camino a casa. Sin embargo, él se había disculpado profusamente y le había dicho que la situación en el trabajo era frenética; le había explicado que le resultaba imposible escaparse de la oficina una tarde entera. «De todos modos, es demasiado arriesgado, ¿no te parece? Si alguien me viese entrar contigo, sería un desastre».

Un sedán negro aparcó junto al bordillo y, tras comprobar que la matrícula coincidiese con la de la reserva, se dirigió hacia él y llamó a la ventanilla. Se subió a la parte trasera del vehículo, que tenía el aire acondicionado puesto, y se hundió entre los asientos de cuero, agradecida de que los conductores nunca esperaran conversación.

Un dolor repentino y demoledor le arañó las entrañas y, de forma instintiva, se llevó la mano al vientre. Al ver la hora en el salpicadero, se dio cuenta de que todavía faltaban cuarenta y cinco minutos para que pudiera tomarse la siguiente dosis de analgésicos. Deseó estar ya en casa, bajo el edredón, con las cortinas corridas. Ya tenía pensada la excusa que iba a darle a su madre: que debía de haberse contagiado de algún virus estomacal y que esperaba que no fuese nada que un día o dos de descanso no pudieran remediar. A su entrenador de natación no le haría gracia que se perdiera los entrenamientos, pero no podía hacer nada al respecto.

Cuando abrió Gmail, sintió una punzada de aprensión al ver la ya familiar dirección anónima que se encontraba en lo alto de su bandeja de entrada. Como siempre, el asunto estaba vacío. Una parte de su cerebro le decía que lo borrara sin abrirlo y que bloqueara al remitente para evitar que le llegaran más mensajes de odio. Pero no podía hacerlo. No se atrevía. Porque temía las repercusiones de ignorar a esa persona; temía que su silencio la provocara todavía más.

Contuvo la respiración mientras leía las breves líneas.

«Sabes que tan solo lo hace porque se lo pusiste en bandeja, ¿verdad? No eres más que un agujero en el que puede meter la polla. Zorra».

Isla alzó la vista para mirar al conductor como si quizá supiera de lo que la estaban acusando. Sin embargo, tenía un gesto impasible y la vista fija al frente, así que volvió a observar su teléfono y tecleó una respuesta mientras el ácido le subía desde el pecho hacia la garganta.

«Por favor, mantenlo en secreto. No pretendíamos que ocurriera. No quiero que nadie salga herido».

Con el dedo suspendido sobre el botón de «Enviar», recordó todas las charlas de seguridad en internet que les habían dado en el colegio a lo largo de los años.

«No interactuéis con los troles».

«Nunca respondáis a mensajes abusivos».

«Denunciad siempre cualquier tipo de comunicación indeseada, maliciosa o dañina».

Haciendo caso omiso de los consejos que se le venían a la mente, envió el mensaje y, mientras lo imaginaba llegando al buzón de entrada de su acosador, no pudo evitar preguntarse cómo reaccionaría o qué haría a continuación. En ese momento, lo más importante para ella era asegurarse de que quienquiera que fuese el emisor no se viera incitado a hacer público su secreto.

Mientras archivaba el correo en la carpeta que había nombrado «CAR» («Correos del acosador raro»), deseó que la etiqueta fuese lo bastante sosa como para que, si alguien le quitara el teléfono, fuese poco probable que la encontrasen. No estaba segura de por qué conservaba los mensajes; tan solo sabía que no era capaz de borrarlos.

Se quitó las zapatillas de deporte y, tras pegarse las rodillas al pecho, intentó mitigar el dolor que le oprimía la pelvis con fuerza. El navegador del salpicadero indicaba que tardarían casi una hora en llegar a casa, y se maldijo a sí misma en silencio por haberse olvidado los auriculares y no ser capaz de silenciar el resto del mundo durante los siguientes sesenta minutos. En realidad, había tenido la esperanza de que Andrew la sorprendiera; de que, al salir, tal vez la estuviera esperando frente a la clínica. Era una esperanza que no se había permitido reconocer hasta ese momento.

Un dolor feroz y agudo hizo que se apretara las rodillas todavía más contra el cuerpo, como si pudiera estrujarse hasta extraer toda la incomodidad. De pronto, fue consciente de que añoraba a su padre; de que deseaba que estuviese con ella en la parte trasera de aquel coche para poder apoyarle la cabeza en el hombro. Anhelaba sentir la seguridad de su abrazo y saber que, fuera cual fuese el embrollo en el que estuviera metida, él la ayudaría a salir de él.

Pero sabía que, de haber seguido vivo, no habría estado con ella en el coche porque se habría muerto de vergüenza ante la idea de contarle la situación en la que se había metido. Se habría avergonzado por decepcionar a sus padres y por no ser la persona que creían que era.

Apoyó la cabeza contra la ventanilla y cerró los ojos, deseando que los minutos pasaran rápido para poder estar en casa, en la cama, sola.

–¿Cómo te encuentras?

Isla miró a Andrew, que estaba sentado frente a ella en un restaurante italiano lo bastante lejos de casa como para que las posibilidades de que los vieran juntos fuesen insignificantes.

–Creo que bien.

–¿Estás segura? Sé lo difícil que debe de ser lo que has vivido y siento que el martes no pudiera estar allí contigo. ¿De verdad te encuentras lo bastante bien como para estar aquí? Si lo prefieres, podemos quedar otra noche y puedo dejarte cerca de casa.

Isla negó con la cabeza.

–Estoy bien, de verdad.

No estaba segura de por qué no quería hablarle a Andrew de los calambres en el vientre que había sentido las dos últimas noches o el sangrado abundante que había hecho que tuviera que cambiarse las compresas cada dos horas. No quería hablarle de los arrebatos de llanto incontrolable o de la fatiga debilitante. No quería que supiera lo culpable que se había sentido al mentirle a su madre sobre el virus estomacal fantasma o cuando había vuelto a mentirle mientras salía de casa para ir a verlo a él, asegurándole que se encontraba mejor, que iba a pasar la tarde en casa de Kit y que no llegaría tarde. Tantas mentiras que se le escapaban de los labios de forma vergonzosa...

–¿Y la clínica estaba bien? ¿Te cuidaron en condiciones? –preguntó Andrew antes de dar un trago de negroni.

–Estuvo bien. Fueron amables. –La respuesta sonó como si tuviera puesto el piloto automático, y deseó no sentirse tan incómoda y cohibida en presencia de Andrew. Era como si ambos se estuvieran comportando de la mejor manera posible; como dos desconocidos en una primera cita.

–Eso es estupendo. Sé que debió de ser terrible, pero al menos te cuidaron bien. Eso es lo más importante.

La voz de Andrew tenía un toque extraño y a Isla se le ocurrió que tal vez quisiera que le diera las gracias por encontrar una buena clínica, pedirle cita y pagar cualquiera que fuera el importe desorbitado de la factura; por asegurarse de que la cuidara bien un grupo de desconocidos cuando él no había estado allí para cuidarla en persona.

Isla fingió leer la carta y se dijo a sí misma que dejara de ser ridícula. Eran la falta de sueño y las hormonas las que le estaban haciendo tener unos pensamientos tan idiotas. Cuando se lo planteaba de un modo lógico y racional, comprendía que no habría sido ni factible ni viable que Andrew la hubiese acompañado el martes. Habría sido demasiado arriesgado.

—¿Qué te apetece comer?

Siguió examinando la carta.

—No estoy segura. No tengo mucha hambre.

—Normalmente, te encantan las vieiras. ¿O la lubina? Si te apetece algo diferente, en la pizarra han anotado algunos platos especiales. El carpacho de atún tiene buena pinta. —Andrew también estaba desvariando, como si él tampoco tuviera muy claro cuál era aquella nueva esfera en la que se movían.

El camarero se acercó a su mesa y les preguntó si ya sabían lo que querían. Mientras pasaba los ojos por la carta, Isla escogió una ensalada y oyó que él pedía picaña acompañada de brócoli y una copa de Barolo.

Cuando se marchó el camarero, un silencio incómodo se posó entre ellos. Isla intentó pensar en algo que decir y descubrió que tenía la mente en blanco.

—De verdad, siento mucho que tuvieras que vivir eso el martes. Debió de ser horrible. Me siento fatal al respecto.

Ella negó con la cabeza.

—No fue culpa tuya…

—Pero, en cierto sentido, sí lo fue. Si no me hubiera enamorado de ti y no hubiéramos comenzado esta relación, jamás te habrías encontrado en esa situación. —Isla sentía los pensamientos confusos y no fue capaz de articular respuesta—. Esto me ha hecho darme cuenta de lo egoísta que he sido. De lo egoísta que estoy siendo. Deberías estar pasando el rato con tus amigas, divirtiéndote y yendo a fiestas, no manteniendo una relación con un hombre mayor como yo.

Andrew soltó una carcajada forzada que sonó como el rugido grave de un motor de coche.Sus palabras le parecieron borrosas, como postes vistos a través de las ventanillas de un tren de alta velocidad.

—Pero quiero mantener una relación contigo. No es egoísta si también es lo que yo quiero.

Andrew se pasó los dedos por el pelo.

—Tan solo creo que mereces ser una joven normal que hace todas las cosas normales que viven las chicas de diecisiete años.

—¿Qué significa eso?

De pronto, Isla sintió que la respiración se le tornaba superficial. Por norma general, Andrew jamás mencionaba su edad. No hacerlo e ignorar la considerable diferencia de edad que había entre ellos era un acuerdo tácito entre ambos. Tal como le había dicho al comienzo de su relación, la edad era irrelevante cuando dos personas sentían lo mismo que ellos.

Andrew le estudió el rostro y soltó un profundo suspiro, como si el peso del mundo recayera sobre sus hombros.

—Creo que los acontecimientos de las últimas semanas me han hecho darme cuenta de lo injusta que ha sido para ti nuestra relación…

—¿Injusta en qué sentido?

Él le tomó la mano.

—Isla, sabes lo mucho que me importas. Los últimos cuatro meses han sido increíbles. Me ha encantado pasar tiempo contigo. Pero lo que ha ocurrido… Para mí, ha sido una llamada de atención que me ha hecho ver que no es justo para ti. Deberías estar saliendo con chicos de tu edad. Deberías estar divirtiéndote.

Isla apartó la mano y se secó la palma en la gruesa servilleta de algodón. Las palabras de Andrew le daban vueltas en la cabeza. Una parte de ella necesitaba que lo dijera a viva voz, que tuviera el valor de pronunciarlo, que no se escondiera tras eufemismos, clichés e intentos cobardes de fingir que lo estaba haciendo por ella.

–¿Estás rompiendo conmigo?

Los músculos del cuello de Andrew se movieron mientras tragaba saliva, como si estuviera sopesando sus palabras para encontrar las adecuadas.

–Me duele decirlo pero, sinceramente, creo que es lo mejor. Tienes toda la vida por delante.

La incredulidad hizo que Isla titubeara un instante.

–¿Lo mejor? ¿En qué sentido es mejor para mí que rompas conmigo?

Él miró de reojo la mesa colindante, desde la que otra pareja los estaba observando de forma furtiva.

Isla vio que les sonreía con gesto de disculpa, como si, tal vez, ella fuera una adolescente insolente y él la personificación de la paciencia paternal.

Tras empujar la silla hacia atrás y oír que arañaba el suelo de madera de forma desafiante, agarró el bolso y salió corriendo del restaurante en dirección a la calle. No podía creer que le estuviera haciendo aquello. No en ese momento. No aquel día. Pensaba que la había llevado a un restaurante porque no sería tan insensible como para llevarla a la habitación de un hotel dos días después de que hubiera abortado a su bebé. Sin embargo, acababa de darse cuenta de que tenía una motivación totalmente diferente: asegurarse de que cuando la dejara, se encontraran en un sitio público; en un lugar donde fuera menos probable que le montara una escena.

–¡Isla! Vuelve.

Ignoró la voz de Andrew que, sin duda, se había retrasado para entregarle dinero al camarero y pagar así por una cena y unas copas que no iban a consumir. Siguió caminando por aquella ajetreada calle londinense donde los trabajadores de las oficinas salían de los pubs para disfrutar de las últimas horas de una tarde cálida de agosto. Cuando dobló en dirección a una tranquila calle secundaria que era un atajo hacia la estación, sintió una puñalada de dolor en el vientre, lo que supuso un cruel recordatorio de todo lo que había ocurrido en las últimas cuarenta y ocho horas.

Una mano le agarró el brazo y se dio la vuelta mientras se la sacudía de encima.

–¡No me toques!

La frustración fruncía el ceño de Andrew.

–Isla, por favor. No tiene por qué ser así. Tan solo estoy haciendo lo que creo que es lo mejor para ti.

–No me vengas con esas. No puedes hacerme esto. No puedes dejarme dos días después de que me haya sometido a un aborto. ¿Quién hace algo así? –Se dio cuenta de que la voz estaba empezando a quebrársele, así que tragó saliva con fuerza para evitarlo.

–Nunca sería un buen momento para mantener esta conversación y lo sabes. Tan solo creo que debemos ser sensatos. Ya has tenido que vivir una experiencia horrible por culpa de nuestra relación. Hay demasiadas personas que van a salir heridas si seguimos adelante…

–¿Que hay gente que va a salir herida? Eso no parecía preocuparte cuando me llevabas a habitaciones de hotel todos los jueves. No parecías demasiado preocupado por herir a nadie cuando me escribías mensajes cada cinco minutos para decirme que me querías y que tenías muchas ganas de verme. ¿Dónde estaba tu conciencia entonces?

Andrew se pellizcó el puente de la nariz con los dedos. Mostraba un gesto de tristeza en el rostro, como si fuese él el que estuviese sufriendo de angustia emocional.

–Sé que mantener una conversación como esta es horrible y, de verdad, siento mucho que la estemos manteniendo. Pero ambos tenemos que responsabilizarnos por lo que ha ocurrido entre nosotros. No es como si alguno de los dos lo hubiese planeado…

–¿En serio? Entonces, todas las veces que, por casualidad pasaste con el coche cerca de mi colegio o mi club de natación, dispuesto a llevarme…, fueron por coincidencia, ¿no? Toda esa mierda sobre querer prepararte como entrenador de natación era cierta, ¿verdad? No mientas, Andrew. Me estuviste rondando.

Él frunció el ceño y sacudió la cabeza.

—No fue así y lo sabes. Comprendo que estés molesta, pero no distorsionemos la historia. No te estuve rondando. Teníamos una conexión; algo especial. Esa es la verdad, así que por favor, no empieces a tergiversar las cosas ahora. —Respiró hondo—. En el fondo, debías de ser consciente de que no podría durar para siempre.

La humillación hacía que a Isla le ardieran las mejillas.

—Me dijiste que ya no estabas enamorado de Nicole. Me dijiste que vuestra relación se había acabado hace tiempo; que tan solo seguíais juntos por el bien de Nathaniel y Jack. No distorsiones tú la historia. Eres tú el que está tergiversando la verdad. —Lo fulminó con la mirada, tratando de mantener las lágrimas a raya.

Durante un instante, ninguno de los dos dijo nada. Los pensamientos se agolpaban en su mente, confirmando la versión de lo ocurrido los últimos meses. Estaba decidida a impedir que la convenciera de una realidad alternativa.

—Isla, tienes diecisiete años y toda la vida por delante. Confía en mí: en un par de meses, nuestra relación te parecerá un recuerdo distante. De verdad, no quiero que acabemos mal.

Lo miró fijamente, incapaz de creer que aquel hombre fuese el mismo del que se había enamorado.

—No seas condescendiente. Rompes conmigo cuarenta y ocho horas después de que aborte a tu bebé, ¿y no quieres que acabemos mal? ¿Qué pensabas que iba a ocurrir? ¿Que me alejaría sin más como la niña buena que se supone que soy y fingiría que no ha ocurrido nada?

—Claro que no; no quería decir eso…

—¿Y si se lo cuento a Nicole? —Las palabras se le escaparon de los labios antes de ser consciente de que iba a decirlas.

—¿Qué?

—¿Qué pasaría si le cuento a Nicole lo nuestro? ¿Por qué deberías poder irte de rositas, sin ninguna consecuencia? —Isla observó cómo el color abandonaba el rostro de Andrew. Envalentonada por el cambio en la dinámica de poder entre ellos, prosiguió–: Si estás tan atormentado por la culpa, tal vez debería contárselo a Nicole y sacar todo a la luz.

Andrew centró la vista en ella, sin pestañear.

—No creo que quieras hacer eso.

—¿Por qué no?

Él le sostuvo la mirada mientras entrecerraba los ojos.

—¿Qué pensaría tu madre? ¿Cuál sería su reacción si descubriera que te has estado acostando conmigo? ¿O que te has sometido a un aborto sin tan siquiera contarle que estabas embarazada? ¿Cómo crees que se sentirá al respecto?

Isla no podía hablar, desconcertada por el hecho de que sus sentimientos pudieran pasar del amor al resentimiento en el transcurso de una única conversación.

Andrew suspiró y suavizó el tono de voz.

—Venga, ambos sabemos que a ninguno nos interesa que esto salga a la luz. Y, en realidad, no creo que ninguno de los dos quiera que esto acabe así de mal. —Se estiró para posarle una mano en el brazo—. Vamos a comportarnos como adultos.

Su tono de voz condescendiente hizo que Isla bullera de rabia.

—No me lo puedo creer. No puedo creer que me hagas esto.

Él le apretó el brazo con más fuerza.

—Isla, prométeme que no vas a hablar con Nicole.

Ella se libró de su agarre y sintió la huella de sus dedos punzándole la piel.

—No tengo que prometerte nada. No te debo nada de nada.

Tras darse la vuelta, salió corriendo en dirección a la calle ajetreada y oyó que él decía algo a sus espaldas.

—Lo digo en serio, Isla. No digas nada. Si lo haces, te arrepentirás.

PRESENTE

CAPÍTULO 27
Jenna

Jenna revisa la pila de ropa limpia que está amontonada sobre su cama. La mayoría es de Callum: vaqueros, camisetas, ropa interior y los uniformes de atletismo. No sabe cómo es posible que use tantas prendas en una sola semana.

Cuando se mira el reloj de pulsera, la preocupación la atraviesa como si le estuvieran clavando un dedo en el costado. Son casi las seis de la tarde. Por norma general, los viernes Callum vuelve pronto a casa, ya que no tiene clases después de la comida. Suele estudiar un par de horas en la biblioteca y, de forma invariable, a las cinco está de vuelta.

Sus pensamientos retroceden a través de las últimas setenta y dos horas. La aparición repentina de agentes de policía durante la obra de teatro del colegio, la visita a la comisaría y los cuarenta y cinco minutos de interrogatorio sobre qué estaba haciendo Callum la noche que mataron a Isla: de qué habían discutido, a qué hora se había despedido de ella y adónde había ido. Los agentes les mostraron las grabaciones de seguridad en las que su hijo aparecía corriendo por una calle no muy lejos de donde se había producido el atropello, poco después del accidente.

Sin embargo, a pesar de la gravedad de la situación, Callum no pudo (o no quiso) dar ninguna explicación sobre sus movimientos durante la media hora en la que se estimaba la muerte de la joven. Los amigos presentes en la fiesta habían declarado que Callum e Isla habían discutido en el pasillo y se habían marchado juntos en torno a las nueve menos cuarto. Después de eso, ninguno de ellos había vuelto a ver a su hijo. Y, aun así, cuando los policías le preguntaron una y otra vez adónde había ido y qué había estado haciendo, su única respuesta fue: «Dando vueltas por ahí, nada más». Se negó a proporcionar más información, incluso cuando los agentes le advirtieron de que no se estaba haciendo ningún favor al no proporcionarles más detalles sobre su paradero. Y, cuando le preguntaron por qué había atravesado la calle corriendo, insistió en que lo había hecho para no perder un autobús. En cierto sentido, resulta del todo plausible, pero es evidente que los policías con los que hablaron no se creyeron ni una sola palabra.

Más tarde, cuando al fin los dejaron marcharse, Jenna lo interrogó con respecto a sus movimientos de aquella noche y lo que había hecho durante los noventa minutos transcurridos desde que se había marchado de la fiesta y había llegado a casa. Le repitió una y otra vez que no se enfadaría con él y que siempre lo apoyaría, pasara lo que pasara. Lo único que ella quería era la verdad. Pero Callum no dejó de insistir en que no había nada que contar; en que tan solo había estado paseando y no escondía nada más siniestro. Cuando llegaron a casa de la comisaría, se fue directo a su dormitorio y, a la mañana siguiente, cuando Jenna se levantó, ya se había marchado. Desde entonces, la ha estado evitando y, cada vez que han coincidido en el apartamento, se ha mostrado rotundo al decirle que no quiere hablar de ello.

Le suena el móvil y, al ver en la pantalla el número de teléfono de Collingswood, siente una punzada de ansiedad.

—¿Dígame?

—¿Señora James? Soy el señor Marlowe, de Collingswood.

—Hola, ¿cómo está?

La aprensión hace que se le erice la piel. Lleva los tres últimos días esperando esta llamada; esperando las inevitables quejas por lo ocurrido la noche del martes.

—Bien, gracias. —Se produce un silencio momentáneo—. Siento mucho llamarla un viernes por la tarde. Tan solo quería que nos pusiéramos al día antes de que acabara la semana. Para ver cómo van las cosas.

Los eufemismos no engañan a Jenna. Sabe que no se trata de una conversación amistosa. Entiende por qué la está llamado, pero no piensa adelantarse. Si va a enfrentarse a otra reprimenda, tendrá que ser él quien tome las riendas.

—Sí; todo bien, gracias.

Se produce otra breve pausa.

—He pensado que, probablemente, deberíamos hablar sobrelo que ocurrió el martes. Hablé con Callum el miércoles así que él me puso al día. Esperemos que eso dé fin al asunto, al menos en lo que respecta a la policía.

Jenna se encuentra en desventaja. Si su hijo le hubiese dicho que se había reunido con el señor Marlow y le hubiese informado sobre lo que habían hablado, no se estaría enfrentado a esta conversación desde la ignorancia.

El hombre prosigue hablando.

—Creo que lo importante es que nos centremos en los siguientes pasos y en qué vamos a hacer.

Una conversación imaginaria se reproduce en su cabeza: el colegio expulsando a Callum, él teniendo que terminar de prepararse los exámenes de acceso por su cuenta y no pudiendo presentar referencias en sus solicitudes de admisión a la universidad. El miedo hace que el arrepentimiento se le escape de entre los labios.

—Siento muchísimo lo que ocurrió el martes por la noche, y sé que Callum también lo siente. Adora la escuela y se está esforzando mucho. Lo único que desea es poder centrarse en los estudios y en prepararse para los exámenes de acceso. —Hay un toque de súplica en su voz y, al oírlo, palidece.

—De hecho, de eso es de lo que quería hablar con usted. —El señor Marlowe hace una pausa; unos segundos agónicos en los que parecen condensarse todos los peores miedos de Jenna—. En los últimos tiempos, su hijo no ha estado tan… concentrado como hemos llegado a esperar de él. Comprendemos que, a lo largo de estas últimas semanas, han pasado muchas cosas. Ha sido un momento difícil para él y para toda la comunidad escolar. Queremos ayudarlo, especialmente después de todo lo ocurrido. –El hombre inhala de forma audible–. ¿Le ha mencionado Callum que le hemos sugerido que vaya a ver a nuestro orientador interno?

Por segunda vez en pocos minutos, Jenna se siente como si estuviera jugando al póker sin poder ver sus cartas.

–No lo ha hecho.

Apenas son cuatro breves palabras y, aun así, parecen pregonar sus sentimientos maternos.

–De acuerdo. Bueno, creemos que podría ser beneficioso para él; que podría ayudarlo a… reconectar.

Esas palabras le zumban en los oídos.

–¿Qué quiere decir?

Se produce otro silencio cargado.

–Ahora mismo, está un poco… retraído. Sus profesores dicen que en clase se muestra un poco a la defensiva; que se ofende enseguida y lo provocan con facilidad. Es del todo comprensible, por supuesto, pero creo que podrían venirle bien algunas sesiones con el orientador escolar, y me preguntaba si tal vez podría hablar con él para intentar convencerlo. Al fin y al cabo, todos queremos lo mismo: que Callum sea feliz y alcance todo su potencial.

Jenna asiente antes de recordar que el señor Marlowe no puede verla.

–Sí, por supuesto.

–Estupendo, gracias. También creemos que sería mejor que pasara las horas de estudio en el colegio; que lo beneficiaría a él y a su concentración a lo largo del día.

Las palabras se sacuden en su cabeza como las piezas bloqueadas en una partida de solitario de mahjong.

–No estoy segura de comprender…

–Los estudiantes de bachillerato no tienen que permanecer en el centro todo el día. Ese es uno de sus privilegios. Sin embargo, la mayoría lo hace: utilizan la biblioteca, socializan en la sala común y estudian de forma independiente. Creo que, si Callum estuviese más presente, eso lo ayudaría a sentirse más conectado con el colegio. –Jenna se siente como si estuviera en una montaña rusa y la información pasara junto a ella a tanta velocidad que no fuera capaz de alcanzarla–. Me preguntaba si usted sabía adónde va durante esas horas libres. ¿Vuelve a casa? Tan solo querríamos saber que, durante esos momentos, está estudiando.

Jenna comprende que esa es una pregunta cuya respuesta debería conocer, pero lo cierto es que no tiene ni idea. No se pasa el día en casa, como la mitad de las madres de Collingswood, que se quejan de estar cansadas y estresadas y siempre llegan tarde a todo a pesar de que parecen tener muy pocas responsabilidades tangibles.

Sin embargo, no quiere que el señor Marlowe sea consciente de que no lo sabe; no quiere revelar que no tenía ni idea de que su hijo no pasaba todo el día en el colegio y que no sabe adónde va en su lugar, qué podría estar haciendo o con quién podría estar pasando ese tiempo.

–No; no ha estado volviendo a casa. Queda un poco lejos en autobús. Ha estado yendo a la biblioteca pública; a la sala de estudio que se encuentra en la primera planta. Dice que allí se concentra mucho mejor sin la distracción de tener a sus amigos alrededor.

La elaborada mentira se le escapa de los labios con fluidez, pero no sabe de dónde ha salido.

–Ah, bien… Mientras siga centrado en los estudios… Tiene mucho potencial; no nos gustaría verlo fracasar a estas alturas.

A Jenna le parece detectar algo oculto tras las palabras del profesor y se le dispara la imaginación al intentar pensar en qué podría estar insinuando.

–Le agradezco mucho su preocupación, señor Marlowe. Tal como dice, Callum ha debido lidiar con muchas cosas en las últimas semanas. La muerte de Isla le afectó mucho; probablemente, más de lo que deja ver. Pero hablaré con él; le sugeriré que se quede en el colegio durante las horas libres y lo animaré a que vaya a ver al orientador. Estoy de acuerdo en que le vendría bien. –Oye el toque conciliador de su tono de voz y espera que sea suficiente.

–Estupendo. Se lo agradezco mucho. ¿Podríamos volver a charlar en un par de semanas para ver cómo va todo?

Se trata de otra de las preguntas retóricas del señor Marlowe así que escoge con cuidado todas y cada una de sus palabras: le da las gracias por llamarla y le dice que espera volver a hablar pronto con él.

La llamada telefónica llega a su fin, pero la conversación se reproduce de nuevo en su cabeza como una melodía pegadiza de la que no pudiera librarse.

Piensa en que Callum se mostró muy a la defensiva tanto antes como después del interrogatorio de la policía. Piensa en las grabaciones de seguridad en las que aparece corriendo por la calle y en la coartada de que era para no perder un autobús. Piensa en la visita de Liam Walsh de hace diez días, en cómo aseguró que, últimamente, había estado pasando el tiempo con su hijo y en su amenaza de visitar Collingswood.

Baja la persiana de sus pensamientos. No puede permitirse especular y dejarse llevar por sus miedos. No puede permitirse creer que Callum ha retomado su amistad con Liam Walsh o teorizar sobre por qué iba corriendo la noche que mataron a Isla. No puede suponer lo peor sobre qué está haciendo durante las horas de estudio en las que debería estar en el colegio. Tiene que creer en la inocencia de su hijo, en su honestidad y en su integridad. Porque es demasiado consciente de que, si no lo hace ella, nadie más lo hará.

CAPÍTULO 28
Abby

Abby está sentada en la mesa de la cocina, bebiéndose la tercera copa de vino a pesar de que tan solo son las cinco de la tarde de un sábado. Se siente como si tuviera los párpados recubiertos de papel de lija, y la falta de sueño la oprime como un peso del que no pudiera desprenderse.

Ha pasado las últimas noches tumbada en la cama, despierta, recordando los mensajes y las fotografías del teléfono de Clio. Cada vez que cierra los ojos, ahí están las imágenes manipuladas y espantosas que creó su hija. Ha cambiado la perspectiva que tiene de su familia y ahora la ve a través de un filtro diferente. En lugar de la habitual rivalidad fraternal, ahora encuentra algo más oscuro y siniestro; algo peligroso: la intensidad de un odio que, de un solo golpe, ha hecho añicos cualquier ilusión de una posible relación normal entre hermanas.

Mientras se bebe el vino, piensa en todas las fotos que ha visto de Clio en entornos inapropiados: acompañada de jóvenes a altas horas de la madrugada cuando debería estar durmiendo; en bares a los que aún no tiene la edad legal para entrar; bebiendo, vapeando y sentada al volante de un coche. Ni siquiera tras tres días de posponerlo es capaz de decidir si debería confrontarla al respecto. Sabe que no es posible hacerlo sin revelar el hecho de que ha husmeado en su teléfono. Una parte de ella se pregunta si no estará siendo demasiado susceptible y si el comportamiento de Clio no será normal. El mero hecho de que Isla jamás actuara así no significa que no se encuentre dentro del espectro de las típicas fechorías adolescentes. Otra parte de sí misma teme que, si le pregunta, aun con mucha delicadeza, tan solo conseguirá alejarla más. Su relación ya se encuentra en un terreno tan complicado que no se atreve a arriesgarse a distanciarla todavía más.

Ayer, Clio le dijo que iba a pasar la noche en casa de Freya de nuevo y Abby tuvo que hacer uso de todo su autocontrol para no cerrar con llave todas las puertas, exigirle que se quedara en casa y envolverla en algodones para no volver a perderla de vista nunca más. Pero sospechó que sería contraproducente; temió que eso profundizara aún más la brecha que hay entre ellas. Y, si es del todo sincera consigo misma, tampoco podía enfrentarse al conflicto que se habría desatado. Clio se ha vuelto tan directa, tan testaruda y estridente en cada interacción que Abby no posee la fortaleza emocional para enzarzarse en una batalla con ella. Más tarde, o mañana, o al día siguiente, encontrará alguna otra oportunidad para volver a mirarle el teléfono (incluso aunque tenga que esperar a que se quede dormida) y revisar las últimas fotografías y los últimos mensajes. Tan solo le cabe desear no encontrar nuevas pruebas de sus faltas y esperar que lo que ha visto no sea más que una anomalía; un lapsus temporal: Clio rebelándose contra su dolor.

Y, aun así, mientras intenta racionalizarlo, es incapaz de ignorar el hecho de que el motivo real por el que no ha podido hablarlo con ella todavía es porque tiene miedo de cuál pueda ser la verdad.

Sobre todo, desearía que Stuart estuviese vivo; que pudieran decidir entre ambos cuál sería la mejor manera de actuar; no tener que estar abriéndose paso por el lodazal de ser madre en solitario y de vivir sintiendo que se está equivocando a cada paso.

Mientras apura la copa de vino, recuerda las fotos granuladas del teléfono de Clio en las que aparecían Callum e Isla discutiendo la noche en la que mataron a su hija. No le ha transmitido esa información a la policía. Ya saben que discutieron aquella noche. No necesitan más pruebas. Y no parecen demasiado inclinados a considerar a Callum sospechoso, a pesar de sus antecedentes penales o de las grabaciones de seguridad que se supone que tienen de él corriendo cerca de la escena del crimen. Del mismo modo, no han conseguido identificar al hombre casado que manipuló a Isla y tampoco parecen tener ninguna pista al respecto. Sabe que no puede contar con ellos para encontrar al asesino de su hija.

Se oye el chasquido de la puerta principal y, de forma instintiva, pregunta:

—Clio, ¿eres tú?

—Sí.

—Estoy en la cocina.

Se produce un instante de duda en el que Abby percibe la reticencia de Clio a hablar con ella y su deseo de subir directamente a su dormitorio para evitarla por completo, como si fuera un cambio en la presión atmosférica antes de una tormenta.

Se levanta de la silla, pues no piensa dejarlo al azar. Para cuando sale de la cocina y llega al pasillo, Clio ya ha subido la mitad de las escaleras.

—¿Lo pasaste bien anoche?

—Sí; no estuvo mal.

—¿Tan solo estuvisteis en casa de Freya?

Su hija juguetea con un nudo de la madera del pasamanos y Abby resiste la necesidad de pedirle que pare.

—Fuimos a casa de Alice un rato.

—¿Y a la madre de Freya no le importó que volvieras a quedarte allí?

Clio la fulmina con la mirada.

—¿Qué es esto? ¿La Inquisición española? —Se da la vuelta y empieza a subir las escaleras de nuevo—. Me voy a mi habitación.

Abby la observa mientras se marcha, consciente de que podría haber enfocado mejor la conversación. Se asegura a sí misma que, más tarde, cuando esté durmiendo, podrá revisar su teléfono para descubrir si le está diciendo la verdad.

Pensar en el teléfono de Clio hace que se acuerde del móvil de Isla, destruido en el accidente de la noche que murió. Tanta información, tantas posibles pruebas eliminadas en un solo momento... La posibilidad de descubrir al hombre que sedujo a su hija destruida para siempre.

A lo largo de los últimos doce días, ha seguido rebuscando por todo el dormitorio de Isla, tratando de descubrir el nombre del hombre que abusó de ella, pero no ha conseguido encontrar nada. Cada noche, permanece despierta, imaginando las manos repugnantes de ese hombre toqueteando el cuerpo inocente de su hija, y hay momentos en los que cree que va a volverse loca por no poder ponerle cara a la imagen monstruosa que tiene en la cabeza; por no poder enfrentarse a él, acusarlo e insistirle a la policía en que lo investigue.

Sube al piso de arriba y se dirige al dormitorio de Isla. Se sienta en el escritorio, abre el portátil y hace clic en el icono que la llevará a la galería de fotos de la nube por enésima vez.

Mientras pasa las imágenes, el corazón se le encoge al ver a su hija, y ya no sabe si lo que quiera que sea que está haciendo es para recordarla, para investigar como un detective o, sencillamente, para hacerse daño a sí misma.

Mira por encima las fotografías que ha contemplado en innumerables ocasiones a lo largo de las cinco semanas que han pasado desde la muerte de Isla. Al desplazarse por la barra lateral, se da cuenta de que una de las carpetas, llamada «Álbumes», tiene una flecha de despliegue en la que no se había fijado antes. Cuando hace clic en ella, aparece toda una nueva colección de carpetas. Siente un atisbo de esperanza ante la idea de que, tal vez, al fin acabe encontrando lo que ha estado buscando. Sin embargo, enseguida se dice a sí misma que no se emocione; que ya ha estado en esta misma situación en muchas ocasiones, creyéndose al borde de un descubrimiento para acabar decepcionada una vez más.

La mayoría de los álbumes tienen etiquetas que se explican por sí mismas y miniaturas a juego («Natación», «Clases»,

«Duque de Edimburgo» o «Festival de Reading»). Sin embargo, hay uno con un nombre que la intriga («Mías»), y una fotografía en miniatura que Abby no ha visto antes: Isla sosteniendo una copa de Martini frente a la cámara en un bar que no tiene aspecto de ser la clase de sitio que solía frecuentar. La mayor parte del tiempo socializaba en casa de sus amigas en lugar de en bares, pubs o clubes. No era ese tipo de adolescente.

Al abrir el álbum, una oleada de imágenes se alinea en la pantalla como coristas en una audición y, al hacerlo, Abby tiene la sensación de haberse equivocado de camino y haber perdido el rumbo.

Estudia la secuencia de fotografías, incapaz de encontrarles sentido. Las neuronas de su cerebro se disparan en múltiples direcciones para intentar reconstruir una historia razonable a partir de lo que está viendo en ellas; tratando de llegar a alguna conclusión lógica.

Sin embargo, es incapaz de ordenar las imágenes para que formen una historia comprensible.

Frente a ella hay una docena de selfis de Isla con Andrew. Isla rodeando el cuello de Andrew con un brazo mientras sonríe a la cámara. Isla sacándole la lengua a Andrew. Isla con la cabeza girada y sonriéndole de forma beatífica.

Las fechas, las horas y los eventos empiezan a rondarle la mente mientras intenta recordar en qué celebraciones familiares podrían haberse sacado esas fotografías. A lo largo de los años, ambas familias se han reunido en múltiples ocasiones: cumpleaños, aniversarios, barbacoas y comidas. Pero, al contemplar las imágenes, Abby es incapaz de identificar sus ubicaciones; no puede descifrar cuándo o dónde se tomaron.

Conforme sigue bajando, un pensamiento se le cuela en la cabeza; un pensamiento tan grotesco y abominable que intenta deshacerse de él de un manotazo. Pero, mientras ojea las fotografías de su hija de diecisiete años con el marido de su mejor amiga, es consciente de una sensación creciente de inquietud; de que tiene la caja de Pandora entre las manos y está abriendo la tapa con lentitud.

Y, entonces, ahí está: la fotografía que ha pasado los últimos segundos temiendo encontrar. Una fotografía que provoca que todas las fibras de su ser ardan de furia. Una fotografía que sabe que se va a pasar el resto de la vida deseando no haber visto.

Isla en la cama (una cama que no reconoce) con el edredón metido bajo los brazos desnudos, la melena despeinada y sonriendo a la cámara. A su lado, con el pecho desnudo, un brazo estirado para sostener en alto la cámara y el otro rodeando de forma posesiva los hombros desnudos de su hija adolescente, se encuentre un hombre de cuarenta y ocho años al que la une una amistad de casi dos décadas.

En su cabeza, una voz grita con incredulidad, furia y una repugnancia desenfrenada, diciéndole que tiene que hacer algo, que debe enfrentarse con alguien y darle puñetazos a Andrew hasta sacarle la verdad a golpes. Sin embargo, los gritos se le ahogan en la garganta y no parece capaz de emitir un solo sonido. Como si tuvieran voluntad propia, sus dedos retroceden hasta el principio de la página; hasta unas fotografías que ha pasado por alto porque no parecían contener ninguna imagen de su hija.

Cuando amplía la primera, comprueba que se trata de una reserva de una empresa de coches de alquiler para recoger a Isla en una calle de Marylebone a mediados de agosto. Se devana los sesos, rebuscando en su memoria; intenta recordar por qué estaría Isla en la ciudad aquel día, pero tiene la mente llena de escombros y no puede abrirse paso entre ellos.

Abre otra imagen, que es una captura de pantalla de una conversación de WhatsApp, y lee los mensajes. De pronto, se siente mareada y con vértigo, como si no le llegara oxígeno al cerebro.

Vuelve a leerlo con la esperanza de haberlo entendido mal; de estar sumando dos más dos y obteniendo cinco. Pero ahí está, escrito con palabras evidentes y sin remordimientos, y Abby sabe que es algo que la atormentará el resto de su vida.

Se trata de una captura de pantalla de una conversación de WhatsApp entre Isla y Andrew con una cita para una clínica en Marylebone. Una cita de mediados de agosto, apenas unas semanas antes de que Isla muriera. Sin embargo, es el mensaje con el que Andrew acompañó la información lo que hace que el mundo de Abby se desmorone.

> **A:** Aquí están los detalles de la cita. La he pedido a tu nombre, pero ya la he pagado, obviamente. Se trata de una clínica muy prestigiosa y cuidarán de ti de un modo excepcional. Sé lo duro que es y siento muchísimo que tengas que estar viviendo esto. Pero creo que ambos sabemos que, en realidad, el aborto es la única opción. Todo irá bien, te lo prometo. Te quiero. Besos.

Nota un vuelco en el estómago, así que va corriendo hasta el baño y vomita en la taza del inodoro, expulsando la media botella de vino blanco que se ha bebido. La garganta le arde tanto por el ácido como por una furia pura y sin adulterar. Todo este tiempo, ha estado desesperada por descubrir la identidad del hombre casado que sedujo a su hija, pero, ahora que la ha descubierto, desea de todo corazón poder ignorarlo, poder olvidar hasta el último detalle sórdido. El corazón le palpita con pena ante la idea de que su hija de diecisiete años se sometiera a un aborto sola; de que no se viera capaz de confiar en ella; de que tuviera que vivir semejante experiencia sin su madre. El cuerpo le tiembla por la rabia que le produce que Andrew pusiera a Isla en una posición tan horrible e ingrata y abusara de un modo tan flagrante de la confianza depositada en él a lo largo de todos estos años. Piensa en la quincena de agosto en la que, de pronto, Isla decidió tomarse un descanso de la natación y se pasó varios días en la cama, quejándose de un virus estomacal y, más tarde, dolor de hombro, mientras Abby le llevaba botas de agua caliente y tazas de té de camomila, ajena al hecho de que su hija acababa de poner fin a un embarazo; ajena al hecho de que había vivido aquella experiencia sola con el único fin de proteger la identidad de un hombre al que Abby tendría que haber podido confiarle la vida de sus hijas.

Tantas mentiras. Tantos engaños. Todo el sufrimiento que tuvo que soportar su hija a causa de las acciones de ese ser humano grotesco que ha pasado los últimos dieciocho años considerando uno de sus mejores amigos.

Siente náuseas una y otra vez y, con cada arcada, se le viene a la mente la misma idea: no se va a salir con esta. No va a dejar que se vaya de rositas.

CAPÍTULO 29
Nicole

Nicole trocea un aguacate y lo echa en el cuenco de ensalada de la huerta que van a cenar. A través de la ventana de la cocina ve a Andrew en el patio, peleándose con las fundas de los muebles de jardín, que está intentando cubrir para la llegada del invierno. No puede poner en palabras lo que siente; no sabe si es dolor o ira, rencor o arrepentimiento o si, sencillamente, se trata del anhelo de ser capaz de hacer retroceder el reloj hasta antes de la muerte de Isla y la traición de Andrew. Hasta antes de que la vida se le fuera de control.

Saca la mostaza de Dijon del frigorífico y empieza a preparar un aliño que no pondrá en la ensalada hasta que no llegue el momento de servirla. En el piso superior, sus hijos se encuentran en sus respectivos dormitorios. Lo único que quiere es que tengan algo parecido a una cena normal a pesar de que los cuatro saben que, en este momento, en su familia no hay nada que se asemeje a lo normal.

Ante su insistencia, el jueves por la tarde fueron todos juntos a la comisaría de policía para que les tomaran las huellas dactilares. A Andrew no le había hecho mucha gracia la idea, pues pensaba que resultaría extraño que apareciera por allí la familia al completo, pero Nicole le había señalado que sus hijos no podían ir solos y que tal vez lo más sensato fuese que mostraran un frente unido.

Mientras mezcla el aliño, recuerda la conversación que mantuvo con Nathaniel y Jack el miércoles por la noche para informarles de que habían encontrado su coche y habían concluido que se había visto envuelto en una colisión. Nathaniel fue el primero al que se lo contó mientras observaba el horror es-

219

parciéndosele por el rostro: «¿Acaso la policía cree que tu coche tuvo algo que ver con la muerte de Isla?». Lo tranquilizó y le aseguró que nadie había sugerido tal cosa, a pesar de que a ella la asaltaba la misma pregunta. Sabiendo lo que su hijo sentía por Isla y el amor no correspondido que había intentado ocultar sin mucho éxito a lo largo de los últimos años, no podía llegar a imaginar cómo debía de sentirse ante ese último giro de los acontecimientos.

La reacción de Jack fue diferente: se mostró callado y reservado, como si se estuviera perdiendo en sus pensamientos privados, a los que ella no tenía acceso. Lo rodeó con los brazos y le aseguró que todo saldría bien mientras deseaba ser capaz de saber lo que estaba pensando. Sin embargo, él permaneció en silencio y distante.

Nicole toma nota mental para programar una cita telefónica con el psicólogo de su hijo pequeño para ver cómo está y si sus sentimientos con respecto al diagnóstico de TDAH han cambiado.

Andrew entra en la cocina y le dedica una sonrisa tentativa. Ella le da la espalda. No sabe si es incapaz de devolvérsela o si, sencillamente, no quiere hacerlo.

Suena el timbre y Nicole se seca las manos con el paño de cocina, se dirige hacia el pasillo y abre la puerta.

—¿Dónde está?

Abby la fulmina con la mirada y el pánico le inunda el cuerpo. En el breve instante que pasa entre que abre la puerta y ve la furia en el rostro de su amiga, sabe de forma instintiva que las paredes de su hogar están a punto de desmoronarse; que queda una cantidad de tiempo limitada antes de que todo el edificio se derrumbe y que no hay nada que pueda hacer para impedirlo.

—¿Qué ocurre? —Arquea las cejas con inocencia fingida. Sabe que no debe delatarse. Todavía no. No hasta que la otra mujer confirme el motivo de su enfado.

Abby no contesta y, con un empujón, pasa junto a ella por el pasillo en dirección a la cocina. Nicole la sigue, pisándole los talones, hasta donde se encuentra Andrew, que, ataviado con el delantal de «El mejor padre del mundo» que le regaló Jack para el Día del Padre del año pasado, está marinando unos filetes.

–Pervertido.

Abby le asesta un golpe fuerte en el pecho; tan fuerte que él se tambalea. Alarmado, Andrew le lanza una breve mirada a Nicole, como si tuviera la esperanza de que fuera a ayudarlo; de que tal vez le rescatará del desastre que él mismo ha creado. Ella no dice nada; ni siquiera está segura de que pudiera pronunciar palabra aunque quisiera.

–Tenía diecisiete años. Diecisiete. La conocías de toda la vida. ¿Cómo pudiste hacer algo así?

Abby le escupe las palabras y vuelve a empujarlo con las palmas mientras Andrew alza las manos en señal de rendición.

–Lo siento. No sé cómo ocurrió. Sé que estuvo mal y…

–¿«Mal»? ¿Sedujiste a mi hija de diecisiete años y tienes la osadía de decir que estuvo «mal»? ¿Cómo te atreves a mirarme a los ojos siquiera? Eres una abominación.

Él agacha la cabeza, avergonzado, y es la primera vez que Nicole lo ve arrepentido de verdad; la primera vez que lo ve auténticamente atemorizado de las consecuencias de sus propios actos. Todas las conversaciones que han mantenido, todas las veces que se ha disculpado, ha llorado y le ha suplicado que lo perdonara… Ahora, en un momento de iluminación tan claro que parece como si hubieran colocado un foco sobre su anterior ingenuidad, comprende que no fueron más que lágrimas de cocodrilo y muestras calculadas de remordimiento; nada más allá del deseo de apaciguarla para restablecer el statu quo de su matrimonio. Lo comprende de un modo tan pronunciado y profundo que es como si su mente se precipitara hacia el futuro (Andrew mudándose, Nicole contratando un abogado, las negociaciones sobre el dinero, la casa y el reparto de los planes de pensiones…) y, en ese instante, se da cuenta de que, pase lo que pase, el matrimonio no va a sobrevivir a la traición de su marido.

–¿Fuiste tú? –De pronto, la voz de Abby suena bajito, como si alguien le hubiese bajado el volumen.

–¿Qué quieres decir?

Ella lo mira sin pestañear y sin inmutarse.

–¿Mataste a mi hija?

A Nicole se le hiela la sangre. Todavía no le ha contado a su amiga lo de su coche; no ha encontrado el valor para decirle que han encontrado su todoterreno desaparecido en un polígono industrial y que muestra señales de haber estado involucrado en una colisión.

–No seas ridícula. Claro que no.

–¿Por qué te parece tan ridículo, Andrew? –Abby vuelve a empujarlo. Él tropieza, retrocede e intenta recuperar el equilibrio–. ¿Qué ocurrió? ¿Te aburriste de ella? ¿Te estaba amenazando con contárselo a alguien?

Nicole contempla cómo a Andrew se le encienden las mejillas y, en un instante, sabe que, en su furia, su amiga ha dado con una parte de la verdad. Una verdad que su marido le ha ocultado meticulosamente. No le ha dado ninguna indicación, ni siquiera una pista, de que tal vez hubiese animadversión entre él e Isla. Tan solo le dijo que la relación había acabado porque él se había dado cuenta del terrible error que había cometido y de lo atroz del perjuicio que les había causado tanto a ella como a los niños. Ahora se pregunta si hay algo de verdad en todo lo que Andrew le ha contado o si toda su historia ha sido una mentira de principio a fin.

–¡Dímelo! ¡Me debes eso al menos! ¡Cuéntame lo que ocurrió!

Abby está gritando y Nicole piensa en sus hijos, que están en el piso de arriba, y en los secretos que infectan su casa como bacterias en una herida. No se atreve a correr el riesgo de sacar a la luz algo que tiene el poder de contaminar a toda su familia.

–Abby, por favor, sé que estás furiosa, y tienes todo el derecho a estarlo. Pero, por favor, no hagas esto ahora; no cuando los niños están arriba.

CAPÍTULO 30
Abby

Abby se gira hacia Nicole, que está detrás. Al ver el temor que cubre el rostro de su amiga ante lo que esto podría significar para su familia, el desprecio que siente por ella es casi tan grande como el odio que alberga hacia Andrew.

—Así que hay que proteger a tus hijos de lo que hizo tu marido. Entonces, ¿mi hija qué es? ¿Un daño colateral?

—Claro que no…

—¿Tú lo sabías?

Es consciente de que está gritando, pero no le importa nada que puedan oírla. Deberían oírla. Tienen derecho a saber el monstruo que es su padre y de lo que es capaz.

Nicole mira a Andrew de forma furtiva y, después, baja la vista hacia el suelo, negándose a mirarla a la cara. Y en ese breve instante, Abby lo sabe.

—¿Lo sabías? ¿Lo sabías y no me lo dijiste? ¿No lo impediste? Por el amor de Dios, ¿qué te pasa? ¿Cómo pudiste hacerte a un lado y dejar que ocurriera?

—No fue así. Me enteré hace apenas un par de semanas…

—¿«Hace apenas un par de semanas»? ¿Lo sabes desde hace semanas y no me has dicho nada? —La ira le bulle en el pecho y no sabe cómo resistir su ferocidad.

—Abby, créeme, estoy tan consternada como tú…

—Ah, ¿sí? ¿De verdad? ¿Estás tan consternada que todavía vive contigo, en la misma casa, jugando a ser una familia feliz y fingiendo que no ha ocurrido nada?

—No, en absoluto…

—Todo este tiempo me has estado consolando, fingiendo ser mi amiga, que te importa… ¿Y en todo momento lo sa-

223

bías? ¿Cómo has podido no contármelo? —Se lleva las manos a la cabeza y se clava los dedos entre el pelo, deseando poder arrancarse todos los pensamientos.

—No es culpa de Nicole. Fui yo el que la puso en una situación imposible. Todo esto es culpa mía.

Abby hace caso omiso a la súplica de clemencia de Andrew. No quiere tener nada que ver con él. Lo único que quiere es que la policía lo investigue, que lo investigue en serio, como sospechoso en el caso de la muerte de su hija.

—Lo siento mucho.

Nota una mano posada en el brazo, baja la vista hacia ella como si fuese un objeto extraño y ve el familiar diamante de corte Asscher que Nicole lleva en el cuarto dedo. Tras apartarle la mano, la mira fijamente, perpleja.

—¿Cómo puedes seguir teniéndolo en casa, contigo? ¿Cómo puedes soportar mirarlo siquiera?

Abby ve que Nicole abre la boca para hablar y, después, vuelve a cerrarla. Al parecer, ha decidido no decirle lo que fuera que había estado a punto de pronunciar. Ve que mira de reojo a Andrew como si estuvieran juntos en esto, como si fueran dos mosqueteros contra un enemigo común, y se percata de que algo está surgiendo en su interior: la indignación ante la idea de tener que enfrentarse a esto sola, de que Stuart esté muerto y Andrew vivo, de que Nicole y su marido puedan ayudarse el uno al otro a superar esta dura prueba mientras que ella no tiene a nadie. La abruma la injusticia de que Nicole tenga la opción de ignorar todo este asunto repugnante; de que pueda seguir adelante como si nada y de que, si así lo decide, pueda mantener la farsa de la familia perfecta y feliz hasta el fin de los días. Semejante atropello, la ofensa que Andrew y Nicole le han causado, es demasiado. Nota que se le endurece la voz y que las consonantes se le solidifican en la boca.

—¿Sabías que Isla estaba embarazada y que Andrew pagó para que se sometiera a un aborto seis semanas antes de que la mataran? ¿Eso te lo contó?

CAPÍTULO 31
Nicole

Las palabras golpean a Nicole como si la hubiesen atravesado con balas.

Mira a Andrew, esperando ver la incredulidad reflejada en su rostro ante la idea de que Abby pudiera inventarse una historia tan indignante. Sin embargo, lo que encuentra en su lugar es un gesto inconfundible de culpa.

–¿Es cierto? –Sabe que es una pregunta retórica, pero necesita que lo diga; necesita que se enfrente a ello.

Durante unos segundos, Andrew no dice nada mientras pasa la vista entre ellas como un conejito paralizado por los faros de un coche.

–No es lo que piensas…

–¿Que no es lo que pienso? –No puede creer que tenga la osadía de mostrarse evasivo; que ni siquiera ahora sea capaz de aceptar la responsabilidad de sus propios actos.

La puerta de la cocina se abre con un chasquido y Nicole entra en pánico al ver a Nathaniel ahí de pie, pasando los ojos entre el trío de caras.

–¿Qué ocurre?

Su instinto maternal se activa cuando toda la razón falla. No puede dejar que Nathaniel escuche esto. No ahora. No puede permitir que los errores de Andrew hagan que la vida de todos ellos estalle aún más de lo que ya lo ha hecho.

–Nada. Tan solo estamos charlando. ¿Puedes darnos un minuto?

Su hijo la mira con suspicacia y sabe que no va a engañarlo con tanta facilidad; que el ambiente de la sala está tan cargado que es como tener que abrirse paso entre la niebla londinense.

Cuando suena el timbre de la puerta delantera, Nicole se sobresalta como si hubiera recibido una descarga eléctrica.

–Cariño, ¿te importaría ir a abrir?

Nathaniel titubea antes de darse la vuelta y marcharse. Nicole tiene la esperanza de que eso le conceda varios segundos para pensar, idear una estrategia e intentar convencer a Abby de que Nathaniel no merece presenciar esta escena; de que no va a ganar nada al castigarlo por los pecados de su padre.

Sin embargo, antes de que tenga la ocasión de decir nada, la puerta de la cocina vuelve a abrirse y su hijo regresa con dos policías tras él. Los agentes miran en torno a la habitación y Nicole se pregunta si han podido detectar la tensión de inmediato; si la experiencia de los años les ha enseñado a identificar una casa llena de ira incandescente.

–¿Señora Forrester?

Asiente.

–Sí, soy yo.

–¿Y ustedes son…? –El hombre mira a Andrew y después a Abby.

–Soy el marido de Nicole…

–Soy una amiga de la familia…

Sus voces entrechocan y el agente hace una pausa antes de girarse hacia Nathaniel.

–Y tú debes de ser Nathaniel.

Él asiente. Nicole se da cuenta de que se ha puesto aún más pálido de lo habitual y de que se ha cruzado de brazos sobre el pecho, dando un paso atrás como si quisiera distanciarse de la escena.

–Señora Forrester, tenemos novedades sobre su coche. ¿Podríamos hablar con usted en privado? –Mira a Abby y espera a que capte la indirecta, pero ella no se mueve.

–No me habías dicho que habían encontrado tu coche.

Nicole oye la nota de desafío que tiñe la voz de su amiga y no sabe qué podría decir para mitigar el hecho de haberle ocultado esa información.

226

Comienza a parlotear y a explicarle con frases breves y sin tomar aliento que descubrieron su coche tres días atrás en un polígono industrial a unos dos kilómetros y medio de allí. Nota que le tiembla la voz cuando le cuenta que mostraba signos de haberse visto implicado en una colisión y que la policía está llevando a cabo la investigación forense.

Abby la mira fijamente, estupefacta, antes de darse la vuelta hacia los agentes.

—¿Hay alguna posibilidad de que el coche de Nicole estuviese implicado en la muerte de Isla Richardson?

El tono de voz de su amiga muestra una firmeza que nunca antes le había oído.

Los policías intercambian una mirada confusa.

—Me temo que eso es algo que no podemos discutir con usted. Agradecería que nos permitiera hablar un momento a solas con la señora Forrester.

Nicole se da cuenta de que Abby se tensa de forma visible.

—Isla Richardson era mi hija. Si todo esto tiene algo que ver con su muerte, tengo derecho a saberlo.

La agente le lanza una mirada a su compañero y se toma un momento para recuperar la compostura.

—Lo siento mucho, señora Richardson, no lo sabíamos.

Abby no le hace caso y se gira hacia Nicole.

—No te importa que me quede, ¿verdad, Nicole?

Se siente incómoda y avergonzada. Es consciente de que no hay forma posible de pedirle que se marche; no después de las revelaciones que su amiga ha arrastrado hasta su hogar. Así que asiente para dar su consentimiento.

—No pasa nada. Abby puede quedarse. Es casi de la familia.

Las palabras le arañan la garganta. Seis semanas atrás, eran ciertas sin ninguna duda. Ahora, son un insulto para todos los presentes.

Los policías se miran entre sí: uno se encoge de hombros, la otra arquea una ceja con resignación y parece decidir que no es necesario ponerse pedante al respecto.

—Como desee, señora Forrester. El equipo forense ha buscado huellas dactilares en su coche y no ha podido encontrar ninguna que no pertenezca a algún miembro de su familia.

Las palabras se le sacuden en la mente y no es capaz de enderezar sus pensamientos. Es Andrew el que encuentra una respuesta apropiada.

—¿Y eso qué significa? ¿Que quienquiera que robara el coche de mi esposa se puso guantes?

El policía mira a su compañera y arquea una ceja. Entonces, la agente se gira hacia Nathaniel.

—¿Cómo describirías tu relación con Isla Richardson?

Todos los nervios de la piel de Nicole se ponen en alerta máxima. Mira a su hijo, ve su miedo y, con una comprensión que va más allá del lenguaje, entiende que tiene algo que ocultar.

CAPÍTULO 32
Abby

—¿Qué tiene que ver Nathaniel con Isla? ¿O con el coche robado de Nicole? —Las palabras se escapan de los labios de Abby conforme los pensamientos entrechocan en su cerebro.

El policía se recoloca el llavero que lleva enganchado a la trabilla de los pantalones.

—Señora Richardson, a estas alturas del proceso, tan solo estamos investigando.

Abby sacude la cabeza, atónita ante la idea de que los agentes le estén poniendo trabas y enfurecida porque Nicole y Andrew puedan seguir ahí de pie, ignorando de forma flagrante la verdad incómoda que pende sobre la sala. Pero no piensa dejar que se salgan con la suya.

—¿Sabían que Andrew —dice, señalándolo con un gesto de la cabeza— sedujo a mi hija y se estaba acostando con ella? Con una chica de diecisiete años a la que conocía de toda la vida. ¿Sabían que la dejó embarazada y que le pagó el aborto seis semanas antes de morir? Si hay alguien a quien hay que investigar en relación con la muerte de mi hija, es a él.

Lo señala con un dedo y, entonces, ve que él niega con la cabeza y lo oye protestar, proclamando que es inocente. La sangre le hierve ante el espectáculo que supone ver a Andrew tratar de negar lo que ha hecho. Ve que Nicole le lanza una mirada ansiosa a Nathaniel y comprueba que el rostro del chico se contrae, aunque no está segura de si por el horror o por el asco. Ve que Nicole le apoya una mano en el brazo, tratando de escudar a su hijo de unas verdades que no pueden seguir ocultas.

La agente alza una mano en el aire para acallar a Andrew.

–Gracias por la información, señora Richardson. Estoy segura de que el detective Webb ahondará en ella como parte de la investigación. En cuanto acabemos aquí, le diré que la llame lo antes posible.

La confusión se apodera de ella. Acaba de revelarles a dos policías la identidad del hombre de cuarenta y ocho años que abusó de su hija de diecisiete durante los meses anteriores a su muerte y, aun así, tratan la información como si careciera de importancia.

La agente vuelve a mirar a Nathaniel.

–Como iba diciendo, me preguntaba si podrías hablarme un poco de tu relación con Isla Richardson.

El chico se encoge de hombros.

–Éramos amigos. –Le tiembla la voz y hay algo que llama la atención de Abby: hay un toque de falsedad en ella; algo a lo que debe estar atenta.

–Se conocían desde que nacieron. Eran casi como hermanos. –El tono de voz de Nicole es urgente, defensivo, como si la arena de un reloj se estuviera agotando a toda velocidad y necesitara que la escucharan antes de quedarse sin tiempo.

Abby no puede seguir soportando la farsa.

–¿Como hermanos? ¿Estás loca? Todo el mundo sabía que a Nathaniel le gustaba Isla; que llevaba años detrás de ella. ¿Acaso tienes idea de lo incómoda que se sentía al respecto?

–Abby, por favor…

–¿Qué? –Nota una punzada de furia ante los intentos de Nicole por mantener la ilusión de que su familia es perfecta. En este momento, no le importa la mancha escarlata que está floreciendo en el cuello de Nathaniel y subiéndole hasta las mejillas–. ¿Me estás diciendo que no es cierto?

–¿Podríamos calmarnos, por favor? –La voz de la agente suena firme y decidida. Se gira hacia Abby–. De verdad, lo mejor sería que se marchara a casa. Nos aseguraremos de que el detective Webb la llame lo antes posible para ponerla al día.

Abby se muestra decidida.

–No voy a irme a ninguna parte. Nadie me devuelve nunca las llamadas y quiero saber qué está pasando.

El otro policía niega con la cabeza.

–Lo siento, señora Richardson, pero su presencia no está facilitando las cosas. Voy a tener que insistir en que se marche.

Su voz es firme y Abby no puede creer que la estén echando de allí; que se estén comportando como si no tuviera derecho a estar presente. Está a punto de replicar e insistir en que la dejen quedarse antes de pensarlo mejor y decidir que hay otras formas de lidiar con el asunto.

No mira a nadie a los ojos mientras sale de la cocina y cierra la puerta a su espalda.

CAPÍTULO 33
Nicole

La puerta principal se cierra con un portazo fuerte y furioso. Los dos policías intercambian una mirada antes de darse la vuelta hacia Nathaniel.

—¿Sabías que tu padre había mantenido una aventura con Isla Richardson antes de que se haya mencionado hoy?

A Nicole se le atasca el aliento en el pecho. Nunca en toda su vida ha deseado con mayor desesperación que su hijo no supiera algo. Cuando Nathaniel niega con la cabeza, experimenta una oleada de alivio.

El policía arquea las cejas.

—¿Sabes algo sobre una serie de correos anónimos que le enviaron a Isla Richardson los meses previos a su muerte?

El miedo recorre de puntillas la columna vertebral de Nicole mientras observa cómo su hijo pasa los ojos por toda la estancia antes de posarlos en el suelo.

—No.

—¿Estás seguro de eso?

Nathaniel asiente, pero ella le ve en la cara la mentira apenas oculta como si la tuviera escrita con tinta indeleble.

—¿Así que no sabes nada sobre una cuenta con el usuario «FSW23BS» que le estuvo mandando mensajes de acoso a Isla durante el verano?

Él niega con la cabeza.

—No.

Una parte de ella quiere gritar y urgirle a que cuente la verdad, sea cual sea; detener el tiempo para poder agarrar a sus dos hijos, meterlos en el coche de Andrew y alejarlos de allí todo lo posible; salvarlos a ambos de este embrollo nefasto.

–Qué curioso. Porque hemos conseguido la dirección IP de esos correos electrónicos y está ligada a la cuenta de tus padres. ¿Sabes algo al respecto?

Se produce un silencio ensordecedor. Nicole mira a Nathaniel, deseando que no sea cierto a pesar de la culpa que le cubre el rostro. Ve a Andrew negar con la cabeza y, durante un momento, siente un odio absoluto hacia él.

–¿Está sugiriendo que fue Nathaniel el que le envió esos correos a Isla? –Oye el miedo que le tiñe la voz, pero no puede hacer nada para contenerlo.

–No fui yo. Yo no he hecho nada.

La voz de Nathaniel es débil, poco convincente, y la culpa de su tono resulta inconfundible, al menos para ella.

Recuerda los mensajes que le enseñó Abby (el veneno, el tono abusivo, el lenguaje vulgar y misógino…), y no quiere creer que su hijo, su niño gentil, amable y considerado, sea capaz de soltar semejante bilis. Sin embargo, cuando lo mira, es imposible negar el remordimiento en su rostro. Siente una oleada de arrepentimiento por no haberlo obligado antes a mantener una conversación sobre sus sentimientos hacia Isla y por no haberse dado cuenta nunca de que su enamoramiento había adquirido una dimensión diferente.

De pronto se le ocurre que, si fue Nathaniel el que envió esos mensajes, entonces hace meses que sabe lo de la aventura de su padre con la joven. Ha tenido que vivir solo con esa terrible información; cargando a solas con semejante peso espantoso. No puede imaginarse lo que debió de provocarle descubrir que la primera chica a la que había querido se estaba acostando con su padre. Tan solo sabe que nunca va a perdonar a Andrew por haber puesto a su hijo en una posición tan horrible.

–¿Nathaniel? –Le apoya una mano en el brazo, pero él se la sacude de encima.

La agente prosigue.

–Sabemos lo que sentías por Isla. Tus sentimientos eran bien conocidos entre tus compañeros de clase.

–No fui yo…

–¿Sabías que enviar correos abusivos se considera un delito? –La voz del policía es severa y desafiante para incitar a Nathaniel a que responda.

–Ay, venga ya. Es evidente que está alterado. Si lo hizo, y no veo pruebas tangibles de que fuera así, no es para tanto. En internet, los jóvenes siempre hacen esas cosas.

Nicole se estremece ante el tono de voz de Andrew, que le resta importancia al asunto. Supone que no ha visto los mensajes que le enviaron a Isla y que no comprende el nivel de malicia que desprendían.

El agente mira a su marido con algo que raya el desprecio.

–Me temo que es más serio. Los mensajes maliciosos conllevan una pena máxima de dos años de prisión.

–¿Dos años? –Nicole experimenta un instante de alarma. Mira a Nathaniel y se percata de su miedo.

–¿Puedes decirnos dónde estabas la noche que mataron a Isla Richardson?

Su hijo traga saliva con fuerza y la nuez le sube y baja en la garganta. En silencio, ella le implora que no mienta; que no se ponga las cosas más difíciles.

–Estuve en una fiesta.

–¿La fiesta en casa de Meera Rani? ¿La misma a la que asistió Isla?

Él asiente. La desesperación se asienta en la garganta de Nicole. Sabe que no estuvo en la fiesta. Sita Rani se lo dijo. En su cabeza, una voz le grita a su hijo que no sea tan idiota. Sin embargo, sabe que no puede intervenir; que si lo hace puede empeorar las cosas.

–Verás: hemos hablado con muchas de las personas que estuvieron a la fiesta y nadie recuerda que estuvieras allí. Ni siquiera recuerdan que estuvieras invitado.

El agente deja la cuestión abierta. No hace la pregunta y la elipsis al final de su frase queda pendida del aire, a la espera de que Nathaniel se incrimine a sí mismo.

–No estuve allí mucho rato.

–En tal caso, ¿dónde estuviste el resto de la velada?

Su hijo titubea y es como si Nicole supiera la mentira que va a soltar antes de que hable siquiera.

–En casa de un amigo.

–¿Qué amigo?

–Elliot. Elliot Mercer.

La aprensión se enrosca en el vientre de Nicole. Los policías intercambian una mirada cómplice, como si hubiesen estado jugando al ajedrez sin que su hijo lo supiera y acabaran de ganarle la partida.

–Pero Elliot Mercer estuvo en la fiesta.

–No toda la noche. Nos marchamos pronto…

–Nathaniel… –Su voz suena más febril de lo que pretendía. No quiere evidenciar hasta qué punto está ansiosa; no quiere que los agentes piensen que tiene motivos para tener miedo.

Su hijo se gira hacia ella y el corazón se le hace añicos cuando se le empiezan a llenar los ojos de lágrimas.

–Nathaniel, sabemos que Elliot Mercer estuvo en la fiesta hasta el final porque declaró ante la policía cuando nuestros compañeros llegaron a la escena del crimen. Así que voy a preguntártelo de nuevo: ¿dónde estabas la noche que mataron a Isla Richardson?

Él niega con la cabeza mientras pestañea para deshacerse de las lágrimas.

–No estaba en ninguna parte. Tan solo estaba dando vueltas por ahí. No tuve nada que ver con la muerte de Isla, lo juro.

–Venga, ya ve que está angustiado. –Andrew da un paso al frente, intentando tomar el control de la situación–. Es imposible que tuviera algo que ver con lo que le ocurrió a Isla.

Nicole permanece paralizada por el miedo.

Es la mujer la que habla a continuación y dice las palabras que Nicole ha estado temiendo; unas palabras que había esperado fervientemente no tener que oír jamás.

–Nathaniel Forrester, quedas arrestado como sospechoso de homicidio imprudente por conducción temeraria y por

delitos contemplados en la Ley de Comunicaciones Maliciosas. Puedes permanecer en silencio…

El resto de las advertencias de la agente le llegan a los oídos
mientras presencia el desconcierto que se apodera del rostro
de Andrew como si nunca, ni por un solo instante, se hubiese planteado las posibles repercusiones de sus actos. Ve el terror en los ojos de Nathaniel y es más que consciente de que
el castillo de naipes se está derrumbando a su alrededor.

CUATRO SEMANAS
ANTES DE LA MUERTE DE ISLA

CAPÍTULO 34
Isla

Isla estaba sentada frente al escritorio de su dormitorio, repasando con ojos vidriosos el capítulo de un libro de texto de Química que se suponía que debía leer antes de que las clases comenzaran once días más tarde. Le parecía irreal que, en menos de quince días, fuese a regresar a Collingswood, ocupar su puesto como presidenta del consejo estudiantil y dar comienzo a los dos últimos cuatrimestres antes de tener que presentarse a los exámenes de acceso. Tan solo habían pasado seis semanas desde el comienzo de las vacaciones de verano, pero sentía como si hubiese pasado toda una eternidad desde esa época: una época anterior al embarazo, anterior al aborto y anterior a que Andrew la dejara sin contemplaciones. Anterior a que su vida empezara a desmoronarse.

Agarró el móvil, abrió WhatsApp y accedió a los mensajes archivados. Llevaba dos semanas sin recibir uno solo de Andrew; nada desde la noche de su último encuentro, cuando se había alejado de él echando chispas tras romper con ella.

A: Sé que estás dolida y enfadada, pero, de verdad, me parece que lo mejor para ambos es que podamos separarnos de forma amistosa. Siento muchísimo que la cosa haya acabado así pero creo sinceramente que, con el tiempo, verás que es lo mejor. Por ahora, me esforzaré al máximo por mantenerme alejado de ti todo el tiempo posible para que te resulte más fácil. Pero arremeter contra el otro no nos va a hacer ningún bien a ninguno de los dos. Sé que estás molesta, pero contarle a alguien lo que ha ocurrido no es la solución en absoluto. Sé que, ahora mismo, crees que te haría sentir mejor, pero ¿de verdad quieres contárselo a tu madre? ¿O a tus amigas del colegio? ¿O a tus profesores? ¿Cómo crees que afectará a tus solicitudes de admisión para la uni que todo el mundo se entere de lo que ha ocurrido entre nosotros? No les harás daño solo a Nicole, a Nathaniel o a Jack. También te harás daño a ti misma y a tu madre. No creo que quieras eso. En realidad, no. Vamos a intentar comportarnos como adultos al respecto. Te prometo que, en un año, esto te parecerá un recuerdo lejano.

Isla releyó el mensaje mientras la garganta se le cerraba por una mezcla de emociones: dolor, ira, resentimiento, impotencia… Humillación por haber sido tan crédula. Desprecio hacia sí misma por su ingenuidad.

Los recuerdos la atormentaban y le recordaban que, durante la relación, en ocasiones se había permitido fantasear con la idea de que tal vez Andrew fuese a abandonar a Nicole y que, cuando ella terminase de estudiar en la universidad, tal vez se mudaran juntos; con la idea de que tal vez existiese un futuro en común para ellos.

En ese momento se daba cuenta de que, en su lugar, su relación no había sido más que un capricho de Andrew, propio de la típica crisis de la mediana edad. Se sentía utilizada, explotada y desechada; la participante idiota de una aventura de poca monta. Y, aun así, por mucho que lo odiase a él por cómo la había tratado, no tenía ni punto de comparación con lo mucho que se aborrecía a sí misma.

Pensó en aquellos momentos en los que había aparecido con el coche y la había llevado y en cómo, en el fondo, había sido consciente de que era poco probable que el hecho de que hubiese pasado por allí por casualidad fuese una coincidencia. Pensó en la primera vez que la había besado y en la voz que le había gritado que estaba mal; que era algo deshonesto e inmoral. Pensó en aquellas tardes que había pasado en la cama de un hotel, reprimiendo los sentimientos de culpa por lo que estaba haciendo y por la cantidad de seres queridos a los que estaba hiriendo y aplastando de forma consciente sus miedos sobre lo que ocurriría (cómo cambiaría la percepción que se tenía de ella y cómo su reputación acabaría destrozada) si alguien se enterara.

Apoyó la cabeza en el escritorio, cerró los ojos e intentó sacarse esos recuerdos de la cabeza. Trató de no pensar en todas las mentiras, los engaños y las falsedades que había contado.

Su teléfono vibró. Cuando desbloqueó la pantalla con un dedo, encontró un mensaje de su entrenador de natación.

«Hola, Isla. Tan solo quería saber cómo te encontrabas. ¿Crees que esta semana estarás bien para entrenar? Lo cierto es que, teniendo en cuenta lo cerca que están los nacionales, cada día es crucial. Espero que sigas haciendo los ejercicios. Cuéntame cómo te va».

La culpa la asaltó al pensar en las excusas que había dado para saltarse los entrenamientos de la última quincena: primero, un virus estomacal y, después, una lesión de hombro falsa. Las mismas mentiras repetidas para su entrenador, sus compañeras de equipo y su madre. Sabía que no había ningún motivo médico para que, dos semanas después del aborto, no estuviera nadando. Sencillamente, no quería hacerlo. La simple idea de estar chapoteando en el agua tras tan poco tiempo le hacía sentir náuseas. Sabía que era algo irracional, pero no podía librarse de la sensación de que a su cuerpo le sentaría mal. Regresaría cuando empezaran las clases; tan solo necesitaba algo más de tiempo.

Llamaron con suavidad a la puerta de su dormitorio.

—¿Puedo pasar?

Isla tragó saliva, apartó la cabeza del escritorio y se obligó a comportarse de forma normal.

—Por supuesto.

Su madre abrió la puerta y entró en la habitación.

—¿Cómo va el estudio?

Se forzó a sonreír.

–Bien.

–Bien hecho por ponerte con ello. Tal vez puedas hablar con tu hermana y ver si se le pega algo de tu meticulosidad. No ha leído nada de lo que le mandaron para las vacaciones.

–Porque todavía quedan casi dos semanas para que empiecen las clases. –Clio apareció en el umbral de la puerta con el gesto torcido por la irritación.

–Clio, has tenido seis semanas para leer dos novelas para la asignatura de Inglés y ni siquiera las has abierto todavía. ¿Cómo vas a leer dos novelas enteras en once días?

Su hermana arqueó una ceja con desdén.

–Tengo casi dieciséis años; no tienes que atosigarme con los deberes.

–No te estoy atosigando; tan solo digo que podrías tomar ejemplo de tu hermana y ponerte manos a la obra con los deberes de verano. No te queda mucho tiempo.

Durante varios segundos, Clio no dijo nada y se limitó a mirar a su madre con un gesto fulminante.

–Estoy segura de que habrías sido mucho más feliz si hubieras podido clonar a Isla para tener a dos hijas perfectas, pero me temo que vas a tener que conformarte con el hecho de que sea una decepción tan grande.

Se dio la vuelta, salió y cerró la puerta del dormitorio de Isla con un portazo.

Su madre suspiró.

–¿Cómo es posible que cada vez que interactúo con ella consigo decir lo que no debo?

–No es eso. Tiene quince años; tan solo está tratando de encontrar su lugar en el mundo.

–Tú nunca te comportaste así a los quince. Nunca te tuve que recordar que hicieras los deberes y jamás me miraste con desprecio, tal como hace ella. Es solo que no sé cómo conectar con ella, está enfadada en todo momento.

Isla tragó saliva para desprenderse de una presión familiar que le atenazaba la garganta: la percepción de que era una adolescente perfecta que nunca se enfadaba, se frustraba o se sentía ansiosa, agotada y atribulada a causa de los deberes, los entrenamientos o las expectativas de que lo consiguiera todo en cada momento; la suposición de que hacía girar sin esfuerzo todos los engranajes de su vida y que nunca deseaba que el mundo se parara, aunque solo fuera durante un par de días, y la dejara bajarse de esa cinta de correr implacable.

Se encogió de hombros.

–Todos somos diferentes. A Clio no le pasa nada. Tan solo tiene que encontrar su propio camino.

Su madre le apoyó una mano en la espalda.

–Espero que tengas razón. En fin… ¿Qué tal el hombro? ¿Mejor?

Durante un breve instante, se vio asaltada por el deseo de contárselo todo: la verdad, toda la verdad y nada más que la verdad; de confesarle que a su hombro no le pasaba nada y que nunca había tenido un virus estomacal; de hablarle de todo lo que había ocurrido a lo largo de los últimos cinco meses: las manipulaciones de Andrew, su propia estupidez, las traiciones, los engaños y el derroche de mentiras; el embarazo, el aborto y la agitación emocional que sentía desde entonces; la certeza de que poner fin al embarazo había sido lo correcto y las oleadas de pérdida profunda que, a pesar de todo, había sentido desde entonces; los momentos de llorar por algo que, en realidad, nunca había llegado a existir.

Pero entonces miró a su madre y, al ver la confianza, el amor y la fe ciega en que jamás haría nada que la defraudara que se le reflejaban en el rostro, Isla sintió que la verdad se cerraba sobre sí misma como los pétalos de un nenúfar. Fue como si pudiera ver fotograma a fotograma lo que ocurriría si se lo contaba todo: la percepción que su madre tenía de ella dando un giro de ciento ochenta grados y pasando de buena a mala, de que era alguien de confianza a que era una persona engañosa, de que era amable a que era insensible y de que era considerada a que era egoísta. Y, aunque una parte de sí misma estaba desesperada por dejar de cargar en soledad de una vez por todas con sus secretos, la perspectiva de la reacción de su madre, del cambio inmutable y permanente que se produciría en la opinión que albergaba de ella, la obligó a cerrarle las puertas a la verdad.

–Un poco mejor.

–Qué alivio. Llega en muy mal momento, justo después del virus estomacal. Sé que Paul se muestra ansioso por que vuelvas a entrenar en cuanto estés lista, pero no tengas prisa, ¿de acuerdo? Soy consciente de que estás desesperada por encontrarte preparada para los nacionales, pero, si te fuerzas demasiado pronto, tan solo conseguirás hacerte más daño. –Su madre se inclinó hacia delante y le dio un abrazo. Ella intentó reprimir la sensación de que no se lo merecía–. Cenaremos sobre las siete y media, ¿de acuerdo? Voy a preparar un curri de Sri Lanka. Nicole me recomendó la receta.

Isla trató de ocultar la incomodidad que le producía la mención del nombre de la amiga de su madre. Los imaginó a todos ellos –Andrew, Nicole, Nathaniel y Jack– sentados en torno a la mesa de la cocina y comiendo un curri esrilanqués casero, componiendo la estampa perfecta de la familia ideal y feliz, riendo, bromeando y compartiendo historias del día a día mientras ella permanecía encerrada en su dormitorio, preguntándose cómo era posible que la vida se le hubiera ido de las manos en tan apenas unos pocos meses tontos.

–Te dejo con ello.

Su madre le dio un beso en la coronilla antes de salir de su habitación y cerrar la puerta con cuidado tras de sí.

Los ojos se le llenaron de lágrimas. De repente, se le vino a la mente una imagen de su padre al timón de su barco, navegando desde el puerto de Chichester hasta la isla de Wight.

Casi todas las noches de las últimas semanas había soñado con su padre y, casi cada mañana, se había despertado con el doloroso recordatorio de que ya no estaba. Algunos días, le parecía que su dolor era tan intenso como durante las primeras semanas tras su muerte y sentía un anhelo insaciable de verlo, hablar con él y que la abrazara.

Su teléfono vibró al recibir un mensaje y el corazón se le cayó a los pies al ver el nombre de Nathaniel.

N: ¿Estás libre? ¿Podemos quedar?.

Se obligó a actuar de un modo normal en lugar de como una persona a la que su padre acababa de dejar recientemente.

I: ¿Por qué? ¿Qué ocurre?.

Se quedó mirando, a la espera, mientras su teléfono le indicaba que él estaba tecleando.

N: Tengo que hablar contigo de un asunto.
I: ¿De qué se trata? Estoy estudiando Química.
N: No puedo decírtelo. Se trata de Callum. ¿Nos vemos frente a la cafetería del parque en quince minutos?

Isla experimentó una oleada de desaliento ante la perspectiva de tener que oír a Nathaniel despotricando sobre Callum una vez más.

En la quincena transcurrida desde el aborto, el arrepentimiento por haber roto con él la había estado persiguiendo. Había instantes en los que no podía creer que se hubiera precipitado tanto y hubiera sido tan tonta como para poner fin a la relación en favor de un hombre que había demostrado no merecer recibir el amor de nadie. Había habido momentos (fugaces, en el mejor de los casos) en los que había imaginado que Callum y ella volvían juntos, lo retomaban donde lo habían dejado y fingían que los últimos meses no habían ocurrido, como si estuvieran arrancando los capítulos indeseados de algún libro. Sin embargo, era consciente de que no se trataba más que de una fantasía. Jamás olvidaría cómo la había mirado Callum el día que la había visto salir del coche de Andrew o la cara que había puesto cada vez que la había visto desde entonces: de decepción, de desilusión y de incredulidad.

Lo último que deseaba aquel día era oír más comentarios que reflejasen la animadversión que Nathaniel sentía hacia él. Sin embargo, últimamente se había inventado demasiadas excusas para evitarlo y, al menos, así tendría un motivo para posponer lo de tener que estudiar Química.

Respiró hondo mientras tecleaba una respuesta.

I: Claro. Nos vemos en un momento.

–¿Qué tal?

Isla se acercó a Nathaniel, que estaba frente a la cafetería, apoyado contra un árbol y con la bicicleta junto a él.

–¿Cómo van los estudios?

Fingió una sonrisa y sintió que le tiraba de las mejillas.

–No muy bien; no consigo motivarme.

Nathaniel arqueó una ceja con escepticismo.

–¿Isla Richardson no está motivada? Debe de ser la primera vez…

Isla se sintió palidecer ante el tono burlón que había en la voz del chico. Se encogió de hombros con esfuerzo.

–Supongo que hay una primera vez para todo. Pero, bueno… ¿De qué querías hablar?

Nathaniel se quedó mirándola varios segundos e Isla pudo oír la voz de sus amigas resonándole en los oídos.

«¿No te da repelús que siempre te esté observando?».

«Es raro que siempre te espere en la sala común como un cachorrito muy leal».

«Eres consciente de que lo que siente por ti ralla la obsesión, ¿no?».

–¿Recuerdas que había visto a Callum y a Yasmin juntos? –El chico hizo una pausa y se mordió la uña del pulgar–. Los he vuelto a ver. Definitivamente, hay algo entre ellos.

Isla se tomó un instante para respirar hondo. Después de todo lo que había ocurrido en las últimas semanas, lo último de lo que quería hablar era de la posibilidad de que existiese una relación entre Callum y Yasmin.

–¿No te molesta? –En el tono de voz de Nathaniel había un toque de desafío, como si deseara y necesitara provocarle algún tipo de reacción.

–¿Por qué debería? Lo que haga Callum es asunto suyo.

A pesar de decir eso, notó una punzada de celos. No solo por Yasmin –todavía no se creía del todo que fuese cierto–, sino por la certeza de que, algún día, Callum saldría con otra persona y ella tendría que vivir con el hecho de que había puesto fin a su relación, una relación con una persona buena y amable que la había querido y respetado, para mantener una aventura con un hombre que jamás se había preocupado por ella en absoluto.

Entonces, de pronto se dio cuenta de que, si Callum y Yasmin estaban empezando a estar más unidos (ya fuese en un sentido platónico o no), tal vez él acabase incumpliendo su promesa y le contase a su amiga que había tenido una aventura con Andrew. La mera idea le hizo sentir náuseas.

–Yasmin no es el tipo de chica que le gustan a Callum. Si salen juntos a pasar el rato es porque son amigos. –Detectó el tono defensivo de su voz y deseó haber podido reprimirlo.

Una leve sonrisa de satisfacción curvó las comisuras de los labios de Nathaniel. Isla sintió una punzada de aversión hacia él y se preguntó con perplejidad cómo era posible que lo hubiera defendido durante tantos años.

–No estaban solo «pasando el rato». Estaban comiendo los dos solos en el jardín de The Hope and Anchor. Él estaba muy encima de ella.

Notó la impaciencia bajo la piel.

–¿Y qué hacías tú en The Hope and Anchor?

A él se le sonrojaron las mejillas.

–No estaba allí. Tan solo pasaba con la bicicleta.

–Si tan solo pasabas por allí, ¿cómo es que pudiste verlos el tiempo suficiente como para decidir que hay algo entre ellos?

Nathaniel pasó la vista de izquierda a derecha.

–Se me había soltado la cadena y estaba arreglándola.

La mentira, pesada, quedó suspendida en el aire entre ellos. Una escena imaginaria se le coló en la mente con tanta claridad que fue como si estuviera viendo una película: Nathaniel en el carril bici que transcurría junto al jardín del pub, viendo a Callum y Yasmin y sintiendo un escalofrío de emoción por haber vuelto a descubrirlos juntos antes de esconderse detrás de un árbol para vigilarlos, espiarlos y ver qué acabaría ocurriendo.

–Lo que haga Callum es asunto suyo. No tiene nada que ver contigo y, desde luego, no tiene nada que ver conmigo. ¿Por qué estás tan obsesionado con saber si está saliendo con Yasmin? ¿Qué te importa de todos modos?

Se produjo un momento de silencio mientras Nathaniel entrecerraba los ojos.

–Supongo que consideras que a nadie debería importarle que dos personas estén follando, ¿no? Supongo que lo que crees es que debe ser un sucio secretito, ¿verdad?

Durante un instante, la consternación pilló a Isla desprevenida.

–¿Por qué estás siendo tan agresivo? Tan solo digo que no es asunto de nadie si Callum y Yasmin están saliendo juntos.

Él la miró a la cara sin pestañear.

–¿Y qué me dices de cuando alguien se está acostando con el marido de otra persona? ¿O con el padre de otra persona? ¿Es eso asunto de alguien?

Tres breves preguntas pero, gracias a las consonantes remarcadas y el veneno mordaz que desprendían, Isla comprendió que Nathaniel lo sabía todo.

–Voy a… –Se dio la vuelta para marcharse, pero una mano la sujetó del brazo desnudo, clavándole los dedos en la piel–. Suéltame. –Lo fulminó con la mirada.

–¿Vas a negarlo? –preguntó él mientras la agarraba con más fuerza.

–¿El qué?

Nathaniel sacudió la cabeza con desdén.

–¿Vas a negar que llevas meses tirándote a mi padre?

248

Las palabras la golpearon como si la hubieran derribado al suelo con un puñetazo.

—¿De qué estás hablando? —Sonaba débil y desesperada.

—Sabes perfectamente de lo que estoy hablando.

—No, no lo sé…

—Joder, por el amor de Dios, no mientas. Lo sé. Tengo pruebas fotográficas. Y si no dejas de mentir al respecto, subiré dichas pruebas a todas mis redes sociales y veremos si tu preciosa reputación sobrevive. ¿Es eso lo que quieres?

A Isla le costaba aferrarse a sus pensamientos. Intentó imaginar a qué clase de pruebas fotográficas podía referirse (fotos de ella y Andrew besándose, tomados de la mano o juntos en algún lugar en el que no deberían haber estado), pero sabía que no podía pensar en eso, pues tenía que concentrarse en qué hacer en ese mismo instante para calmar la situación.

—Se ha acabado.

Nathaniel la miró con desdén.

—¿Y esperas que me lo crea?

—Es cierto; te lo juro.

Él la miró fijamente y sin inmutarse. Isla sintió que le clavaba los ojos como si estuviera decidido a hacerla añicos, trozo a trozo.

—¿Hace cuánto que lo sabes?

Tenía que descubrir contra qué se estaba enfrentando y qué medidas podía tomar para paliar los daños.

—Bastante tiempo; el tiempo suficiente para saber que no deberías poder salirte con la tuya.

Un recuerdo se le quedó atascado en la memoria y tiró de él hasta conseguir liberarlo.

—Pero todo lo que me dijiste… Hace unas semanas… Estabas preocupado por tu padre. —Se sintió como un conejo atrapado en un cepo.

Nathaniel sonrió de medio lado.

—Tan solo pensé en tantear el terreno. Para ver si sentías algo de culpa. Te dije que me preocupaba que mi padre estuviera muy enfermo y ni siquiera entonces consideraste necesario contarme la verdad.

—Entonces, todo lo que me contaste sobre tu padre y tu madre... Sobre cómo él no le quitaba las manos de encima...

Con las cejas arqueadas, él le lanzó una mirada maliciosa, como si la estuviera retando a que expresara cualquier queja que pudiera albergar con respecto al hecho de que le hubiese mentido.

—¿Cómo lo descubriste?

Nathaniel se rio con una carcajada amarga y ácida.

—Ni que hubieseis sido tan discretos. —Sacudió la cabeza—. ¿De quién fue la idea de que mi padre te recogiera a un kilómetro del colegio? ¿Pensasteis que nadie os veía, que estaba muy lejos? ¿Quién fue la gran mente pensante? ¿Tú o él?

La burla que teñía la voz del joven le resultó tan molesta como el ruido de unas uñas rasgando una pizarra. Recordó las primeras semanas de su relación con Andrew, cuando él pasaba a recogerla después de las clases para ir en coche hasta un pub rural y su punto de encuentro era un pequeño callejón sin salida en el que no había ninguna posibilidad de toparse con nadie que conociera y que pudiera estar de paso por allí.

La realidad la sobrevino como si de repente hubieran encendido una bombilla sobre su cabeza.

—¿Me estabas siguiendo?

El calor inundó las mejillas del chico y, de pronto, todo le resultó evidente. El enamoramiento de Nathaniel convirtiéndose en una obsesión; Nathaniel siguiéndola, a pesar de que no tenía forma de saber durante cuánto tiempo lo había hecho antes de su relación con Andrew; Nathaniel viéndola subirse al coche de su padre. Nathaniel sabiéndolo todo desde el principio.

—Es así, ¿verdad? Llevas meses siguiéndome.

Él se deshizo de la vergüenza del rostro y la sustituyó por un aire de superioridad moral.

—¿Eso es lo único que se te ocurre decir? ¿Te has estado tirando a mi padre y lo único que te importa es si te he estado siguiendo? –Negó con la cabeza–. Os he visto. Os he visto saliendo de ese puñetero hotel cada jueves por la noche. A ti y a él. ¿De verdad creías que nadie lo sabía?

Habló con tanto odio que, durante varios instantes, Isla fue incapaz de decir o pensar nada. Entonces, recordó aquel día en el tren, mientras volvía de ver a Andrew: Nathaniel bajándose al andén tras ella con la excusa de que había ido a que le repararan la bicicleta y cómo, cuando le había preguntado por ella apenas unas semanas después, parecía haberlo olvidado. Se dio cuenta de que debía haber pasado semanas siguiéndola todos los jueves, subiéndose a un vagón diferente del mismo tren con dirección a Waterloo, siguiéndola a cierta distancia hasta el hotel en el que se reunía con Andrew, esperando durante dos o tres horas y siguiéndola de nuevo más tarde de vuelta a casa. Pensarlo hizo que se sintiera mareada, mancillada y violada.

–No tienes vergüenza, ¿verdad? Vas por ahí danzando, fingiendo ser perfecta, como si nunca hubieras roto un plato cuando todo este tiempo no has sido más que una… zorra. ¿Te pone follarte a hombres lo bastante mayores como para ser tu padre? ¿Necesitabas una figura paterna porque tu padre está muerto? ¿Por eso decidiste follarte al mío?

Había algo familiar en la cadencia de las palabras maliciosas de Nathaniel; algo que sabía que ya había oído antes con niveles similares de misoginia, odio y maldad. Entonces, se dio cuenta.

–Fuiste tú, ¿verdad?

–¿Qué?

–Fuiste tú quien me mandó todos esos correos electrónicos anónimos.

La idea de que Nathaniel, al que conocía de toda la vida y del que llevaba siendo amiga desde que tenía memoria, hubiese escrito unas cosas tan horribles y llenas de odio le erizó la piel.

–¿Y? No es que nada de lo que te dije fuese mentira.

La fulminó con la mirada, desafiante, retándola a que lo contradijera. Y en ese momento, Isla se percató de la profundidad de su odio, de su dolorosa sensación de ser insuficiente y de la furia que sentía por el hecho de que hubiera escogido a Andrew antes que a él, así como de su absoluto resentimiento ante la idea de que nunca le hubiese resultado atractivo y de que jamás, ni en un millón de años, habría salido con él.

Notó cómo se le fortalecía la voz.

—La relación que había entre tu padre y yo se ha acabado. No tendría sentido contárselo a nadie. Tan solo conseguirías hacerle daño a la gente sin ningún motivo.

—Lo que quieres decir es que tan solo conseguiría hacerte daño a ti. Eso dañaría tu preciosa reputación. ¿No quieres que la gente piense que eres una zorra? Tendrías que haber pensado en eso antes de follarte a mi padre.

—No fue así. Fue él el que me persiguió a mí, por el amor de Dios. No es que yo fuera buscando tener una relación con él.

Los labios de Nathaniel se curvaron en una mueca desdeñosa.

—Ya, claro. Eres patética, ¿lo sabías? La gente tiene derecho a saber cómo eres en realidad.

El miedo le constriñó la garganta.

—Nathaniel, por favor; sé que estás disgustado, pero no vas a lograr nada al contárselo ahora a la gente.

—¿De verdad? Yo creo que puedo lograr muchas cosas. —Le espetó las palabras entre dientes y pequeñas partículas de saliva se le escaparon de los labios—. ¿En algún momento te paraste a pensar un solo segundo en mi madre? ¿O en mi hermano? ¿O en mí? ¿Te preocupó lo más mínimo saber todos los problemas de mierda que le estabas causando a nuestra familia? —La fulminó con la mirada—. No deberías poder salirte con la tuya.

El veneno que impregnaba aquel arrebato de Nathaniel y ser consciente de todo el daño que podía causar hizo que Isla se quedara sin palabras durante un instante. Pero, entonces, su instinto de supervivencia se puso en marcha y supo que no podía permitirse seguir cerca de él ni un instante más.

–Por el bien de todos, te pido que no se lo cuentes a nadie. Sé lo mucho que quieres castigarme, pero, créeme, ya he recibido suficiente castigo. Se ha acabado y no vas a ganar nada con que alguien lo descubra. Lo único que ocurrirá es que mucha gente acabará herida. Sobre todo, tu madre. Si dices algo, la vida que destruirás será la suya. Así que piensa en eso, por favor. –Se dio la vuelta y comenzó a alejarse, obligándose a poner un pie delante del otro.

–No te irás de rositas. No te lo permitiré.

La ira de Nathaniel siguió su rastro. Pero Isla no echó la vista atrás; no pensaba enfrentarse a más comentarios hirientes. Siguió caminando a través del parque en dirección a la salida, intentando no imaginar la cantidad de repercusiones que habría si Nathaniel cumplía su amenaza.

PRESENTE

CAPÍTULO 35
Nicole

Nicole oye las palabras de la agente, recitándole los derechos a su hijo de diecisiete años y siente como si se hubiera adentrado en la vida de otra persona.

La puerta de la cocina se abre de golpe y, detrás de ella, en el umbral, aparecen Abby y Jack. Le cuesta un momento asimilar lo que está viendo. Creía que Abby se había marchado de casa quince minutos atrás y que Jack se encontraba en el piso de arriba, sano y salvo, ajeno a todo lo que estaba ocurriendo. Su amiga está agarrando el brazo de su hijo pequeño como si quisiera evitar que desvelara su presencia, pero a juzgar por sus gestos —de horror en el caso de Abby y de miedo en el de Jack—, sabe que ya han escuchado demasiado.

Arrastra a Jack hacia ella, le rodea los hombros con un brazo y deja a Abby de pie junto a la puerta, sola.

Durante varios segundos, nadie habla.

Es el policía el que rompe el silencio.

—Señora Richardson, le hemos pedido que se marchara. No es apropiado que siga aquí. Nathaniel, tienes que venir con nosotros a comisaría para ser interrogado bajo custodia.

Nicole ve que su hijo mayor abre los ojos de par en par y, entonces, lanza una mirada aterrorizada primero a Andrew y, después, a ella. Se percata de la alarma que cubre el rostro de Jack y advierte que abre la boca para hablar, pero no le salen las palabras. Percibe la furia de Abby en su ceño fruncido así como el dolor que estas revelaciones le están provocando. Y, a pesar de que todo ocurre en cuestión de segundos, es como si todo se hubiera ralentizado a su alrededor; como si estuviera observando a cámara lenta; como si estuvieran estirando el momento más allá de cualquier límite comprensible para castigarla por todo lo que ha hecho su familia.

–Mamá…

Con una sacudida, la desesperación de la voz de Nathaniel hace que regrese a la realidad, al marco temporal en el que un minuto se compone de sesenta segundos y en el que dos agentes de policía están arrestando a su hijo por un crimen que sabe, sin lugar a dudas, que no cometió. Las palabras se le escapan de entre los labios como si cobraran vida propia.

–No fue Nathaniel. Fui yo. Era yo la que iba conduciendo. Yo maté a Isla.

CAPÍTULO 36
Abby

Las palabras perforan los oídos de Abby. Las siente resonando en su interior, desafiando cualquier significado coherente.

–Señora Forrester, ¿admite ser la conductora del vehículo que mató a Isla Richardson?

Escucha la pregunta del policía y ve que Nicole pasa los ojos en torno a la habitación (de Andrew a Nathaniel y, después, a Jack) antes de contestar.

–Sí.

Abby se siente como si hubiese entrado en un universo paralelo en el que todo está corrompido, pervertido y distorsionado hasta el punto de resultar irreconocible. Como una marinera perdida en el mar sin una brújula que la guíe, se siente desorientada.

–Nicole, ¿qué demonios…?

–Mamá, por favor…

–Mamá, no…

Oye el trío de voces (Andrew, Nathaniel, Jack) y observa a Nicole mientras respira hondo, estrecha el brazo de su hijo mayor y le da un fuerte abrazo al menor antes de susurrarle algo al oído que ella no puede oír.

–No lo entiendo.

Abby mira en torno a la estancia, conmocionada por que sigan ahí de pie, inmóviles, como si Nicole no acabase de poner una bomba en el centro de la cocina y hubiese hecho estallar la vida de todos ellos.

La otra mujer se gira hacia ella con lágrimas en los ojos.

–Lo siento, Abby. No sé qué decir.

Es como si las palabras le resbalaran de los oídos y no es capaz de comprender lo que está ocurriendo. Nicole es su mejor amiga; lleva casi dos décadas siendo su mejor amiga. Es imposible que lo que está diciendo sea cierto.

Pero, entonces, comienza a hablar. Su confesión es como un torrente implacable: palabras que Abby no quiere oír, tan vívidas y gráficas que desearía poder bloquearlas. Sabe que la perseguirán en cada sueño y la atormentarán durante cada instante de dolor.

Nicole relata que iba conduciendo, de camino a la farmacia que estaba de guardia aquella noche para comprar medicamentos para Jack (Jack, que tenía un terrible dolor de estómago, no podía dejar de vomitar y estaba más enfermo de lo que ella lo había visto en años) y estaba mandándole un mensaje a Andrew para preguntarle cuándo volvería a casa, enfadada con él por volver a llegar tan tarde una vez más y molesta por haber tenido que dejar a su hijo solo en casa porque él seguía en la oficina. Tan solo miró el móvil un par de segundos y de manera esporádica, con un ojo puesto en la calle, pero era tarde, estaba oscuro y tenía la visibilidad limitada. Entonces, una figura cruzó la calzada corriendo, arrojándose en medio de la trayectoria de su coche como un ciervo atolondrado por los faros, y no tuvo tiempo de detenerse o pisar el freno a fondo. No es que fuera muy rápido; sencillamente no le dio tiempo a hacerlo. Todo pasó demasiado deprisa: el impacto, el ruido y la terrible comprensión de lo que había ocurrido. No sabía que se trataba de Isla, se gira hacia Abby y le jura que no sabía que se trataba de ella, pero entró en pánico y, entonces, no sabe qué se apoderó de ella; no sabe qué pasó en esos pocos y atroces segundos; no sabe en qué estaba pensando. Tan solo sabe que comprendió que había ocurrido algo horrible; algo verdaderamente terrible. Se sintió como si estuviera dentro de una pesadilla de la que no podía despertarse: sin pensamientos claros en la cabeza, solo la sangre palpitándole con fuerza en los oídos y las manos temblándole tanto que era incapaz de mantenerlas quietas. No recuerda haber tomado la decisión; no recuerda el momento en el que metió la marcha atrás, dio la vuelta y apartó la vista de la escena que estaba dejando tras de sí. No recuerda el razonamiento que la llevó a alejarse con el coche en dirección contraria; no sabe qué la guio hasta el polígono industrial, un lugar por el que había pasado en innumerables ocasiones pero que nunca había visitado; no sabe qué fue, más allá de la desesperación, lo que le hizo aparcar en un terreno abandonado y dejar allí su coche. Tan solo sabe que eso fue lo que hizo. Con unas compulsiones provocadas por la conmoción que le recorría todo el cuerpo, corrió todo lo rápido que pudo los dos kilómetros y medio que la separaban de su hogar, consciente de que tenía que regresar allí para cuidar a Jack antes de que Andrew y Nathaniel llegaran a casa, vieran que estaba despierta, se percataran de que su coche había desaparecido y comenzaran a hacerle preguntas para las que no disponía de respuestas que no fueran a destruir su vida. Nicole habla y habla sobre cómo todo se le fue de las manos; sobre cómo no se enteró hasta más tarde (le promete a Abby que fue así) de lo que le había ocurrido a Isla, que ató los cabos y se dio cuenta del auténtico horror de lo que había hecho; sobre cómo, a esas alturas, supo que era demasiado tarde para confesar y que el tiempo y las circunstancias la habían sobrepasado; sobre cómo no podía soportar pensar lo que ocurriría con Nathaniel y Jack si confesaba su crimen; sobre cómo sabía que iría a la cárcel por haberse fugado de la escena del crimen y no podía soportar la idea de cómo podría afectar eso a sus hijos.

Nicole llora durante todo el tiempo que pasa hablando. Jack también llora, Nathaniel parece estupefacto, Andrew se muestra desconcertado y uno de los policías la escucha mientras la otra toma nota en un cuadernito de bolsillo.

Y entonces, la agente le apoya una mano en el hombro y le dice que está arrestada como sospechosa de homicidio imprudente por conducción temeraria. Jack le suplica a su madre que no se marche, Nathaniel se aferra a ella como si fuese a ser capaz de prevenir que se marchara y ella muestra el gesto de una mujer a la que le están arrancando el corazón del pecho. Incapaz de moverse, Abby observa cómo Nicole se separa a la fuerza de sus hijos y permite que los agentes la saquen de la cocina, seguidos por Andrew, que pregunta a qué comisaría la llevan, cuándo podrán ir a verla y qué ocurrirá a continuación mientras Nathaniel y Jack le pisan los talones.

Y, entonces, Abby se queda sola, incapaz de creer que esto sea real, que esté ocurriendo y que no se trate de alguna broma de mal gusto terrible y cruel.

CAPÍTULO 37
Nicole

Las paredes de la sala de interrogatorios son azul oscuro y están recubiertas de enormes paneles de arpillera acolchada, lo que le imprime el aspecto que Nicole imagina que deben tener las habitaciones de una institución psiquiátrica. No hay ventanas y no puede desprenderse de un pensamiento: que tal vez la prisión sea así; que, tal vez, esta sala diminuta y sin ventilación sea un anticipo de lo que está por venir.

En una de las esquinas de la habitación hay una cámara que cuelga del techo, y se pregunta si la estarán grabando; si alguien estará viendo el interrogatorio desde una sala diferente, analizando el tono de su voz, su lenguaje corporal o la culpa que se le refleja en el rostro. Esa idea la inunda de un miedo sin igual, así que intenta concentrarse y poner toda su atención en las preguntas que le están haciendo.

—A ver si lo he entendido, señora Forrester: ¿estaba mandándole un mensaje a su marido mientras conducía cuando Isla Richardson apareció corriendo por la calzada frente a su vehículo? ¿Usted no fue capaz de frenar a tiempo y chocó con la señorita Richardson, fue consciente de que había atropellado a alguien aunque, en aquel momento, no se dio cuenta de la identidad de la víctima, y, en lugar de quedarse allí y llamar a los servicios de emergencia, se marchó con el coche, lo ocultó en un polígono industrial y, más tarde, esa misma noche, denunció que se lo habían robado?

Nicole escucha la historia mientras se la recuentan y las palabras se le congelan en la boca. Asiente con la cabeza.

—Por favor, señora Forrester, ¿podría darme una respuesta verbal para la grabación?

Baja la vista hacia la grabadora que hay sobre la mesa sin poder desprenderse de la sensación de que todo es surrealista.

–Sí, es correcto.

–¿Y no le contó a nadie lo que había ocurrido?

El detective que la está interrogando –un policía diferente a los dos agentes que la han llevado allí– no puede reprimir el escepticismo que le tiñe la voz.

Desde la silla contigua, su abogado (alguien que Andrew, que no es lo bastante tonto como para dejarla a merced de un abogado de oficio, ha debido de buscar a toda velocidad) se inclina hacia ella y le aconseja que responda a la pregunta.

–No; no se lo conté a nadie.

–¿Y mantiene que no descubrió la aventura que su marido había tenido con Isla Richardson hasta después del accidente? ¿De hecho, hasta el momento de su funeral, quince días después?

El cinismo vuelve a aparecer en la voz del detective, y Nicole niega con la cabeza antes de recordar la grabación y dar una respuesta verbal.

El reloj de la pared le indica que son las nueve y cuarto. No está segura de a qué hora ha llegado. Sabe que debía de ser poco después de las seis y media, pero, más allá de eso, es como si el tiempo hubiera adquirido una dimensión diferente y lo estuvieran estirando y contrayendo de minuto en minuto hasta quedar tan deformado que resulta irreconocible. Lo único que sabe es que le ha contado al detective las mismas cosas una y otra vez y que ha confirmado los detalles repetidas veces en una aparentemente infinita retahíla de clarificaciones. Es como si los cuatro –ella, su abogado, el detective que la está interrogando y la otra agente taciturna– estuviesen atrapados para siempre en el Día de la Marmota de los interrogatorios.

La puerta se abre y una policía (la misma agente que ha estado en su casa esta tarde) entre en la sala y le susurra algo al oído al detective.

Él frunce el ceño antes de hablar.

264

–Interrogatorio pausando a las… –Mira el reloj de la pared–. A las 21:18.

Tras apagar la grabadora con un dedo, empuja su silla hacia atrás y se pone en pie.

Sin más explicaciones, sale de la sala y cierra la puerta a su espalda. Nicole se gira hacia su abogado, que le dice que no se preocupe, que es todo bastante normal. La agente que queda lee cualesquiera que sean las notas que haya tomado en su cuaderno y no hace contacto visual.

Los minutos pasan (las 21:19, las 21:20, las 21:21) y Nicole es consciente de que el sudor se le está acumulando en la zona lumbar. Tiene la cabeza abarrotada de especulaciones sobre por qué estará tardando tanto el detective e intenta convencerse a sí misma de que las interrupciones como esta deben de ocurrir a todas horas. Sin embargo, las dudas aumentan en su mente, así que toma el vaso de agua que tiene enfrente y da un trago, intentando humedecerse los labios agrietados.

Los recuerdos se apresuran a llenar el tiempo vacío. Recuerda la conmoción colectiva que ha provocado su confesión de esta tarde, deseando que muchas cosas del pasado hubiesen sido diferentes y que el futuro que ha estado temiendo no fuese ya una realidad.

Se le pasa por la cabeza que no sabe cuándo volverá a ver a sus hijos. No sabe si, cuando se termine el interrogatorio, la soltarán bajo fianza o si la retendrán en prisión preventiva; si pasarán horas, días o incluso semanas antes de que pueda volver a abrazarlos. La perspectiva de estar separada de Nathaniel y Jack es como si una soga se le cerrara en torno a la garganta: una posibilidad en la que no se atreve a pensar durante mucho tiempo.

La puerta se abre y el detective regresa con un iPad. Se produce un intercambio silencioso y visual entre el hombre y la agente que está sentada a la mesa; un mensaje implícito que Nicole no puede descifrar.

El detective vuelve a ocupar su puesto frente a ella, presiona el botón de la grabadora para volver a ponerla en marcha y anuncia que el interrogatorio prosigue a las 21:28 de la noche. Observa a Nicole un instante, como si estuviera intentando solucionar un rompecabezas inescrutable. Todavía lleva el iPad en las manos, aunque ella no puede ver la pantalla.

–¿Hay algo más que quiera contarnos, señora Forrester? ¿Algo sobre la noche de la muerte de Isla Richardson que crea que podría ser relevante?

Nicole tiene las palmas de las manos húmedas y pegajosas, así que se las seca en los pantalones. Se siente como si hubiera tomado el desvío equivocado y ahora no fuera capaz de encontrar el camino de vuelta.

–Me parece que no; no.

El detective hace una pausa.

–Qué curioso. –Respira hondo y vuelve a soltar el aire poco a poco–. Escúcheme mientras le cuento una breve historia, ¿quiere?

CAPÍTULO 38
Nicole

Hay algo en el tono de voz del detective que hace que a Nicole se le erice el vello de los brazos. Echa un vistazo a su abogado, pero él mantiene el rostro imperturbable.

El policía no espera a que le responda antes de proseguir.

–Acabamos de recibir información nueva de un taxista de la zona. Este hombre ha pasado las últimas semanas en Australia, visitando a su hija. De hecho, se marchó el día posterior a la muerte de Isla Richardson y, por lo tanto, no supo nada de lo ocurrido hasta que no regresó ayer y, por casualidad, echó un vistazo a los periódicos locales. –Pausa, apoya los codos en los reposabrazos de su silla y une las manos como si estuviera rezando–. Cuando leyó la noticia, recordó algo que le había pasado la noche anterior a su viaje a Australia: había estado a punto de chocar con un vehículo que circulaba a toda velocidad. No es algo extraño en su negocio pero la noticia le recordó el incidente. El taxista lleva una cámara en el salpicadero y es muy diligente a la hora de descargarse las grabaciones todas las noches, ya que le gusta tener registro de todos los viajes. Parece que ha sufrido demasiados altercados como para no tener cuidado. Hoy, le ha echado un vistazo a las grabaciones y se ha sorprendido bastante con lo que ha descubierto. Las ha traído a comisaría esta tarde y los agentes han coincidido en que suponían un material interesante de ver. Yo mismo acabo de verlas y he pensado que tal vez a usted le gustaría echarles un vistazo.

La voz del hombre desprende una falsa cordialidad y Nicole se recuerda a sí misma que debe permanecer alerta.

–Antes de que se las muestre, tan solo quiero asegurarme

de que no haya nada más que quiera contarnos sobre la noche de la muerte de Isla. ¿No se le ocurre absolutamente nada que pueda ser relevante?

A toda velocidad, los pensamientos de Nicole se centran en el centenar de cosas que podría decir, pero no se atreve a poner ninguna en palabras. Niega con la cabeza y le dice que no.

Él hace una pausa y la mira sin inmutarse.

—Está bien. En tal caso, me pregunto si podría explicarnos esto.

No aparta los ojos de su cara mientras desbloquea el iPad, lo coloca en la mesa frente a ella y presiona el botón de reproducción.

Comienza un vídeo y Nicole lo mira, observando cómo se van entrelazando los diferentes fotogramas: una carretera a últimas horas de la tarde, empezando a oscurecerse, iluminada por las farolas y la contaminación lumínica. Un vehículo que se aproxima sin las luces puestas. Un volantazo brusco y un accidente que no ocurre por muy poco. Un fotograma congelado del momento en el que los coches están a punto de colisionar. Unas imágenes nítidas que cuentan una historia indiscutible.

Nicole las observa, paralizada, deseando poder apartar los ojos y no tener que ver la escena que había esperado que nunca saliera a la luz; una verdad que había tenido la esperanza de que jamás se revelara.

LA NOCHE DE
LA MUERTE DE ISLA

CAPÍTULO 39
Isla

—No es asunto tuyo. No te metas, ¿de acuerdo?

Isla fulminó a Callum con la mirada, furiosa con él por haber puesto un foco sobre el desastre en el que se había convertido su vida.

—Estoy preocupado por ti. Es que… no pareces muy contenta. Llevas así desde que volvimos a clase. ¿Qué ocurre?

La voz de Callum era amable y gentil y, en cierto sentido, eso hacía que fuese aún peor. No merecía que se preocupara por ella. Teniendo en cuenta cómo lo había tratado, no merecía nada que viniese de él. No lo culparía si jamás volviera a hablarle.

—Estoy bien.

—No estás bien; sabes que no. —Callum hizo una pausa—. ¿Qué ha pasado?

Isla se estremeció a pesar de que era una noche cálida de septiembre. Miró a su exnovio, que estaba apoyado contra el muro de un jardín. Una parte de ella deseaba poder contárselo todo, pero la otra sabía de forma inequívoca que no podía.

Llevaba el último mes sin apenas dormir. Estaba en alerta cada momento que pasaba despierta, esperando a que todas las sucias verdades de su vida salieran a la luz; esperando a que Nathaniel le contara a todo el mundo que se había acostado con su padre; esperando a que su vida estallara en pedazos. Cada vez que entraba en la sala común de bachillerato, tenía la convicción de que la gente estaba hablando de ella en susurros. Cada vez que regresaba a casa al final del día, esperaba encontrar a su madre en la mesa de la cocina, con el gesto torcido por la decepción y su amistad con Nicole destroza-

271

da por lo que ella había hecho. Habían pasado cuatro semanas desde que Nathaniel le había contado lo que sabía, y una parte de ella se preguntaba si no preferiría que lo anunciase de una vez por todas y pusiera fin a ese circo de los horrores como si le arrancaran de golpe una tirita, en lugar de tener que enfrentarse al horrible suspense, que le provocaba náuseas, de lo que podría decir, a quién y cuándo.

Desde la casa de Meera, al otro lado de la calle, le llegaba el palpitar suave de la música. Deseó no haber acudido a la fiesta, haberse quedado en casa y haberse ido a dormir pronto. Debía estar en la piscina al alba y sabía lo importantes que eran los entrenamientos tras su ausencia durante el verano, pero había querido hacer algo normal. Sentirse normal. Había creído que asistir a la fiesta volvería a conectarla con lo que quiera que fuera que hubiese perdido. Habían pasado seis semanas desde el aborto; estaba segura de que, para entonces, ya debería encontrarse bien. En su lugar, la acosaba la sensación persistente de estar separada y distante de todas las personas que la rodeaban: su familia, sus amigos, sus profesores y sus compañeras de equipo.

−¿Isla?

Se giró hacia Callum, sacudiendo la cabeza.

−Estoy bien.

−Es evidente que no. −Titubeó−. Imagino que tiene que ver con él. ¿He de suponer que se ha acabado?

A Isla se le encendieron las mejillas.

−No es de tu incumbencia.

−Dios, menudo cabrón.

−Déjalo estar, ¿de acuerdo?

−Sabes que estás mejor sin él, ¿verdad? Es una mierda absoluta de persona por haberse aprovechado de ti.

Su mano se movió en el aire sin que ella fuese consciente. No se dio cuenta de lo que había hecho hasta que no oyó el golpe contra la mejilla de Callum y notó el escozor en la palma.

Él retrocedió un paso atrás y se llevó la mano al rostro.

−Lo siento. No pretendía hacer eso. ¿Estás bien? −Callum

la miró fijamente y en silencio–. Déjame echar un vistazo. –Isla se estiró para mirarle la mejilla, pero él dio otro paso atrás mientras sacudía la cabeza.

–Déjalo.

–Lo siento. No sé qué ha pasado. Solo…

Buscó las palabras para explicar lo que estaba ocurriendo en su cabeza; que, apenas unos meses atrás, se sentía como si su vida fuese un armario muy bien organizado en el que cada cosa ocupaba su lugar y podía encontrar lo que necesitara de inmediato, pero, entonces, una serie de acontecimientos la había sacudido tanto que, en aquel momento, se había vuelto un desastre absoluto: sus pensamientos y sus sentimientos se agolpaban en un caos emocional. Sin embargo, no encontraba las palabras necesarias para explicárselo sin exponer más de lo que se atrevía a revelar.

Callum permaneció en silencio unos instantes antes de darse la vuelta y alejarse.

–No te vayas, por favor.

Él levantó una mano en el aire y le habló por encima del hombro.

–Cuídate, Isla.

Lo observó mientras se marchaba, doblaba la esquina y desaparecía.

Desde casa de Meera le llegó una algarabía de risas y miró al otro lado de la calle para comprobar que estaba sola. No quería ver a nadie ni hablar con nadie. No podía soportar la idea de volver a la fiesta. Tampoco podía soportar la idea de volver a casa. Se apoyó contra un muro, sacó el móvil, abrió WhatsApp y entró en las conversaciones archivadas a pesar de que una voz en su cabeza le gritaba que no lo hiciera. Pero la parte de sí misma que estaba decidida a castigarse bajó hasta la conversación con Andrew, la abrió y comenzó a leerla, retrocediendo en el tiempo hasta el principio: hasta el mensaje con el que todo había empezado.

A: Hola. Ha sido estupendo poder charlar antes

contigo. Siempre que necesites ir a algún sitio, ya sabes dónde estoy. Quiero hacer todo lo posible para apoyar a una futura deportista olímpica. Besos.

Deslizó el dedo por la pantalla, leyendo uno a uno los mensajes que, conforme pasaban los días, se iban volviendo más personales e íntimos. Y, después, ahí estaba: el mensaje con el que todo había pasado al siguiente nivel; el mensaje que sabía que tendría que haber borrado de inmediato para ponerle fin al asunto antes de que pudiera empezar.

A: Isla, estoy a punto de jugármela y, sinceramente, espero no llegar a arrepentirme. No puedo dejar de pensar en ti...

Leyó entero aquel mensaje que los había conducido hasta su primera cita, su primer beso y el comienzo de algo que jamás tendría que haber empezado. Siguió revisando la conversación, leyendo un mensaje tras otro: un derroche de muestras de embelesamiento y deseo que ella había confundido con amor. Los había devorado todos con avidez como si fueran a llenarla y nutrirla en lugar de dejarla vacía, abandonada y dolorosamente sola.

Y, entonces, llegó al último mensaje, el que había llevado su relación a la tumba; una relación que ella había creído sólida y real para acabar descubriendo que no había sido más que una fantasía adolescente.

A: Sé que estás dolida y enfadada, pero, de verdad, me parece que lo mejor para ambos es que podamos separarnos de forma amistosa...

Lo leyó de nuevo, tan absorta en su propia miseria que, al principio, no se dio cuenta de que un todoterreno había aparcado junto a ella. No se percató de su presencia hasta que el motor no se paró de forma abrupta. Cuando alzó la vista, se encontró con unos cristales tintados que le impedían ver el interior.

El miedo le recorrió la piel. Metió la mano en el bolso, buscó las llaves y se las guardó en el puño. Se dio la vuelta y comenzó a alejarse rápidamente en dirección a la fiesta. A su espalda, se abrió la puerta de un coche, así que aceleró el paso.

—Isla.

Miró a su alrededor y le costó comprender quién había hablado, pues su presencia era del todo inesperada.

—¿Jack? —Se sintió aliviada—. ¿Qué haces aquí? —Se fijó en el coche, en que la puerta del conductor estaba abierta y en que Jack se encontraba junto a ella—. ¿Has venido conduciendo ese coche? ¿De quién es?

Él respiró hondo antes de contestar.

—De mi madre.

—¿Y lo has conducido tú? —Isla relajó la mano en torno a las llaves—. ¿Por qué? Tu madre te matará si se entera. —Jack se quedó mirándola con gesto imperturbable y sin hablar—. ¿Estás bien? —Mientras se acercaba a él, se dio cuenta de que le temblaban las manos—. ¿Qué ocurre?

Se estiró y le apoyó una mano en el brazo. Jack retrocedió como si se hubiera abalanzado sobre él con un objeto afilado.

—¡Aléjate de mí! ¡No me toques!

—¿Qué pasa? ¿Qué te ocurre? —Él no dijo nada—. Deja que llame a Nathaniel para que venga a buscarte…

—¡No! —La voz le sonaba acuciante y asustada.

Isla hizo una pausa e intentó contener el miedo que le subía por la garganta.

—¿Qué está pasando? Sea lo que sea, tan solo quiero ayudar.

—No quiero nada que venga de ti. Sé lo que has estado haciendo… con mi padre.

La sorpresa la asaltó como un maremoto.

—¿Qué quieres decir? —Su voz sonaba débil y tensa, como una goma elástica estirada hasta casi romperse.

Jack agarró el borde de la puerta del coche con los nudillos blancos.

–Sé que has estado… tirándotelo. He visto las fotos que tiene en el móvil. Sé que pretende dejar a mi madre por ti.

Isla se estremeció.

–¿De dónde has sacado esa idea?

Los pensamientos se le agolpaban en la mente mientras se preguntaba si Nathaniel al fin habría cumplido su amenaza de contarle a la gente lo que sabía.

–Lo escuché hablando por teléfono con un agente inmobiliario sobre casas. Sé que va a abandonarnos.

La confusión se apoderó de su cabeza. Por un momento, pensó que tal vez Andrew hubiese cambiado de idea y fuese a decirle que había cometido un error, que lo sentía y que, por supuesto, no quería poner fin a su relación; que estaba planeando dejar a Nicole y comprar una casa para que no tuvieran que seguir viéndose en habitaciones de hotel cerca de la estación de Waterloo. Durante un breve instante, se lo imaginó preguntándole si alguna vez podría llegar a perdonarlo por su terrible comportamiento. Pero, entonces, recordó la condescendencia con que había hablado al dejarla, el tono glacial de su último mensaje y el silencio que guardaba desde entonces: un indicio claro de que no quería saber nada más de ella. Y de pronto, toda la furia que sentía hacia Andrew –por sus manipulaciones, sus mentiras y su sutil coacción emocional– volvió a aflorar con fuerza y se recordó a sí misma que jamás lo perdonaría; ni aunque le suplicara.

–No sé de qué me estás hablando.

–¡Deja de mentir! He visto las fotos en su móvil. Todas esas… fotografías en las que apareces con él. Las he visto.

Isla se estremeció ante la idea de lo que Jack podría haber visto: fotos de ella en la cama con Andrew, semidesnuda; fotos que solo debían ver las dos personas involucradas en ellas. La encolerizó que Andrew hubiese sido tan descuidado y negligente y no hubiese protegido mejor su teléfono. La enfureció que hubiese sido tan arrogante y despreocupado para dejar que Jack se acercase a su móvil teniendo en cuenta la bomba que contenía.

Trató de calmar sus pensamientos acelerados, pero iban tan rápido que no podía seguirles el ritmo. No tenía forma de saber si Jack había hablado con Nathaniel, si este le había admitido que ya lo sabía o si ya estaban urdiendo un plan para desenmascararla. Lo único que sabía era que tenía que intentar remediar la situación, calmar a Jack y limitar el posible daño que podía provocar.

—Jack, tu padre no va a abandonar a tu madre…

—Me estás mintiendo…

—No. —Respiró hondo—. Sea lo que sea lo que hayas oído, no es lo que piensas.

—No te creo. Tan solo dices eso para…

—¡Basta! ¿Quieres escucharme, por favor? Te estoy diciendo la verdad. Ahora mismo, no hay nada entre tu padre y yo. Te lo prometo.

Jack negó con la cabeza mientras murmuraba en voz baja para sí mismo. Isla dio otro paso al frente, consciente de que debía reducir el riesgo de que fuese corriendo a casa y se lo contara todo a Nicole. No podía permitir que todo aquel lamentable asunto saliera a la luz justo en el momento en que sabía que había llegado la hora de pasar página.

—Escúchame, Jack. Tu padre no va a abandonar a tu madre. La quiere. —Tragó saliva para deshacerse de la humillación que le arañaba la garganta—. Lo mejor que puedes hacer es dejar que te lleve a casa y olvidarte de todo esto. Ya no importa en absoluto.

—¡A mí sí me importa! ¡Y a mi madre le importará! ¡Te odio por lo que has hecho!

Sin darle tiempo a responder, Jack volvió a subirse al asiento del conductor y enterró la cabeza entre las manos.

El cuerpo de Isla palpitaba a causa del pánico. Tras estirar el brazo, agarró la puerta del coche para mantenerla abierta.

—No puedes conducir. No tienes la edad necesaria. Piensa en lo que ocurrirá si te pillan.

—¡Déjame! —Jack tiró de la manecilla de la puerta, contrarrestando la fuerza del agarre de Isla.

—Jack, por favor, deja que te lleve a casa.

—Déjame en paz. No quiero nada que provenga de ti.

Con un tirón decisivo, le arrebató la puerta de las manos, la cerró de golpe, la bloqueó y encendió el motor.

Isla dio un golpe en la ventanilla.

—Abre la puerta. No sabes conducir. Sal y tranquilízate, por favor.

El motor siguió aumentando de revoluciones, pero el coche no se movió. Los cristales tintados eran demasiado oscuros como para que pudiera ver lo que estaba ocurriendo en el interior. Agarró el móvil mientras se preguntaba si debería llamar a Nathaniel para que acudiera allí o si eso tan solo empeoraría las cosas. Se maldijo a sí misma por haberle dicho a Meera que no lo invitara; por no querer tenerlo cerca desde que se había encarado con ella un mes atrás.

El suave golpeteo de un bajo surgía de la casa de su amiga, que estaba al otro lado de la calle, en diagonal, a menos de seis casas de donde se encontraba en ese momento. Podría llegar allí en veinte segundos y hacer que Jules o Kit (alguien en quien pudiese confiar) hiciera que Jack entrara en razón y lo persuadiera de que no condujera el coche de su madre.

Tras ella, el motor rugió aún con más fuerza, pero el vehículo siguió sin moverse e Isla se preguntó qué estaría haciendo el chico ahí dentro; qué estaría pensando y qué estaría sintiendo. Sabía que tenía que impedir que condujera y cuidarlo. Todo aquello era culpa suya. Suya y de Andrew. Que Jack estuviera alterado, que hubiese conducido el coche de su madre, que se encontrara en tal estado… Todo era responsabilidad de ambos.

Se dio la vuelta y, sin mirar atrás, cruzó la calzada, corriendo a toda velocidad.

PRESENTE

CAPÍTULO 40
Nicole

Nicole mira fijamente las grabaciones de la cámara que el detective ya ha reproducido dos veces y el pánico le nubla los pensamientos.

Las pruebas son irrefutables. La identidad del conductor que está a punto de chocar con el taxi resulta inconfundible en la imagen congelada.

Su hijito, al volante de su coche. La fecha y la hora en la esquina superior izquierda del vídeo narrando la historia que tanto se ha esforzado por ocultar.

Algo parece romperse en su interior, como si las diferentes partes de sí misma se estuvieran fragmentando y nunca fuesen a recomponerse y formar algo parecido al orden; como si nunca fuese –o pudiera– volver a ser la misma.

Piensa en Jack, en casa, apenas unas horas atrás; en cómo ha sido capaz de sentir su miedo y desesperación cuando arrestaron a Nathaniel y en cómo ha sabido que estaba a punto de confesar; en lo decidida que se sintió a evitar que hablara y hacer todo lo que estuviera en sus manos para protegerlo de un destino que lleva temiendo las últimas cinco semanas.

Alza la vista hacia el detective y nota que se le estrechan las paredes de la garganta.

Ha imaginado este momento muchas veces, pero, ahora que ha llegado, no logra creer que de verdad esté ocurriendo. No puede creer que hayan llegado a esto. No puede hacerse a la idea de que, al final, no ha sido capaz de protegerlo. Su único trabajo, su máxima prioridad como madre, y ha fracasado.

—Señora Forrester, las grabaciones sitúan claramente a su hijo Jack al volante de su coche muy cerca del lugar del incidente y apenas unos momentos después de que ocurriera, así que voy a preguntárselo de nuevo: ¿qué sabe sobre la muerte de Isla Richardson?

LA NOCHE DE
LA MUERTE DE ISLA

CAPÍTULO 41
Nicole

La puerta principal se cierra con un portazo y, después, la puerta del salón se abre de golpe.

Cuando Nicole alza la vista y ve el rostro cubierto de lágrimas de Jack, se levanta de un salto del sofá.

−¿Qué te ocurre? ¿Qué ha pasado?

Jack, al que le tiembla todo el cuerpo, la mira fijamente. El miedo le martillea en el pecho y posa las manos a ambos lados de la cara de su hijo, intentando hacer contacto visual.

−¿Cuál es el problema? ¿Qué ha ocurrido?

Él sacude la cabeza mientras las lágrimas le corren por las mejillas.

−Solo quería hablar. Solo quería saber qué diría…

−¿Quién? ¿Qué quieres decir?

−Tan solo quería hablar con Isla…

Durante un instante, Nicole se queda confundida.

−¿Con Isla? ¿De qué tenías que hablar con Isla? −Él la mira y, después, aparta la vista−. ¿Jack? ¿Qué ha ocurrido? Por favor, cuéntamelo.

Él resuella. Las lágrimas le cubren las mejillas.

−Tan solo quería preguntarle por ello. Por papá.

Titubea y las neuronas del cerebro de Nicole salen disparadas en todas las direcciones.

−¿Qué pasa con papá?

Jack traga saliva con fuerza y ella se da cuenta de que está alterado.

−Papá… se está… acostando con ella. Con Isla.

A Nicole le cuesta varios segundos comprender lo que su hijo está diciendo.

–¿Con Isla? ¿Nuestra Isla? No seas ridículo. Claro que no. Él sacude la cabeza.

–No estoy siendo ridículo. Vi fotos suyas. En el móvil de papá... –Se interrumpe de golpe como si una guillotina hubiera rebanado sus palabras.

Los pensamientos de Nicole se aceleran como si estuvieran persiguiendo una meta que no alcanzara a distinguir.

–Eso no significa nada, cielo. Claro que papá tiene fotografías de Isla en el teléfono. Yo tengo docenas de ellas en el mío, tanto de Isla como de Clio. –Le frota la mejilla mojada con un dedo, le estudia el rostro afligido y se pregunta si, a pesar de lo vigilante que ha estado, ha subestimado de todos modos lo alterado que está con respecto al diagnóstico de TDAH.

Jack se quita sus manos de encima mientras el aire le entra y sale con rapidez de los pulmones.

–No entiendes, mamá. Las fotografías... no eran normales. Eran... –Se detiene, entierra el rostro en las manos y sacude la cabeza como si estuviera intentando deshacerse de cualesquiera que sean los pensamientos que se le estén agolpando en la cabeza–. Estaban en la cama.

Las palabras le zumban en los oídos como moscas de las que no pudiera librarse con un manotazo. No tiene sentido.

–Debes de estar equivocado. Papá jamás... No con Isla.

–¡No estoy equivocado! Miré las fechas de las fotos. Llevan juntos una eternidad.

La información tarda unos segundos en calar en su mente, como el agua filtrándose entre la tierra endurecida. Se siente mareada, con vértigo, y su cerebro se niega a creer que sea cierto. No puede asimilar que Andrew pudiera hacer algo así; que fuera capaz de traicionar a Abby o abusar de ese modo de la posición que tiene con respecto a Isla; que pudiera hacer algo tan repugnante, egoísta e imprudente y tan completa y flagrantemente inmoral. Pero, entonces, mira a su hijo a la cara, ve su angustia y sabe que no diría algo tan terrible a menos que creyera de todo corazón que es cierto.

Piensa en lo errático que ha sido el comportamiento de Andrew en los últimos meses: furtivo y tenso un instante, pero animado y entusiasta al siguiente. Recuerda que, varios meses atrás, comenzó a obsesionarse con su peso, su salud y el cabello que le estaba encaneciendo en las sienes y, de pronto, lo que Jack le está contando no le parece tan descabellado como desearía que fuera. De pronto, le parece dolorosa y horriblemente creíble.

—Tan solo he ido para hablar con ella… No iba a hacer nada… No pretendía que… Tienes que creerme.

Las palabras de Jack son confusas, sin final claro en una frase ni principio evidente en la siguiente, pero el pánico de su voz hace que a Nicole se le forme un nudo en la garganta.

—¿De qué estás hablando? ¿Qué ha ocurrido?

—No la he visto, mamá… Ha sido un accidente… Ha salido corriendo a la calzada… Mi pie… El acelerador… No sé qué ha ocurrido.

El miedo le congela la sangre.

—¿Dónde has estado, Jack? ¿Qué has hecho?

Las sospechas se abren paso hasta su cabeza, pero son demasiado espantosas como para planteárselas.

Y entonces, entre las lágrimas y la falta de aliento, la historia se derrama de los labios de su hijo. Le cuenta que no podía soportar lo que su padre había hecho con Isla y lo enfadado que estaba, tan enfadado que pensaba que iba a estallar a causa del secreto, el dolor y la certeza de que su padre iba a abandonarlos. Sencillamente, no tenía la mente lúcida y no podía pensar con claridad. Tenía que salir de la casa y estar en algún lugar diferente. Así que se ha subido a su coche sin tan siquiera saber adónde iba; tan solo necesitaba hacer algo.

Mientras Nicole intenta asimilar toda esa información, contiene las ganas de regañarle y de preguntarle en qué demonios estaba pensando para conducir su coche de forma ilegal cuando no sabe cómo hacerlo más allá de las carreras de karts de los sábados. Sin embargo, sabe que no es el momento, que está demasiado alterado y que, de todos modos, no iba a escucharla. Ahora mismo, lo que debe hacer es calmarlo y extraerle la historia que le está costando contar.

Entonces, Jack le explica que ha ido conduciendo hasta la fiesta –la fiesta a la que iba a asistir Nathaniel; la fiesta que se celebraba en casa de Meera y en la que sabía que también estaría Isla– y que solo quería hablar con ella para preguntarle por qué lo había hecho y por qué había destrozado su familia. No pretendía que ocurriera. Pensaba que simplemente iba a seguir caminando por la acera. No sabía que saldría a la calzada y que echaría a correr tan rápido sin previo aviso. No pretendía pisar el acelerador, tan solo se le ha resbalado el pie y ha pisado demasiado a fondo y demasiado rápido, pues el pedal era muy diferente al de los karts, totalmente diferente. Y el coche ha salido disparado tan rápido que no ha podido controlarlo. Todo ha pasado demasiado rápido. Y, entonces, ha entrado en pánico, no ha sabido qué hacer y se ha quedado ahí sentado, temblando. No podía soportar la idea de mirar o de salir del coche para comprobar lo que había hecho, así que ha puesto marcha atrás, se ha alejado de allí y ha vuelto a casa. Y tal vez estuviese bien. Tal vez a Isla no le hubiese pasado nada. Tal vez solo hubiese sido un golpe y hubiese regresado a la fiesta. No lo sabe. Tan solo tenía que salir de allí y ahora no sabe si le ha hecho daño o no. Le pregunta qué va a hacer, qué le va a ocurrir o si va a ir a prisión. Le implora que le diga que todo va a salir bien y que le cree; que cree que tan solo ha sido un accidente.

A su hijo le castañetean los dientes y Nicole lo arropa entre los brazos e intenta calmarlo. Le cuesta asimilar lo que acaba de contarle.

–¿No viste nada antes de marcharte? ¿No comprobaste si Isla se encontraba bien?

Jack niega con la cabeza.

–Pero estará bien, ¿verdad?

Nicole intenta pensar y poner en orden sus pensamientos, pero son como las bolas de una máquina de pinball, rebotando de un lado a otro de su cerebro.

Cuando se mira el reloj de pulsera, ve que son casi las nueva y media. Nathaniel debe de seguir en casa de Meera. Entonces, se da cuenta de que tal vez alguno de los invitados a la fiesta haya visto algo y haya reconocido su coche. Tal vez alguien esté llamando a la policía en este mismo momento para denunciar un atropello con fuga.

Algo le hace clic en la cabeza: una sensación de apremio y de imperativo maternal. Un instinto ancestral y febril de proteger a su hijo.

–¿Dónde está el coche ahora mismo?

Jack respira de forma entrecortada.

–En el camino de acceso.

Nicole se obliga a pensar.

–Quédate aquí un momento, ¿de acuerdo? No te muevas.

Espera hasta que su hijo le responde y, entonces, agarra el móvil, se adentra en el pasillo, cruza la puerta principal descalza y sale al amplio camino de acceso. Enciende la linterna del teléfono, se agacha y examina la parte delantera del coche.

En la parte derecha del parachoques hay una abolladura profunda. El metal está desfigurado; y la carcasa de plástico del faro, resquebrajada y rota. Sin duda, los daños son demasiado grandes como para que no haber sido más que un golpe inocuo. Aun así, recuerda una ocasión, años atrás, en la que atropelló a un conejo a altas horas de la noche, en una carretera rural (ni siquiera iba conduciendo muy rápido) e incluso eso le había dejado una abolladura considerable en el parachoques.

Una docena de posibles escenarios potenciales se reproducen en su mente.

Se imagina llamando a Nathaniel para preguntarle si sigue en la fiesta, si Isla está allí y si está bien.

Se imagina llamando a Abby para confirmar si su hija ha regresado a casa ya y comprobar si ha vuelto sana y salva.

Se imagina llamando a casa de Meera con la esperanza de que alguien conteste al teléfono para pedirle que salga a la calle y compruebe si Isla está allí.

Pero mientras cada una de las posibilidades le pasa por la cabeza, sabe que no puede emprender ninguna de ellas. Porque todas conducen al mismo resultado inevitable.

Todas conducen a la sospecha. A unas preguntas que no quiere contestar. A que juzguen a Jack, lo declaren culpable y lo manden a la cárcel. Ha conducido de forma ilegal siendo menor de edad. Ha atropellado a una peatona y se ha marchado de la escena del incidente. Es un catálogo de crímenes y, sin duda, lo condenarán.

El terror le apresa la garganta y se da cuenta de que no puede permitir que ocurra. Tan solo tiene quince años. No es más que un niño. Ha cometido un error terrible y estúpido; un error provocado por el comportamiento asqueroso de su padre. No puede permitir, no va a permitir, que pague por ello el resto de su vida.

Ahora mismo no tiene tiempo de especular sobre lo que haya podido pasarle a Isla. Tan solo puede esperar y rezar por que esté bien. Por ahora, tiene que concentrarse en destruir las pruebas para que, diga lo que diga la joven, ella pueda negarlo y convencer a la gente de que no solo es falso, sino imposible.

Entra de nuevo a la casa a toda prisa, se pone unas zapatillas de deporte y entra corriendo al salón, donde Jack sigue de pie, inmóvil.

–Las llaves. ¿Dónde están las llaves?

Jack la mira fijamente, como si estuviera aturdido, y ella le agarra el brazo e intenta mantener la voz calmada a pesar de que la histeria le inunda el pecho.

–¿Dónde están las llaves, Jack? Las llaves del coche…

Algo parece despertarse de golpe en él, así que se lleva las manos al bolsillo de los vaqueros y saca las llaves que, hasta hace un momento, Nicole no había echado en falta.

—Vamos.

Tras agarrar a su hijo del brazo, lo conduce a través del pasillo, recoge las llaves de casa de la mesita de la entrada, lo arrastra por la puerta delantera y la cierra tras ella. Desbloquea

el coche, abre la puerta del pasajero, empuja a Jack dentro
–que, como un niñito aturdido, obedece– y le pone el cinturón de seguridad. No puede dejarlo solo en casa; no cuando
se encuentra en ese estado deplorable. No puede arriesgar
que Andrew o Nathaniel regresen y lo vean así; no puede
arriesgarse a que Jack le cuente a alguien más lo que ha hecho. Debe protegerlo, aunque eso signifique que la acompañe a llevar a cabo la tarea a la que ahora se enfrenta.

Cuando rodea el vehículo por la parte delantera, no puede evitar bajar la vista de nuevo hacia el parachoques. Ve la
profunda abolladura, imagina el impacto y se obliga a apartar la vista.

Una vez sentada en el asiento del conductor, le asegura
a Jack que no va a pasar nada; que ella se va a encargar
de todo. Él permanece en silencio, indolente, y Nicole se dice
a sí misma que se encargará de su estado de conmoción
más tarde, cuando pueda pensar en cuál es la mejor manera de lidiar con él, pero, por el momento, con lo que tiene
que lidiar es con la urgencia más inmediata que se presenta frente a ellos.

Abre Google Maps en el teléfono, amplía la imagen de la
dirección de su casa y empieza a moverse poco a poco, estudiando las calles. Se trata de una zona que conoce bien, pues
lleva casi veinte años viviendo en el vecindario, y, aun así,
no puede ni pensar ni orientarse: no sabe adónde ir.

Pasa los ojos de un lado a otro del mapa (norte, sur, este
y oeste) y siente que su propia desesperación va en aumento.
Nota que los segundos van pasando y sabe que el tiempo se le
está echando encima. Nathaniel podría volver a casa pronto,
tal vez Andrew ya haya salido de la oficina e Isla podría estar
contándole ya a la gente lo que ha hecho Jack.

Entonces, sus ojos se posan sobre el lugar perfecto, así que
clava el dedo en la pantalla y ve que se encuentra a tan solo
cinco minutos en coche. Estudia el camino de vuelta a pie.
La aplicación indica que se tardan dieciocho minutos en recorrerlo, pero sabe que serán capaces de completarlo en doce

si corren, lo que deben hacer si quieren tener la oportunidad de volver a casa antes que los demás.

Introduce la dirección, sale del camino marcha atrás y acelera por la calle mientras Jack sigue en silencio a su lado. En su cabeza, los pensamientos se interrumpen los unos a los otros mientras intenta adivinar qué hacer y qué decir para que su hijo salga de ese estado.

No sabe a qué velocidad conduce, pero salen de la carretera principal en dirección al polígono industrial en lo que se le antoja apenas un instante. En silencio, reza para que haya algún lugar en el que dejar el coche; algún lugar discreto para que no lo descubran de inmediato; algún lugar que le otorgue tiempo, le proporcione a Jack una coartada y le permita pensar en una estrategia para sacarlos de este desastre.

La entrada del polígono industrial emerge de entre la oscuridad y ella experimenta una oleada de alivio. Es más grande de lo que había imaginado. De hecho, es enorme. Hay una calle en el centro con almacenes a ambos lados, cada uno de ellos con su propio aparcamiento. Sin embargo, sabe que no puede dejar el coche en uno de esos; sabe que debe encontrar un lugar mejor para esconderlo, un lugar en el que no lo detecten con facilidad.

A su lado, Jack suelta un fuerte sollozo, así que le apoya una mano en el muslo, le dice que todo va a salir bien y sigue conduciendo a través del polígono. El tictac de un reloj le resuena con fuerza en los oídos y sabe que el tiempo se le está agotando; que debe abandonar el vehículo pronto; que deben emprender el camino de vuelta a casa si quieren tener alguna posibilidad de llegar antes que Andrew o Nathaniel.

Entonces, llegan al final de la calle, y Nicole teme haberse equivocado y haber tomado una mala decisión. Jamás deberían haber ido hasta allí. Tendría que haber pasado más tiempo estudiando el mapa y buscando un lugar mejor, pero ya es demasiado tarde. No dispone de tiempo de buscar una alternativa; ninguna oportunidad de ir a alguna otra parte y seguir teniendo la posibilidad de llegar a casa a tiempo.

Y entonces, mientras pasa los ojos por el perímetro del polígono industrial apenas iluminado, ve un callejón estrecho a la derecha: un camino lleno de maleza pegado al último almacén con árboles a un lado y un muro al otro. Sin pensarlo dos veces, gira hacia allí, conduce el coche hasta el espacio estrecho que transcurre bajo unas ramas que sobresalen y avanza lentamente hasta llegar al fondo. A toda prisa y con tono apremiante, le pide a Jack que salga del coche. Lo observa mientras abre la puerta todo lo posible, se tambalea para salir y la cierra tras de sí. Nicole sale por su lado, se desliza a duras penas por el hueco estrecho y, entonces, mira a izquierda y derecha. Ve que no hay nadie en los alrededores y, cuando alza la vista hacia los edificios, tampoco ve ni rastro de cámaras de seguridad.

Estira los brazos hacia arriba, alcanza una rama y tira de ella hasta que se parte. Rompe otra y otra y, con las manos doloridas y la frente empapada en sudor, las apoya contra la parte trasera del vehículo y las arroja sobre el techo. Se mira el reloj, comprueba la hora –casi las diez menos cuarto–, una nueva dosis de adrenalina le recorre las venas y le dice a Jack que tienen que marcharse de inmediato. Lo agarra de la mano, lo saca del callejón, lo arrastra a través del terreno irregular y la hierba alta y, cuando mira por encima del hombro, se da cuenta de que el coche ha quedado tristemente camuflado; de que, si por algún motivo, alguien se aventura por el camino, lo verán de inmediato. Sin embargo, lo ha hecho lo mejor que ha podido con el tiempo del que disponía.

Jack sigue temblando, así que le dice que tienen que correr a casa (es lo único que tiene que hacer: cruzar corriendo los dos kilómetros y medio hasta allí) y que ella se encargará de todo. Y, a pesar de tener los ojos vidriosos y la mirada vacía, asiente. Ella le dice que lo quiere y que todo va a salir bien. Entonces, le agarra la mano con fuerza y, juntos, corren por el polígono industrial, salen a la calle y siguen corriendo por la carretera principal en dirección a casa.

Durante todo el camino, Nicole va formulando un plan

en su cabeza. Los detalles van apareciéndose y deslizándose en su mente hasta formar algo sólido; algo con posibilidades de ser creíble; algo que todavía podría salvar a Jack del destino que le espera en caso contrario.

Si, cuando lleguen, la casa está vacía, le dará un temazepam, lo mandará a dormir y lo dejará inconsciente, ajeno a la catástrofe en la que se encuentran sumidos.

Esperará hasta que alguien se dé cuenta de que su coche ha desaparecido, fingirá no saberlo y avivará la creencia de que se lo han robado. Lo denunciará a la policía y dirá que la última vez que lo ha visto ha sido cuando ha ido a recoger a Jack al entrenamiento de fútbol esa misma tarde; que han llegado a casa a las siete de la tarde (una pequeña dosis de verdad para salpimentar las mentiras); que podrían haberlo robado en cualquier momento desde entonces y que ella no se ha dado cuenta porque no ha salido de casa en toda la tarde.

Cuando Isla le cuente a la gente lo que ha ocurrido (porque, sin duda, no le habrá pasado nada), Nicole dirá que es imposible, que Jack ha estado en casa con ella toda la tarde, que debe de estar equivocada, que tal vez la hayan golpeado con su coche, pero que el conductor debía de ser un desconocido. Pensar en ello, en poner en duda la historia de Isla (Isla, a la que conoce desde que nació y a la que ha querido como a un miembro más de su familia) hace que se encoja ante el remordimiento que siente de antemano, pero no puede permitirse pensar en ello. Ahora mismo, tan solo puede pensar en proteger a Jack. Porque, si se descubre que estaba conduciendo a pesar de ser menor de edad y se demuestra que ha chocado con alguien, con la joven con la que su padre mantenía una relación sexual, podrían alegar que lo ha hecho a propósito; que su intención era atropellarla. Y Nicole no se atreve a plantearse lo que podría suponer semejante acusación.

El miedo que siente por Jack va acompañado de la furia que experimenta hacia Andrew. La ira por su infidelidad. La ira ante el hecho de que, de entre todas las personas del mundo que podría haber elegido, hubiese escogido a la hija de su mejor amiga, una adolescente que debería haber podido confiar en que un hombre al que conocía desde su nacimiento jamás abusaría de ella de ese modo.

Andrew ha puesto a toda su familia en peligro. Su comportamiento y sus decisiones han provocado las acciones que Jack ha llevado a cabo esta noche. Si no los hubiera traicionado a todos y no hubiera sido tan poco escrupuloso, tan corrupto y egoísta, no habría ocurrido nada de esto.

Pero, por el momento, fingirá ignorancia. Fingirá que no sabe nada. Porque si no sabe nada sobre la relación de Andrew e Isla, si Jack tampoco sabe nada al respecto, entonces no puede haber ninguna conexión posible con el accidente. No puede haber ningún móvil significativo. Al ocultar que sabe lo de la traición de su marido, estará protegiendo a su hijo de cualquier sospecha sobre su implicación.

Mientras aferra con fuerza la mano de Jack, golpea el pavimento con los pies, uno detrás del otro. Es lo único que puede hacer por el momento: poner un pie delante del otro, llevar a Jack a casa, meterlo en la cama y encontrar una ruta para salir de esta pesadilla laberíntica.

El plan no deja de darle vueltas y más vueltas en la cabeza y sabe, sin ninguna duda, que hará todo lo que esté en sus manos para proteger a su hijo.

PRESENTE

CAPÍTULO 42
Nicole

–Señora Forrester, tenemos grabaciones de una cámara que muestran a su hijo conduciendo su coche de forma imprudente e ilegal, muy cerca del lugar en el que murió Isla Richardson y a apenas unos minutos tras la hora estimada del fallecimiento. Más tarde, se encontró dicho vehículo abandonado en un polígono industrial y con signos claros de haberse visto involucrado en una colisión. Los expertos forenses están realizando más pruebas en el vehículo y, en breve, los agentes se pondrán en camino para arrestar a Jack y traerlo a la comisaría para interrogarlo…

–No, por favor, no lo hagan. –Nicole oye la desesperación que le tiñe la voz. No puede soportar la idea de que arresten a su hijo; de que lo metan en un coche patrulla para traerlo aquí, a una sala fría e impersonal como esta, para ser interrogado sin que ella esté presente para apoyarlo–. Por favor, déjeme ir con ellos; tan solo tiene quince años.

El detective niega con la cabeza.

–Me temo que eso no va a ser posible. Nos aseguraremos de que lo acompañe un adulto adecuado. Pero, ahora, lo mejor que puede hacer por él es decir la verdad. Quiere ayudarlo, ¿no es así?

Es consciente de que el hombre está intentando incitarla; intentando pillarla para que traicione a su hijo, pero la paraliza el miedo y no sabe qué es lo mejor que puede hacer.

Sus pensamientos se remontan a la noche que ocurrió. Llegar a una casa vacía, aliviada por una vez de que Andrew se hubiese quedado trabajando hasta tarde y de que Nathaniel aún siguiera por ahí. Acompañar a Jack por las escaleras, darle un temazepam y meterlo directamente en la cama. Sentarse a su lado y acariciarle el pelo, repitiéndole una y otra vez que todo iba a ir bien, que sabía que tan solo había sido un accidente y que cuidaría de él, hasta que empezó a respirar hondo y se sumió en un sueño inducido por las drogas.

Recuerda el regreso de Nathaniel poco después, su aguda observación de que el coche no estaba y la culpa que sintió mientras interpretaba su farsa y fingía no saber dónde estaba. El alivio cuando fue su hijo mayor, y no ella, el que sugirió que tal vez se lo hubieran robado y propuso llamar a la policía.

Recuerda que Andrew también regresó poco después y que tuvo que aunar hasta el último atisbo de su autocontrol para no golpearle con los puños, chillar, maldecir y gritarle por sus engaños imperdonables; para no estrangularlo por el daño causado o preguntarle si era consciente de lo que habían tenido que pagar por su comportamiento depravado. Recuerda que dejó que la besara a pesar de que se le revolvió el estómago de asco por lo que les había hecho tanto a Isla como a ella y a toda su familia. O el hecho de que fue consciente de que la mejor manera de proteger a Jack era fingir ser ajena a las transgresiones de su marido.

Como si la escena hubiese quedado congelada en el tiempo, recuerda el momento en el que Nathaniel apartó la vista del teléfono y anunció que Isla estaba muerta; que la habían matado en un atropello con fuga. Recuerda que todo su cuerpo vibraba a partes iguales por dolor y miedo; que se planteó despertar a Jack con una sacudida, agarrar los pasaportes, ir al aeropuerto y subirse al primer avión disponible (a cualquier destino, no le importaba adónde ir) para alejarlo del peligro y que los minutos pasaron con lentitud toda la madrugada mientras permanecía despierta, reproduciendo mentalmente los acontecimientos de la noche, demasiado horrorizada como para pensar con claridad sobre qué hacer a continuación.

Y, entonces, el día siguiente. Esperar hasta que Jack se despertara —tarde, pues el temazepam había cumplido su función–, sentarse al borde de la cama y trasladarle la noticia que sabía que sumiría su vida en una tempestad perpetua. Presenciar su miedo, intentar calmarlo y asegurarle que ella lo arreglaría. Indicarle lo que tenía que decir y ensayar una historia sobre un virus estomacal ficticio que todavía podría salvarlo. Ver la confusión de su hijo mientras intentaba asimilar instrucciones y la aprensión que sintió ella misma ante la idea de que todavía estuviera demasiado conmocionado o aturdido por la medicación como para recordar la historia de manera fiable. Prometerle una y otra vez que lo cuidaría; que no permitiría que le ocurriera nada malo.

Recuerda los días y semanas posteriores como si se los hubieran grabado a fuego en la memoria. Jack encerrándose en sí mismo, volviéndose callado, retraído, pálido y monosilábico. Que ella se debatía entre el deseo de hablar con él y la certeza de que no quería hurgar en la herida de su ansiedad. O cómo se dio cuenta de que tal vez pudiera salvar a su hijo de que lo condenaran, pero no podía librarlo de la aplastante sensación de culpa que lo invadía.

Recuerda todas las noches que pasó despierta, pensando en los acontecimientos de aquella noche, preguntándose si había hecho lo correcto o si, en caso de volver atrás en el tiempo y poder vivir esos momentos de nuevo, haría algo de un modo diferente. Preocupada por su coche, que seguía en el polígono industrial, y temiendo no haberlo alejado lo bastante de casa, no haberlo ocultado lo bastante bien y no haber pensado demasiado en la posibilidad de que lo encontraran. Y, aun así, consciente de que se escapaba a su control, de que no podía volver a ese lugar y de que hacerlo sería una estupidez catastrófica.

Y, después, estaba Abby. Todas las horas que pasó sentada con ella, consolándola y reconfortándola, sabiendo lo que sabía; escuchándola maldecir al monstruo que había matado a su hija, consciente de que dicho monstruo estaba en su dormitorio, escuchando música a todo volumen a través de los auriculares para silenciar la tortura que suponían sus propios pensamientos. Esos momentos recurrentes de miedo cada vez que su amiga le contaba que había sermoneado a la policía para obtener respuestas. El remordimiento, la vergüenza y la culpa que sentía ante la idea de ser cómplice del tormento de aquella mujer. Y, a pesar de todo, la creencia firme y absoluta de que la muerte de Isla había sido un accidente; de que Jack se había mostrado imprudente, impetuoso y consternado, pero jamás había pretendido hacerle daño.

Y, entonces, el descubrimiento por parte de Abby de los correos electrónicos y la relación de Isla, y la desesperación con la que Nicole deseó que no se enterara de la identidad del hombre que había abusado de su hija. No por el bien de Andrew, pues su marido había dejado de importarle el mismo día que lo descubrió, sino por el bien de Jack. Porque cuanto más cerca de su familia arrojaran la red, más posibilidades había de que lo capturaran.

Ahora, piensa en el gesto de Abby esta misma tarde, cuando ha confesado ser la responsable de la muerte de Isla; en su conmoción, su horror y su odio más absoluto. No puede culparla. Tal vez no sea cierto que fuera ella la que conducía el coche que mató a su hija, pero es casi igual de responsable de su sufrimiento.

Le duele el recuerdo al pensar en los últimos dieciocho años y en todo lo que Abby y ella han vivido juntas. Los embarazos, las tribulaciones de los primeros días como madres, las interminables inseguridades sobre la maternidad… El festejo de todos los hitos de sus hijos: las primeras palabras, los primeros pasos o los primeros días de colegio. La celebración de cumpleaños, Navidades, Pascuas y festivos. Compartir innumerables botellas de vino, fines de semana largos viajando y conversaciones hasta altas horas de la noche.

Piensa en todas las ocasiones en las que, a lo largo de las últimas cinco semanas, ha estado cerca de contarle a Abby la verdad. Pero, cada vez que ha estado a punto de confesar, pensar en Nathaniel y en Jack se lo ha impedido; pensar en lo que les ocurriría si la verdad salía a la luz o en el hecho de que tanto sus respectivas vidas, así como la suya propia, acabarían destrozadas. No ha mentido para protegerse a sí misma, sino por amor a sus hijos.

Alza la cabeza y mira al detective con las lágrimas inundándole los ojos.

—Por favor, déjeme verlo. Tan solo tiene quince años.

CAPÍTULO 43
Abby

Abby está sentada en el sofá de su salón frente a la agente que sirve como enlace de la familia con la policía, incapaz de asimilar lo que acaba de contarle.

Jack mató a Isla.

Jack se subió al coche de Nicole, lo condujo de forma ilegal y mató a Isla.

Y Nicole lo encubrió.

La noticia le parece irreal, como si acabara de aparecer dentro de la historia de la vida de otra persona.

–¿Cree que fue un accidente o…? –Es incapaz de decirlo de forma explícita.

La agente sacude la cabeza.

–Es demasiado pronto para saberlo, pero sí que parece posible que lo ocurrido no fuera más que un terrible accidente. Eso es lo que sostienen tanto Jack como Nicole.

Abby asiente, todavía incapaz de asimilarlo.

Piensa en que lo ha visto crecer a lo largo de los años, en el hecho de que siempre ha sido un chico muy tranquilo, afable, amistoso y de buen comportamiento, y en cómo Nicole y ella solían bromear al respecto, diciendo que al menos ambas tenían un adolescente que nunca les causaba problemas.

Solo que, ahora, una de esas adolescentes está muerta; y el otro, bajo custodia policial.

Se siente abrumada por una maraña tan compleja de emociones que no sabe dónde acaba una y dónde empieza la siguiente. Está enfadada con Jack por ser tan imprudente, furiosa con Andrew por haber seducido a su hija, resentida con Nicole por su multitud de mentiras y frustrada con Clio por haberle

304

hecho sospechar, aunque solo hubiese sido durante un instante, que tal vez hubiese estado involucrada de algún modo.

−¿Puedo ofrecerle algo?

Abby niega con la cabeza. Sabe que no hay nada que vaya a hacer que esos sentimientos se desvanezcan por completo en algún momento. La ira no es más que la punta del iceberg. También siente pena. Oleadas enormes e incontrolables de pena: por Isla, por Stuart y por su amistad con Nicole.

Piensa en las últimas cinco semanas, en Nicole sentada junto a ella en el sofá, rodeándola con los brazos y llorando con ella. Piensa en el funeral de Isla, en cómo Nicole se encargó de todo −las flores, la comida, el transporte y la recepción funeraria−, en que ella estaba tan aturdida que, en ese momento, ni siquiera se le había ocurrido darle las gracias y, más tarde, se había sentido muy culpable al respecto. Piensa en el hecho de que Nicole ha estado pendiente de ella de forma diaria (las visitas, las llamadas, los mensajes) y en lo mucho que ha cuidado de Clio y de ella. Piensa en el interés inquebrantable que ha mostrado por el progreso de la investigación policial; un interés que le había hecho creer que Nicole estaba casi tan comprometida como ella con llevar al asesino de Isla ante la justicia. Ahora, se da cuenta de que sus indagaciones no eran más que una forma calculada de interés propio.

Sabe de forma inequívoca que no hay manera de remediar su relación con Nicole.

Cuando se abre la puerta del salón, Clio aparece bajo el arquitrabe. Se fija en la presencia de la agente y permanece en la puerta, indecisa, como la niña curiosa que solía ser en un pasado no muy lejano.

Abby no sabe cómo contarle lo que ha ocurrido; no sabe cómo transmitirle que a su hermana la mató un chico al que conoce desde que nació o que una de las adultas de su vida en la que más confiaba encubrió el crimen. Por el momento, abre los brazos, invita a Clio a meterse entre ellos y la rodea con todo el amor que tiene para ofrecer.

CAPÍTULO 44
Nicole

–Tiene cinco minutos.

El agente abre la puerta de la sala de interrogatorios y Nicole entra en ella.

Jack alza la vista. Está sentado entre Andrew y un hombre que supone que será su abogado en una sala que, por lo demás, está vacía. Tiene el rostro pálido y bolsas oscuras rodeándole los ojos.

–Mamá… –Se pone en pie y se deja caer entre sus brazos.

Nicole lo sostiene y nota su aliento cálido en el cuello.

–No pasa nada, cariño. Todo va a ir bien.

Las palabras se le atascan en la garganta y no sabe cómo va a lograrlo; no sabe cómo va a ser capaz de dejarlo en unos minutos. Le parece imposible que vaya a despedirse de él sin saber cuándo volverá a verlo.

–¿Qué me va a pasar?

El pánico se entrelaza con la pregunta de Jack y se cuela en el torrente sanguíneo de Nicole, infectándola como un virus para el que sabe que no hay cura.

Busca frases para tranquilizarlo, consciente de lo lamentables e inadecuadas que sonarán. No tiene el poder que se requiere para llevar a cabo el truco de magia que necesita que ocurra: no puede hacer retroceder el tiempo; no puede deshacer lo que está hecho. No puede detener el futuro que se abalanza sobre ellos.

Tras dar un paso hacia atrás, le atrapa el rostro entre las manos y le mira las mejillas surcadas de lágrimas. No sabe cómo es posible que el corazón le siga latiendo cuando está segura de que se le ha roto.

—Vamos a ayudarte a superar esto. Te prometo que lo superaremos.

Él asiente, pero Nicole se da cuenta de que no la cree. La confusión se le dibuja en el rostro y nota que la adrenalina y la incertidumbre por lo que le esperan en las siguientes horas le recorren el cuerpo.

Cuando vuelve a abrazar a su hijo, los músculos de la garganta se le cierran. No sabe cuándo podrá volver a hacerlo. Si el lunes un juez decide no concederle libertad bajo fianza y ella misma queda en prisión preventiva, no sabe cuándo volverá a verlo. La idea de que su niñito acabe en un centro de internamiento para menores, rodeado de desconocidos y personas que tal vez le hieran, le resulta demasiado difícil de soportar, así que la destierra de su mente.

Abrazada a Jack, recuerda el día en el que nació, dos semanas antes de tiempo: diminuto y frágil. Recuerda que lo acunó entre los brazos, tan pequeño y vulnerable, y comprendió de inmediato y a un nivel visceral que haría lo que fuera para cuidarlo. Sin ningún atisbo de duda, supo que, si fuera necesario, moriría por él; que, si algún día se lo pidieran, moriría por cualquiera de sus hijos.

Y, sin embargo, ahí está: incapaz de evitar cualquiera que sea el destino que le aguarde. Su sensación de impotencia es profunda y no sabe cómo va a sobrevivir a las horas, los días y las semanas que se avecinan.

Detrás de ella, una voz la llama por su nombre.

Se aferra a su hijo con fuerza. No va a soltarlo; no va a dejar que la alejen de él. Tan solo tiene quince años. No es más que un niño. No puede permitir que lo lleven al lugar al que tal vez lo envíen.

El agente repite su nombre. Nota una mano en el hombro; nota que la apartan de allí, pero, con los brazos en torno a sus hombros, Jack no la suelta, así que ella le susurra al oído y le dice que lo quiere; que nunca dejará de quererlo. Él llora con unos sollozos enormes e incontrolables y le dice que tiene miedo; que no sabe qué le va a pasar y que teme que lo envíen a prisión. Nicole le besa las mejillas y las nota mojadas contra su piel. Entonces, el agente le dice que tiene que acompañarlo ya y que se le ha acabado el tiempo. Sin embargo, parece imposible que alguien vaya a hacer que abandone a Jack; que alguien pueda tener el poder de obligarla a abandonar a su hijo cuando cada fibra maternal de su cuerpo le repite que debe quedarse, estar con él y cuidarlo.

Pero, entonces, el policía la agarra del brazo con más fuerza para alejarla de allí y es como si pudiera sentir que la cuerda entre ella y Jack se alarga, se estira y se tensa dentro de su corazón. Lo mira a la cara, percibe su desesperación y le dice que lo siente; que siente mucho no haber podido hacer más para protegerlo. Entonces, vuelve a repetirle que lo quiere. Observa a Andrew, que se levanta de la silla y rodea los hombros de Jack con un brazo. Los observa a los dos, de pie en medio de esa sala opresiva, mientras la sacan por la puerta y la alejan de su hijo sin saber cuándo o dónde podrá verlo de nuevo.

CAPÍTULO 45
Abby

Abby se despide de la agente y cierra la puerta a su espalda. Cuando vuelve a entrar en el salón, Clio está sentada en el sofá, todavía agitada por la historia que le ha contado sobre cómo Jack mató a Isla y Nicole lo encubrió.

–Es que no puedo creerlo. Jack es tan… agradable. No entiendo por qué haría algo así.

Abby respira hondo, consciente de que ha llegado el momento de poner fin a los secretos. La voz le suena más firme de lo esperado mientras le cuenta la historia que a ella misma le sigue pareciendo increíble: la relación de Isla con Andrew, el embarazo y posterior aborto, las mentiras, los engaños y las traiciones. Sus respectivas familias, unidas durante tanto tiempo, ahora separadas de forma irrevocable.

Clio permanece en silencio durante lo que le parece un tiempo excesivamente largo y no está muy segura de si interrumpirla y preguntarle en qué está pensando o dejar que digiera la revelación. Espera al momento oportuno, pues no quiere presionar a su hija para que responda. Sabe que es mucho que asimilar.

–¿Estás bien?

Clio asiente.

–Es solo que no consigo hacerme a la idea. Es tan… poco propio de Isla. No puedo imaginarla haciendo algo así.

Abby no sabe qué decir. Desearía tener una respuesta adecuada para poder explicarle que a ella también le cuesta entenderlo.

–Yo tampoco. Pero tenemos que aferrarnos a la Isla que conocíamos y amábamos. Nada de todo esto cambia eso. Sigue siendo la misma persona, aunque nos ocultara secretos.

Clio no dice nada durante varios segundos mientras se toquetea las pielecillas que le rodean las uñas.

—Es que no puedo visualizarlo. ¿Isla y Andrew? Es muy… raro. Él es como… nuestro tío o algo así. No entiendo cómo es posible que ocurriera siquiera.

Abby se toma un momento para respirar hondo. Es una pregunta para la que no tiene respuesta; una pregunta para la que nunca tendrá respuesta porque no puede preguntarle a Isla directamente.

—Si te soy sincera, no lo sé. No sé si alguna vez llegaremos a saberlo. Lo único que sé es que lo que hizo Andrew es enfermizo en todos los sentidos imaginables. —Intenta mantener la voz calmada, pero no puede tragarse o silenciar el asco que siente por lo que hizo.

Durante varios instantes, ninguna de las dos dice nada. Clio se baja las mangas de la sudadera y se cubre las manos como si quisiera ocultarse.

—¿Puedo decir algo sin que te enfades conmigo?

Abby asiente y se pregunta si va a contarle lo de las fotos manipuladas, lo de que espiaba a su hermana, o lo que de verdad ha estado haciendo todas esas noches de viernes en las que dice que va a dormir en casa de Freya.

Su hija respira con lentitud, cohibida.

—A veces pienso que serías más feliz si la que hubiese muerto hubiese sido yo en lugar de Isla.

La conmoción la desestabiliza durante un instante.

—No digas eso. Claro que no. ¿Qué te hace pensar algo así?

—Ella era perfecta. La chica a la que todos querían. Era increíble en todo lo que hacía…

—Y tú también. No puedes compararte con tu hermana. Sois personas totalmente diferentes. Ambas sois especiales a vuestra manera.

Clio niega con la cabeza.

—Yo no. Sé que no. —Les da un tironcito a las mangas—. Sé que Isla era tu favorita.

Abby le saca la mano de la sudadera y se la estrecha con toda su fuerza.

—Eso no es cierto…

—Sí lo es. Isla era la favorita de todo el mundo.

La culpa le aprieta la garganta.

—Los padres no tienen hijos favoritos; no funciona así. —Hace una pausa y se pregunta hasta qué punto sincerarse con ella. Entonces, decide que su familia ya ha tenido bastantes problemas por culpa de los secretos—. Recuerdo que, cuando me quedé embarazada de ti, me preocupaba no ser capaz de amar a otro bebé tanto como amaba a Isla. Se lo conté a tu padre y él me dijo que estaba siendo una tonta; que hay millones de personas con más de un hijo que encuentran amor suficiente para todos ellos. Pero a mí me preocupaba. Y, entonces, naciste tú y sentí una oleada de amor hacia ti. Antes no lo había entendido, pero cada nuevo hijo abre en tu interior un nuevo pozo de amor que no sabías que existía.

Se lleva la mano de Clio a los labios para besársela. Y, aunque es raro en ella, su hija no se resiste.

—Te prometo que siempre os he querido a ambas por igual. Mi relación con cada una de vosotras era diferente, pero siempre te he querido del mismo modo.

La asalta un profundo deseo de ser capaz de hacer retroceder el tiempo a los meses posteriores a la muerte de Stuart para poder verlos a través de los ojos de su hija pequeña. Desearía no haber estado tan sumida en su propio dolor, haber sido capaz de ponerse en el lugar de una niña de diez años y comprender lo desconcertante que se había vuelto el mundo.

—Siento haber hecho que te cuestionaras lo mucho que te quiero. Siento que lo hayas dudado tan siquiera un segundo. Y siento que no hayas sido capaz de contarme cómo te sentías hasta ahora.

Abraza a su hija con fuerza, la mece adelante y atrás y deja que llore.

—La echo de menos, mamá. La echo mucho de menos.

—Lo sé, cariño. Yo también la echo de menos.

–Pero fui horrible con ella. Estaba celosa y fui horrible…

–No fuiste…

–Lo fui. Y, ahora, desearía poder recuperarla, aunque solo fuese un día, para decirle que lo siento. Ella pensaba que la odiaba y ahora jamás podré decírselo… –La voz de Clio se va apagando.

–Lo sabía. Comprendía lo difícil que había sido todo para ti tras la muerte de papá. A lo largo de los últimos años, has tenido que enfrentarte a muchas cosas.

Su hija se suena la nariz y respira hondo.

–Creo que podría haber evitado que ocurriera.

–¿El qué?

–El accidente. Podría haberlo evitado. –Titubea un instante y vuelve a sonarse la nariz–. Yo la vi la noche que murió. –Hace otra pausa–. Justo antes de que muriera.

Abby piensa en las fotos granuladas del móvil de Clio y comprende que no es el momento de confesarle que ya lo sabe. Entiende la importancia de que sea ella misma la que cuente esa historia.

–¿Dónde?

Clio posa los ojos en ella y, después, los baja al suelo.

–A veces, supongo que… me dedicaba… A veces la espiaba un poco. –Se detiene de forma abrupta y Abby le acaricia el dorso de la mano para animarla a continuar–. A veces solía vigilarla sin que ella lo supiera. Sobre todo en el colegio. Sé que es raro. Sinceramente, no sé por qué lo hacía…

–No es raro.

–Lo es. –Clio respira hondo–. La noche que murió, la vi discutiendo con Callum. Incluso les saqué unas fotografías.

Abby se obliga a hacer una pausa.

–No pasa nada; cuéntame lo que ocurrió.

Su hija se muerde el labio inferior.

–Estaban discutiendo. No sé sobre qué, ya que no podía oírlos. Entonces, Isla le dio una bofetada y Callum se marchó de allí, enfadado.

–¿Y qué pasó entonces?

Ella sacude la cabeza.

—Nada.

—¿Qué quieres decir?

—Me fui. Isla se quedó allí de pie, mirando su teléfono móvil. El drama había llegado a su fin. Pensé que no había nada más que ver. Así que fui a casa de Freya y, después, volví a casa. —Una arruga de dolor le frunce la frente—. No puedo dejar de pensar en ello. ¿Y si me hubiera quedado? ¿Y si hubiera seguido allí un rato más? Tal vez hubiera podido hacer algo. Tal vez hubiera podido evitar que mataran a Isla.

Resuella y se pasa la manga por los ojos.

Abby le posa la palma de la mano en la mejilla.

—No podrías haber hecho nada. No podrías haber evitado que Jack robara el coche de Nicole. No podrías haber evitado que fuera a buscar a tu hermana. Y, desde luego, no podrías haber evitado que la atropellara…

—Pero, si hubiera estado allí, tal vez podría haberlo hecho e Isla seguiría aquí.

—Clio, mírame. —Abby piensa con cuidado todas y cada una de las palabras que está a punto de decir. Sabe lo importante que es no equivocarse—. La muerte de Isla no fue culpa tuya. No podrías haber hecho absolutamente nada para evitarlo. No eres responsable de ningún modo.

—Pero ¿y si…?

—No hay «peros» que valgan. Lo que le ocurrió a tu hermana fue una tragedia. Tal vez fuese un terrible accidente o tal vez fuese algo deliberado. Quizá nunca lo sepamos. Pero hay todo un conjunto de factores que llevaron a ello y el hecho de que tú no estuvieras allí no es uno de ellos.

Se le pasan por la cabeza todas las circunstancias que poco a poco condujeron a la muerte de Isla. Al que más culpa es a Andrew. Incluso más que a Jack. Si Andrew no se hubiera aprovechado de su hija, si no hubiera abusado de su posición de todos los modos posibles, Isla seguiría allí. Es Andrew el que carga con el peso de toda su furia.

Mientras rodea a Clio con los brazos, intenta enfrentarse a la

313

realidad de que, ahora, están las dos solas; de que, en el transcurso de cinco años, su cuarteto familiar se ha visto reducido a un dúo. Le parece inconcebible saber que no va a ver a Isla convertirse en adulta ni va a descubrir lo que le aguardaba el futuro. Hay muchas experiencias que, ahora, jamás compartirán. Recoger los resultados de sus exámenes de acceso. Llevarla en coche a la universidad el primer día. Asistir a su graduación. Ver cómo se enamora y estar ahí para consolarla cuando sufra de nuevo el desamor. Animarla a seguir cualquier carrera que escogiera. Tal vez verla casarse y tener hijos. Lo que la hiciera feliz. Desde el momento en que nacieron, ha albergado muchas esperanzas y sueños para sus hijas y, sin embargo, se las han arrebatado todas.

Suspira sobre el cabello de Clio mientras la mece con suavidad adelante y atrás. La invade tal tumulto de sentimientos que no puede separarlos los unos de los otros; no puede distinguir entre la ira y la incredulidad o entre el dolor y la desesperación. Le había costado mucho seguir adelante tras la muerte de Stuart y, justo cuando estaba empezando a aprender a vivir sin él, justo cuando estaba comenzando a aceptar que, a partir de ese momento, estaban las tres solas, va a tener que reconfigurar una vez más la vida de ambas.

CAPÍTULO 46
Jenna

Con las bolsas del supermercado amontonadas en torno a los tobillos como niños ansiosos, Jenna introduce la llave en la puerta principal.

La recibe el olor a tostadas y se da cuenta de que Callum ha debido de despertarse al fin. Cuando se ha marchado justo después de las once, seguía dormido, por lo que ha decidido no molestarlo en esta mañana de domingo.

—¿Te echo una mano? —Vestido con unos pantalones cortos y el pecho desnudo, Callum aparece en el pequeño vestíbulo cuadrado.

—Gracias, cielo. ¿Puedes ocuparte de las otras bolsas?

Carga con la compra a través del salón en dirección a la cocina compacta y usa cada superficie vacía —el suelo, la encimera y el escurreplatos— para dejar las bolsas antes de empezar a desempaquetarlas. Tras ella, Callum aparece con las restantes y las deja debajo de la mesa plegable.

—¿A qué hora te has levantado?

—Sobre las once y media.

Jenna saca salmón congelado, una bolsa de guisantes y una tarrina del helado favorito de su hijo y consigue meterlo todo a presión en el congelador que se encuentra en la parte superior del frigorífico.

—Era evidente que necesitabas dormir hasta tarde. Espero que te haya sentado bien.

Se percata del tono formal de su propia voz y sabe que en algún momento va a tener que preguntarle a Callum sobre lo que ha ocurrido en los últimos tiempos. Desde la llamada del señor Marlowe el viernes por la tarde, ha estado es-

315

condiendo la cabeza bajo el ala con la esperanza de que, de algún modo, todas las incertidumbres desaparecieran por arte de magia. Se ha estado engañando a sí misma, pensando que no tiene por qué preguntarle por la verdad sobre lo que ha estado ocurriendo en el colegio, sobre su renovada amistad con Liam Walsh y sobre lo que pasó la noche en que mataron a Isla. Cada vez que cree estar a punto de abordar el asunto, el valor la abandona, pues teme demasiado las posibles respuestas.

Mientras coloca dos cajas de leche en la puerta del frigorífico es consciente de que no puede dejarlo estar mucho más tiempo. Las dudas le están abriendo un agujero en el pecho y la mantienen en vela por las noches.

—¿Quieres una taza de té?

Callum asiente con la tostada en la boca. Jenna llena la tetera, saca dos tazas desiguales del armario que hay sobre el microondas y coloca una bolsita de té en cada una.

—Tengo que preguntarte algo. —Las palabras le salen de la boca y se quedan suspendidas en el aire antes de que a su cerebro le dé tiempo a detenerlas.

Su hijo la mira con cierta cautela.

—De acuerdo…

Saca una cucharilla del cajón y le da vueltas entre los dedos como si fuera el bastón de una *majorette*.

—¿Has visto a Liam Walsh últimamente?

Posa los ojos en su hijo y se da cuenta de que titubea. Ve cómo sopesa la balanza, enfrentando la verdad a la ficción.

—¿Por qué lo preguntas?

—Porque vino aquí hace un par de semanas…

—¿Liam vino aquí? ¿Cómo sabía siquiera dónde vivimos?

Jenna estudia el gesto de Callum en busca de cualquier rastro de mentira, pero no detecta nada. O se ha convertido en un hábil mentiroso o le está diciendo la verdad.

—No lo sé; tenía la esperanza de que pudieras contármelo tú.

—No lo sé, de verdad. Nunca se lo he dicho. Tal vez haya… No sé… Tal vez me siguiera o algo así.

Jenna se toma un instante para respirar hondo. No tiene ni idea de cómo reaccionará cuando le diga lo que sabe.

—Me dijo que os habíais visto últimamente; que habías estado quedando con él...

—Eso es mentira.

—Entonces, ¿no lo has visto? ¿No has vuelto a verlo desde aquel día en el juzgado?

Se produce un momento de silencio. Es un instante muy breve y, aun así, suficiente para discernir la respuesta a una pregunta que lleva acosándola desde la visita de Liam.

—¿Por qué, Callum? ¿Por qué has empezado a quedar de nuevo con él?

—No he...

—Pensaba que habíamos dejado todo eso atrás. De verdad creí que conseguir la plaza en Collingswood supondría un nuevo comienzo para ti...

—Y así ha sido...

—Pero ahora vuelves a salir con gente que lo único que va a hacer es meterte en problemas y...

—Mamá, ¿puedes parar y escucharme, por favor?

A su espalda, la tetera rompe a hervir, pero no se da la vuelta y mantiene la vista fija en el rostro de su hijo.

—No es lo que crees. No he estado quedando con él. —Callum toma la camiseta que está en el respaldo de la silla, se la pasa por la cabeza y mete los brazos en las mangas—. La noche que murió Isla, discutimos en la fiesta. Yo me marché a casa. Iba a venir directo, pero estaba enfadado y necesitaba caminar para despejarme.

Jenna se mantiene a la espera, temiendo lo que está a punto de contarle.

—Pasaba por la calle principal, cerca del puente, cuando vi a Liam frente a la licorería. —Callum traga saliva—. Estaba con un par de amigos. No sé quiénes eran; no los había visto antes. —Hace una pausa y Jenna tiene que contenerse para no instarlo a que prosiga—. Liam se mostró muy amistoso y me preguntó cómo me iba en el colegio pijo...

–¿Cómo sabía siquiera a qué colegio vas?

–No lo sé. Debe de habérselo contado alguien. –Se pasa una mano por la nuca–. Entonces, aparecieron otros tres tipos y empezaron a insultar a Liam…

–¿Qué tipos? –Jenna oye el toque de alarma de su voz mientras un millar de posibilidades diferentes se le pasan por la cabeza, cada una de ellas peor que la anterior.

–No lo sé; pero creo que es posible que Liam estuviese traficando.

De pronto, la cocina le resulta claustrofóbica, como si las paredes se estuvieran cerrando sobre ellos, atrapándolos.

–Te prometo que no voy a enfadarme, cielo. Sea lo que sea que esté ocurriendo, lo arreglaremos. Tan solo necesito sinceridad.

Callum respira hondo.

–Esos tipos estaban diciendo toda clase de mierdas y, de pronto, uno sacó una navaja y…

–Dios santo, Callum…

–No pasa nada. Me di la vuelta y salí corriendo de allí. Uno de ellos intentó seguirme, pero le di esquinazo en un par de minutos.

Jenna intenta poner calma entre sus pensamientos acelerados mientras imagina lo que podría haber ocurrido y cómo podría haber acabado la noche si Callum no hubiera salido corriendo de allí.

–Así me hice la marca en la cara. Estaba trepando por un muro y me la golpeé contra los ladrillos.

Retrocede a la noche de la muerte de Isla, al regreso de su hijo y a la marca roja que le atravesaba la mejilla.

–Pensaba que Isla te había dado una bofetada.

Una sonrisa de tristeza curva una de las comisuras de los labios de Callum.

–De hecho, lo hizo. Pero no lo bastante fuerte como para dejarme semejante marca.

Las suposiciones se reorganizan en su mente como si fueran piezas de una partida de Tetris.

–¿Y no has vuelto a ver a Liam desde entonces? ¿No se ha puesto en contacto contigo?

Él niega con la cabeza.

–No, te lo juro. Bloqueé su número de teléfono hace siglos. Y no he vuelto a verlo desde esa noche.

Hay cierta franqueza en su voz que convence a Jenna de que le está contando la verdad.

–Entonces, en las grabaciones de seguridad que encontró la policía en las que aparecías corriendo cerca de donde mataron a Isla…, ¿estabas huyendo de esa banda? –Callum asiente–. ¿Por qué no lo dijiste en ese momento? ¿Por qué no se lo contaste a la policía?

Él suspira con aire de resignación.

–Porque me habría metido en más problemas. La policía no habría creído que me había topado con Liam por casualidad. Habrían supuesto que estaba con él de forma intencionada; que yo también estaba traficando. Lo más probable es que hubiesen creído que yo también llevaba una navaja encima. Sabes que, teniendo en cuenta mis antecedentes, habría sido así.

Jenna quiere discutírselo, pero sabe que está en lo cierto. Lo ha visto demasiadas veces en el trabajo: críos inocentes tachados de delincuentes a causa de un error previo; gente señalando con el dedo a niños que proceden de un hogar desestructurado, de un barrio no deseable o de familia de clase obrera; suposiciones automáticas de culpabilidad cuando alguno de ellos encaja con la descripción que está buscando la policía.

Recuerda las miradas acusatorias de los otros padres durante la obra de teatro de bachillerato cuando fueron a interrogar a su hijo; la certeza de que estaban deteniendo a la persona adecuada, como si solo hubiese sido cuestión de tiempo que la policía fuese a por él.

La culpa le atraviesa los pensamientos. Lleva días, semanas, permitiendo que los prejuicios de otras personas le hicieran dudar de su hijo y albergar unas sospechas que ahora la llenan de remordimientos: haber imaginado que tal vez hubiese vuelto a relacionarse con la gente equivocada y que tal vez, Dios no lo quisiera, estuviese involucrado de algún modo en la muerte de Isla.

Al mirarlo, algo se solidifica en su interior: la determinación de no volver a permitir que alguien le haga cuestionar la integridad de Callum.

—¿Sobre qué discutisteis Isla y tú esa noche?

Las mejillas se le sonrojan.

—Si te lo cuento, ¿me prometes que no dirás nada?

Jenna asiente y él hace una pausa antes de hablar.

—Isla mantenía una... aventura con Andrew Forrester. El padre de Nathaniel. Por eso cortó conmigo.

Durante varios segundos, le parece demasiado disparatado como para ser verdad. Pero entonces, se toma un minuto para permitir que la revelación encaje dentro de toda la historia como si fuera la pieza faltante de un puzle.

Para ella, el hecho de que Isla pusiera fin a la relación con Callum de una forma tan abrupta nunca había tenido sentido. Un día estaban muy enamorados y, al siguiente, ella anunció que se había acabado.

«¿Pero Isla y Andrew?».

Piensa en Abby y en Nicole, en lo mucho que ha envidiado sus vidas de oro desde que Callum empezó las clases en Collingswood: su poder adquisitivo, su riqueza y su seguridad en sí mismas. Sin embargo, ahora, al pensar en Abby, imagina lo que tiene que estar viviendo: la doble pérdida de su marido y su hija en el transcurso de cinco años; la ira que debe de sentir hacia el marido de su mejor amiga; la furia y la impotencia de no haber podido evitarlo. Y, entonces, piensa en Nicole, cuya vida aparentemente perfecta se ha hecho añicos gracias a un hombre de mediana edad que se estaba aprovechando de una chica de diecisiete años vulnerable a nivel emocional. A lo largo de su carrera, ha visto muchas veces cómo se desarrollan ese tipo de historias sobre depredadores sexuales, pero nunca le habían tocado tan de cerca.

Mira a Callum y sabe que, a pesar de todas las imperfecciones y las frustraciones del día a día (las facturas, los vecinos desconsiderados y la desigualdad), no cambiaría su vida por la de Abby o Nicole ni por todo el dinero del mundo.

–No sé qué decir; tan solo lamento que hayas tenido que enfrentarte a todo eso tú solo. Siento que lo hayas pasado mal. Y siento lo de Isla. Siento que se viera… coaccionada por ese hombre. Dios, menudo desastre…

Callum se muerde el borde de los labios.

–¿Puedo decirte algo sin que te pongas hecha una fiera?

Jenna se obliga a usar un tono calmado y neutral.

–Claro.

Él hace una pausa y toma aire.

–No estoy seguro de querer quedarme en Collingswood. –Su voz suena tentativa, como si estuviera tanteando el borde de un lago helado para ver si aguantará su peso.

–Pero apenas faltan unos meses para que te presentes a los exámenes de acceso.

–¿No puedo estudiar y prepararlos en casa o algo así? Tengo todos los libros de texto y, de todos modos, para Navidades ya habremos cubierto todo el temario.

Estudia el rostro de su hijo y detecta su inquietud.

–¿Cuál es el problema?

Él se encoge de hombros.

–Ninguno. Tan solo siento que no es el lugar apropiado para mí.

A Jenna se le encienden las mejillas de indignación.

–Claro que lo es. No puedes dejar que te hagan pensar que…

–No es eso; es solo lo que yo siento…

–El año pasado para estas fechas no pensabas lo mismo. Entonces te encantaba. –Se detiene. Trata de poner en orden sus pensamientos y calmar la voz–. Te ganaste la plaza, Callum. No puedes dejar que los demás te hagan dudar de ti mismo solo porque viven en casas más grandes, sus padres tienen más dinero o se van de vacaciones quince puñeteras veces al año. Eso no los hace mejores que tú. Y, desde luego, no les da derecho a hacerte sentir incómodo en un colegio en el que tienes todo el derecho a estar...

—No es así. Y ya sé todo eso. Es solo que me parece que no encajo. Nunca encajaré...

—Escúchame, Callum. Muchos chicos se habrían derrumbado después de lo que te pasó con Liam y Ryan. Se habrían echado a perder por completo. Lo he visto cientos de veces. Pero tú te recompusiste, seguiste estudiando y aprobaste los exámenes finales de secundaria con unas notas excelentes. Obtuviste una plaza en Collingswood. ¿Eres consciente del valor y la resiliencia que se necesitan para conseguir algo así? Es un logro increíble. Y nunca, ni por un solo segundo, debes plantearte dejar pasar una oportunidad así por la creencia equivocada de que no te la mereces. Te mereces esa educación y todas las oportunidades que ofrece tanto como cualquier otro adolescente que, por casualidad, tenga unos padres ricos. De hecho, la mereces aún más, ya que has tenido que esforzarte más para conseguirla. No dejes que te afecte la actitud de los demás. Si lo haces, lo lamentarás el resto de tu vida.

Callum se queda en silencio varios segundos antes de asentir (al principio, parece dubitativo, pero, después, lo hace con más decisión) y, en el fondo, Jenna sabe que no va a abandonar. Su hijo es un luchador. Es demasiado inteligente como para renunciar a una oportunidad así. Tiene la esperanza de que conseguirá superar esta etapa turbulenta y de que, cuando lo logre, será aún más fuerte por ello.

ONCE MESES MÁS TARDE

CAPÍTULO 47
Jenna

Jenna sigue a Callum por las calles estrechas y peatonales y a través del arco de piedra color miel. Las ruedas de la maleta de su hijo traquetean a su espalda, pero aplasta la vergüenza que siente y se dice a sí misma que nadie le presta atención, ya que están demasiado ocupados con sus propios hijos.

Entran en la portería y esperan en fila para recoger las llaves de Callum y que les indiquen cuál es la habitación que le han asignado. Cuando lo mira de reojo, él gira la cabeza y devuelve la mirada. Su sonrisa desprende emoción, y Jenna se siente aliviada de ser la única que está nerviosa con respecto a este nuevo capítulo de su vida.

Cuando llega el turno de su hijo, lo observa charlar con el portero y bromear sobre su terrible sentido de la orientación. Entonces, se hinche de orgullo por su manejo de la situación con tanta calma. Solo ha estado en la ciudad tres veces (una durante una jornada de puertas abiertas, una para su entrevista y otra durante el verano para familiarizarse con el entorno) y, aun así, parece sentirse muy cómodo, como si una parte de sí mismo supiera que este es el lugar al que pertenece; como si comprendiera de forma inherente que ha encontrado su hogar académico.

El portero le entrega la llave de su dormitorio y un mapa del *college* y le explica con paciencia dónde ir, a pesar de que ese día debe de haber dado indicaciones innumerables veces. Callum lo escucha y asiente mientras Jenna piensa en que, en apenas unas horas, lo dejará allí, en este *college* de Oxford fundado hace más de quinientos años, para emprender su carrera y su vida como adulto.

Mientras sigue a su hijo por el patio donde el césped está cortado a la perfección (él carga sus dos mochilas enormes y ella va arrastrando la maleta de ruedas), un estudiante que pasa por allí les pregunta si necesitan ayuda, y Callum responde que se lo agradece, pero que no es necesario. Jenna se permite un atisbo de confianza: los otros estudiantes son amables y su hijo hará amigos y será feliz.

—¿Estás bien, mamá? ¿Seguro que vas bien con la maleta? Jenna dibuja una sonrisa optimista.

—Estoy bien, cielo, de verdad. Tampoco es como si tú tuvieras alguna mano libre.

Él sonríe y vuelve a mirar el mapa.

A lo largo del último año, Jenna se ha preocupado en muchas ocasiones, preguntándose si Callum llegaría hasta allí; si conseguiría las notas necesarias, superaría las dificultades que había vivido y se daría cuenta de su propio potencial.

Los días posteriores a que los detalles sobre la muerte de Isla se hicieran públicos (que Jack la había matado, Nicole lo había encubierto y Andrew había mantenido una relación con ella), la comunidad escolar pareció entrar en un estado de conmoción. Pero, poco a poco, con el paso de las semanas, la vida volvió a la normalidad. El señor Marlowe mostró una preocupación inquebrantable por el bienestar de Callum y el colegio hizo todo lo posible por apoyarlo. Con el tiempo, Jenna aceptó que en Collingswood no estaban buscando un motivo para castigar a su hijo, sino que, de hecho, tan solo querían lo mejor para él. Para Año Nuevo, Callum ya se había reintegrado socialmente, había agachado la cabeza y se estaba esforzando con los estudios. Había puesto todas sus energías y su atención donde tenían que estar. El día en el que recibieron los resultados de los exámenes de acceso, de pie en el patio del colegio y con un sobre tamaño A4 en manos de Callum, él los leyó en voz alta (cuatro notas máximas) y Jenna lloró tanto de orgullo como de alivio.

—Creo que es aquí.

Callum comprueba que los números de la pared coinciden

con los de las llaves que sostiene en la mano antes de empezar a subir por una escalera estrecha y en espiral. Una vez
que llegan a lo más alto, busca la habitación correcta, mete
la llave en la cerradura y abre la puerta.

—Guau.

Jenna abre los ojos de par en par cuando lo sigue al interior. El dormitorio es precioso: ventanas de vidrio emploma-
do a través de las cuales se ve el patio, hiedra enroscándose
en torno a los bordes y un escritorio bajo esas vistas. Una cama individual, un sillón y un lavamanos pegado a la pared. A
la derecha del escritorio hay una hilera de estanterías listas
para recibir los libros de texto de su hijo. En un hueco de la
pared junto a la puerta, hay encajado un armario estrecho
y, al lado, una cómoda de caoba. Es tal como imaginaba que
sería el dormitorio de un college de Oxford.

—No está mal, ¿verdad?

Su hijo le sonríe y es como si los próximos tres años se des-
plegaran ante sus ojos. Callum adaptándose a la vida univer-
sitaria y haciendo amigos que, con suerte, mantendrá durante
mucho tiempo. Callum uniéndose al club de atletismo, al de
campo a través o al de cine. Callum tomando apuntes, ofre-
ciendo sus ideas y opiniones en los seminarios o escribien-
do ensayos en su escritorio, bajo la ventana. Tal vez, Callum
echándose novia y enamorándose. Y, al final, con suerte, des-
pojándose de los fantasmas del pasado.

Callum suelta las bolsas enormes que lleva a la espalda y las
usa para que no se cierre la puerta. Saca el edredón de una
de ellas y lo arroja sobre la cama.

—Hola.

Ambos se dan la vuelta y se encuentran con un chico adolescente, alto, enjuto y con una camiseta de Radiohead, en el
umbral de la puerta.

—Hola.

—¿Tú también eres novato?

—Sí. Me llamo Callum. —Estira el brazo y se dan un apre-
tón de manos.

–Tom. Mi dormitorio está dos puertas más allá. Si quieres venir, iba a salir a dar una vuelta y a echarle un vistazo a la zona. ¿O prefieres instalarte?

Jenna ve que su hijo titubea y casi puede oír cómo los pensamientos le dan vueltas en la cabeza: se sentiría culpable por dejarla sola cuando apenas acaban de llegar.

–No pasa nada, cielo. Ve. Yo me encargo de deshacer las maletas. Nos vemos cuando vuelvas. –Mantiene un tono de voz desenfadado y alegre, como si llevar a su hijo a una de las universidades más famosas del mundo, verlo entablar su primera amistad y contemplar cómo cambia delante de sus narices fuese la cosa más normal que ha hecho jamás.

–¿Estás segura?

–Claro. Nos vemos en un rato.

–No tardaré mucho. No te marches antes de que vuelva.

Le sonríe antes de salir por la puerta con Tom. Mientras recorren el pasillo de camino hacia las escaleras, Jenna oye el principio de la conversación (Tom va a estudiar Historia y procede de Manchester) y espera a que sus voces se pierdan antes de abrir la maleta y sacar una pila de sudaderas.

Se sienta en el borde de la cama sin hacer y pasa la vista por la habitación sin saber cómo reconciliar todos sus sentimientos: el orgullo con la pérdida, la emoción con la inquietud o las esperanzas con los miedos. Le preocupa que al venir aquí, Callum no solo esté empezando la universidad sino emprendiendo un viaje que lo alejará de ella para siempre, tanto a nivel educativo como cultural y geográfico. Es tanto un miedo como, paradójicamente, un deseo. Quiere que su hijo cuente con más oportunidades de las que tuvo ella. Ha luchado mucho para ayudarlo a tener éxito y sabe lo mucho que puede ofrecer. Y, aun así, a veces es incapaz de evitar que le preocupe la idea de que no podrá reconocer al adolescente que ha llevado hoy hasta allí en el joven que se graduará de Oxford dentro de tres años.

Se obliga a dejar de lloriquear. Se trata de una oportunidad maravillosa para Callum; es todo lo que siempre ha deseado para él. Además, se siente cautelosamente optimista de que, por muy lejos que lo lleve su educación, no perderá la noción de quién es y de dónde viene o los valores que le ha enseñado: integridad, amabilidad y un sentido de la responsabilidad social.

Mientras mete las sudaderas en un cajón, piensa en Abby y en Nicole y en cómo estarán ocupando su tiempo esta semana. Se pregunta cómo se sentirá Abby; si se atreverá a reconocer lo que estaría haciendo en un mundo diferente y paralelo (llevar a Isla a la universidad, tal como están haciendo por todo el país centenares de padres más afortunados) o si la idea le resulta demasiado dolorosa: una realidad alternativa en la que no puede permitirse pensar. Piensa en Nicole, en cómo estará lidiando con la situación y en qué habrá decidido hacer Nathaniel con su futuro. No se le pasa por alto la ironía de que, dos años atrás, habría sido impensable creer que, de las tres, Jenna era la más afortunada.

Se mira el reloj de pulsera y se pregunta cuándo volverá Callum y a qué hora lo dejará allí. La perspectiva de regresar sola a su piso vacío, de regresar todos los días después del trabajo y encontrarse con la ausencia de su hijo, es algo que no soporta imaginar. Va a llevarle un tiempo acostumbrarse y ha decidido no pensar en ello hasta que no sea necesario.

Guardada entre pantalones y calcetines, encuentra una fotografía enmarcada. Salen ambos frente al Guggenheim de Bilbao, durante el fin de semana largo que pasaron en verano en España para celebrar los resultados de los exámenes de acceso de Callum. Su hijo parece feliz, relajado y adulto. No tiene dudas de que le va a ir muy bien en Oxford.

Vuelve a colocar la fotografía donde la ha encontrado (le corresponde a Callum decidir si quiere ponerla a la vista) y empieza a hacer la cama. Es la última vez que lo va a hacer hasta que no vuelva a casa durante las vacaciones de Navidad. Mientras espera a que regrese, es consciente de que ya casi ha llegado el momento de dejarlo y está tan segura como podría estarlo de que, cuando lo haga, le irá muy bien.

CAPÍTULO 48
Nicole

Nicole está sentada en una de las sillas de plástico gris de la sala de espera, con los ojos fijos en la puerta. Alza la vista hacia el reloj de la pared, ve que son casi las dos y media y siente la ya familiar maraña de nervios que experimenta cada quincena, durante las visitas.

En la silla a su derecha se sienta una mujer que mueve la rodilla arriba y abajo con impaciencia. Nicole aparta la vista con rapidez, pues sabe que en este lugar es mejor no mirar fijamente. Es algo que desearía no saber, pero las circunstancias la han traído aquí y, ahora, ha experimentado cosas que antes ni siquiera se había planteado.

La puerta que se encuentra al fondo de la sala se abre y Nicole escudriña los rostros de aquellos que entran en busca de alguno que resulte familiar. Cuerpos anónimos acceden a la sala en manada, cada uno de ellos consciente de lo valioso que es cada momento, y ella estira el cuello y fuerza la vista, deseando que aparezca.

Y, entonces, ahí está, con el rostro lleno de incertidumbre a pesar de la regularidad de las visitas. Nathaniel pasa los ojos por la sala en busca de su madre y Nicole levanta la mano y lo saluda con un gesto. El tictac del reloj le resuena con fuerza en los oídos mientras se esfuma el primero de los sesenta minutos que tienen asignados.

Cuando la mira, Nicole se da cuenta de que no está solo. La garganta se le cierra por la gratitud cuando ve a Jack detrás de él. Siente una opresión en el pecho al verlo allí, pues es un lugar al que no debería tener que acudir ningún joven de dieciséis años. Sin embargo, le alegra mucho que haya hecho el esfuerzo. En la anterior visita, no acompañó a Nathaniel y ella se ha sentido dividida entre la decepción y la comprensión.

–Hola, mamá.

Su hijo mayor le dedica una sonrisa incómoda y le da un abrazo tenso. Tiene que hacer uso de todo su autocontrol para no aferrarse a él. Se trata de una dosis de contacto físico muy poco habitual, de una pequeña ración de afecto. Sin embargo, lo suelta rápido, pues sabe que, de lo contrario, uno de los guardias la regañará.

–¿Estás bien?

Nathaniel asiente y se sienta en la mesa baja de la sala de visitas. A estas alturas, ya conoce bien el protocolo.

Jack se mantiene a un lado, dubitativo, como si estuviera esperando a que le dieran instrucciones sobre qué hacer a continuación. Nicole estira los brazos, lo arrastra hacia ella, inhala su aroma y le susurra al oído.

–Gracias por venir. Te he echado de menos.

Él asiente de un modo casi imperceptible antes de que ella le indique con un gesto que se siente al lado de su hermano. Lo observa mientras lo hace y ve que mira con nerviosismo en torno a la sala.

A veces, cuando viene a visitarla, se pregunta si es la experiencia de visitar a su madre en prisión lo que lo agita tanto. Otras veces, especula con la posibilidad de que tal vez su mente esté en otra parte, pensando en lo que podría haber sido: en lo cerca que había estado de correr un destino similar si su propia sentencia hubiese sido diferente.

Cuando ella misma ocupa su asiento, se oye el susurro humillante del tabardo naranja fosforito que debe llevar puesto para distinguirse como una de las prisioneras.

–¿Cómo estáis? ¿Cómo os ha ido este tiempo? –Trata de mantener un tono de voz ligero y coloquial, pero las conversaciones durante las visitas en prisión poseen una formalidad inevitable y, en los cinco meses que lleva allí, todavía no ha encontrado la manera de superarla.

Nathaniel comienza a hablar. Es muy diligente y se le da muy bien hacer que la conversación fluya. Es como si sintiera que, en ausencia de Andrew, le corresponde a él ser un adulto responsable. Nicole lo escucha, agradecida por la distracción momentánea de la monotonía de la vida en prisión y el breve atisbo de normalidad.

En un mundo distinto, Nathaniel estaría empezando la universidad esa misma semana. En su lugar, está hablando de su colegio nuevo, el centro al que se ha cambiado para completar el segundo año de bachillerato. Fue en febrero, durante las vacaciones de mediados de cuatrimestre, cuando su hijo confesó que no había estudiado y que no podía concentrarse en las Matemáticas o la Física cuando estaba tan preocupado por su próximo juicio. Nicole sintió una culpa abrumadora, pero supo que lo que necesitaba no eran disculpas. En su lugar, lo escuchó, empezó a formar una estrategia, le quitó la presión de encima y diseñó un plan. Había sido una época muy traumática para todos ellos (además de todo lo que había ocurrido, Nathaniel había recibido una amonestación policial por enviarle correos anónimos a Isla) y no quería poner en peligro su bienestar todavía más al obligarlo a presentarse a unos exámenes para los que no estaba preparado.

Su hijo y ella hablaron largo y tendido sobre esos correos electrónicos a Isla. A Nicole le pareció muy impropio de él (jamás lo había oído pronunciar una sola palabra sexista y mucho menos ese tipo de comentarios maliciosos y misóginos), por lo que le preocupaba que tal vez lo hubiesen adoctrinado a través de algún foro de internet o la cultural incel. Lo que descubrió fue, en cierto sentido, mejor y peor que eso. Sus sentimientos no correspondidos hacia Isla, así como la relación de esta con Andrew, lo hicieron sentir enfadado, resentido y humillado; inundado por rabia mal dirigida y con una visión distorsionada del amor, las relaciones y la confianza. En los meses que pasaron entre su arresto y la sentencia, Nicole trabajó muy duro con él para ayudarle a restablecer el barómetro a través del que se relacionaba con el mundo. Para ayudarle a entender que Isla era la víctima y no la responsable y que, por lo tanto, merecía su compasión y no su antipatía; que ninguna chica de diecisiete años debería mantener jamás una relación sexual con un hombre de cuarenta y ocho y, mucho menos, uno al que conocía de toda la vida como si fuera un segundo padre.

Ahora, su prioridad es que Nathaniel sea feliz y se adapte a su nuevo colegio, un colegio que ella misma eligió, en parte por su incomparable atención pastoral al alumnado; que encuentre su propia tribu y haga nuevos amigos. Vuelve la vista al año anterior y piensa en lo ajena que era al aislamiento social de su hijo. Recuerda la noche de la muerte de Isla y el hecho de que creyó que Nathaniel estaba en la fiesta de Meera, divirtiéndose con sus amigos. No le contó dónde había estado realmente hasta más tarde, hasta que otras muchas verdades difíciles no habían salido a la luz: sentado en el parque, viendo cosas en el móvil en medio de la oscuridad, demasiado avergonzado como para volver a casa y confesarle que, por cuarto fin de semana consecutivo, no lo habían invitado a la reunión social del momento.

Fue ella la que insistió –incluso antes de que comenzara su juicio, mucho antes de que se dictara su sentencia de prisión– en que vendieran la casa y se marcharan de Londres; en que asentaran a sus hijos en un lugar en el que pudieran empezar de cero, libres del estigma que rodeaba sus respectivas vidas. Andrew se resistió –quería que los chicos se quedaran en Londres– pero, al final, la decisión no fue suya. Después del divorcio, sus hijos habían escogido vivir con Nicole, que tomó la decisión de mudarse a Surrey, buscar una casa más pequeña y solicitar plaza para Nathaniel y Jack en un internado, de modo que, si la enviaban a prisión, los aspectos prácticos ya estuvieran resueltos.

Ahora, le resulta difícil pensar en Andrew sin sentir un odio profundo. Aquella noche, en la sala de interrogatorios de la comisaría, cuando le preguntaron si le había contado a alguien lo que había ocurrido, se dio cuenta de que el motivo por el que no le había contado a su marido que Jack había matado a Isla era que sabía que no podía confiar en él. Para entonces, ya conocía el alcance de sus traiciones y sus engaños, que habían demostrado ser el catalizador de la destrucción posterior.

Ahora, Andrew vive solo en un piso de Shoreditch y los chicos se niegan a verlo. No puede culparlos. La ironía, una ironía amarga, de que él fuese el causante de aquella sucesión de tragedias y, sin embargo, sea el único que se ha ido de rositas (al menos en términos jurídicos) le provoca una furia que sospecha que jamás se aplacará del todo.

Nathaniel termina de hablar y Nicole le dice lo contenta que se siente de que se esté aclimatando a la vida en el internado, esté haciendo amigos y se haya centrado en estudiar. Por primera vez desde que dejó Collingswood el pasado febrero, siente un atisbo de esperanza al pensar que tal vez vaya a estar bien; que quizá los trastornos del último año no arruinarán sus posibilidades en un momento tan crítico.

Se gira hacia Jack y le pregunta qué le parece el nuevo colegio. Ve que él titubea antes de contestarle que está bien y le gusta. Nota que quiere tranquilizarla y desearía que existiera alguna manera de transmitirle la verdad sobre la maternidad: que, tras haber presenciado todas las respuestas faciales de tus hijos desde el día en que nacieron, todos y cada uno de sus gestos son como las palabras de un libro, igual de fáciles de interpretar y tan claros como las frases de una página. De inmediato, se percata de que Jack no se ha adaptado al colegio nuevo con la misma facilidad que su hermano y de que tal vez necesite más apoyo, por lo que decide que llamará a su tutor la próxima vez que le permitan acceder a un teléfono.

Al cambiar de tema de conversación y preguntarle por sus entrenamientos de fútbol, ve que empieza a relajarse, aunque sigue teniendo los hombros tensos y las manos apretadas la una sobre la otra como si fuera la única manera de mantener sus emociones a raya.

Mientras lo escucha hablar sobre su partido de fútbol del fin de semana anterior, se da cuenta de que, teniendo en cuenta las circunstancias, está lidiando con la situación de un modo extraordinario. Cada vez que empieza a pensar en lo que podría haber ocurrido, tiene que forzarse para no dejarse caer por esa madriguera de conejo. Sabe que se trata de una forma de hacerse daño a sí misma. Es demasiado consciente de lo afortunado que es su hijo; de que su vida podría haber tomado un rumbo totalmente diferente si la jueza hubiera decidido condenarlo a prisión, si no hubiera concluido que no se obtendría ningún beneficio al enviarlo a un centro de internamiento de menores o no hubiese tenido en cuenta las circunstancias familiares atenuantes que habían conducido al accidente. La mujer aceptó la versión de Jack de lo sucedido: que nunca había pretendido herir a Isla; que tan solo había querido hablar con ella; que estaba alterado y nervioso y nunca había pretendido pisar el acelerador. Tuvo en cuenta tanto el hecho de que se declarara culpable como su remordimiento, profundo y evidente. En lugar de mandarlo a la cárcel, le impuso una sentencia de doce meses de servicios comunitarios y le obligó a escribirle una carta de disculpa a Abby. También le recomendó que fuese a terapia y Nicole cree que, en muchos sentidos, le ha venido muy bien. Sin embargo, sabe que, a veces, la culpa que siente su hijo es incapacitante y se manifiesta a través de pesadillas, ansiedad y periodos de un autodesprecio que lo absorbe. Siempre estará agradecida de que no esté cumpliendo sentencia en un centro de internamiento para menores (no se atreve a imaginar cómo le habría afectado algo así), pero sabe que de todos modos cumplirá otra especie de cadena perpetua. Tendrá que convivir para siempre con el hecho de que arrebató la vida a otra persona, sin nada que nadie –ni Nicole, ni Nathaniel, ni su terapeuta– pueda decir o hacer para cambiar esa verdad debilitante.

Tal como hace muy a menudo, piensa en Callum y en la segunda oportunidad que, al igual que Jack, recibió. Palidece ante la falta de generosidad que le mostró al chico cuando comenzó a estudiar en Collingswood. Lamenta no haberle defendido nunca cuando los otros padres sacaban sus propias conclusiones, a pesar de que ella sabía sin ninguna duda que no había estado involucrado en la muerte de Isla. Ahora, tan solo puede esperar que, si sus nuevos compañeros de colegio descubren su pasado problemático, su hijo no tenga que enfrentarse a los mismos susurros y juicios.

Cuando mira el reloj y ve que ya han gastado la mitad del tiempo disponible, siente una punzada familiar de pánico al pensar que, en treinta minutos, la visita habrá terminado hasta dentro de dos semanas; que abrazará a sus hijos y se despedirá de ellos, consciente de que no le permitirán verlos en los siguientes catorce días. Para ella, esa es la realidad más dura de la prisión: estar separada de sus hijos es el castigo más severo que se le ocurre; la experiencia que le resulta más difícil de soportar.

Y, aun así, entiende que, al igual que Jack, ha salido bastante bien parada. Tan solo cumplirá en la cárcel la mitad de su condena de catorce meses por obstrucción a la justicia. En dos meses, la soltarán (espera que a tiempo para celebrar las Navidades) y volverá a reunirse con sus hijos. Podrán volver a casa los fines de semana o, si lo prefieren, y espera que lo hagan, empezar a asistir al colegio solo durante el día. Puede tener a sus dos hijos en su vida. Sabe muy bien que es un lujo del que Abby jamás podrá disfrutar.

Todos los días, en innumerables ocasiones, Nicole piensa en ella y en las cinco semanas que pasaron desde la muerte de Isla hasta que la verdad salió a la luz. Mentirle fue una de las cosas más difíciles que ha hecho jamás. Durante esos treinta y cinco días, se sintió como si estuviera llevando dos vidas paralelas: la vida en la que nada había cambiado, en la que era la mejor amiga de Abby y en la que la estaba apoyando para superar el peor trauma al que podría enfrentarse una madre, y una existencia diferente y simultánea en la que sabía que todo había cambiado hasta el punto de resultar irreconocible y que, tras lo ocurrido, el futuro se vería alterado de un modo irrevocable.

Piensa en Isla, en su futuro prometedor que tan pronto y de forma tan trágica se había visto truncado, y en el abuso que había sufrido a manos de Andrew. Sueña con ella a menudo. Los recuerdos del tiempo que pasaron juntas se mezclan con escenas imaginadas hasta que se despierta, incapaz de separar la realidad de la ficción durante varios segundos. Llora la muerte de Isla con una profundísima sensación de pérdida a pesar de que una parte de sí misma siente que no tiene derecho a hacerlo.

A lo largo de los últimos once meses, le ha escrito innumerables cartas a Abby con muchas disculpas y muchos intentos de explicarse. No espera que la perdone; sabe que no se lo merece. Carga con su culpa como si fuera una bolsa pesada que llevara colgada del hombro. Lo único que desea es que Abby no acabe consumida por el odio hacia ella. Ya ha sufrido bastante. Tiene la esperanza de que la animosidad hacia ella no agrave su ya inimaginable dolor.

Nathaniel comienza a contarles una historia sobre su nuevo profesor de Física y Jack se echa a reír (es la primera vez en meses que lo ve reírse sin estar cohibido), y ella lo escucha con atención: a pesar del entorno, a pesar de la situación surrealista en la que se encuentran, quiere absorber hasta la última migaja de la vida familiar con sus hijos.

Ahora, su máxima aspiración es que, en algún momento del futuro, puedan dejar el pasado atrás. Sabe que no es algo que vayan a superar jamás. No van a poder olvidar; no va a llegar un momento en el que ninguno de los tres vuelva a pensar en lo ocurrido. Ahora, está entrelazado con el tejido de su familia, tal como las pérdidas de Abby se entrelazan con su vida y la de Clio. Lo único que se atreve a desear es que haya esperanza para los cinco más allá de las experiencias del último año: la esperanza de que cada uno de ellos pueda reconstruir su propia vida y hallar alguna clase de felicidad o alguna forma de realizarse. Algún tipo de paz.

CAPÍTULO 49
Abby

Abby aferra la mano de Clio mientras el barco surca el agua. Tras ellas, el capitán mira al frente de forma continua, con los ojos fijos en el horizonte. El viento le azota las mejillas, pero tanto ella como Clio se han envuelto en ropa cálida: gorros, guantes y bufandas. Ambas han estado allí en el pasado y saben lo implacable que puede ser el tiempo. Pero, a pesar de las bajas temperaturas, el sol resplandece sobre ellas y Abby no podría estar más agradecida. Es consciente de lo raros que son los días como este en la península de Snaefellsnes y, gracias al viaje anterior, poco más de seis años atrás, sabe que si por algo se caracteriza el tiempo en Islandia es por ser impredecible.

Al mirar a su espalda y ver que el terreno escarpado sobresale del agua, abrupto y desafiante, como si las colinas pudieran convertirse en seres vivos en cualquier momento, se acuerda de las historias de la mitología nórdica que a Isla tanto le gustaba leer de pequeña.

La pena le aprisiona la garganta y respira hondo el aire fresco y vigorizante.

Fue Clio la que tuvo la idea de viajar hasta allí para conmemorar el primer aniversario de la muerte de Isla; hasta el lugar en el que pasaron las últimas vacaciones en familia antes de que Stuart falleciera. En aquel momento, Isla tenía doce años; y Clio, diez. Todos se habían enamorado de los espectaculares paisajes islandeses: de las montañas cubiertas de nieve, los volcanes en erupción y los teatrales géiseres. Tanto Abby como Stuart se quedaron sorprendidos por la distancia que las niñas estaban dispuestas a recorrer –quince kilóme-

338

tros diarios– para llegar a las cascadas, los cráteres volcánicos, los manantiales termales y los glaciares. Pero fue aquí, en el fiordo de Breiðafjörður, donde vivieron el momento álgido del viaje: una manada de orcas, compuesta por seis adultas y una cría, deslizándose por el agua. Un avistamiento único en la vida. Isla se quedó embelesada y se pasó meses hablando de ello. El año anterior a su muerte, estuvo buscando oportunidades en Islandia y dijo que estaba pensando en pasar el verano antes de empezar la universidad ayudando con un proyecto medioambiental.

Clio le estrecha la mano. Abby se gira y le sonríe. Es increíble lo mucho que su hija ha cambiado en un año; lo mucho que ha madurado. Ha admitido todo el caos que encontró en su teléfono (lo de fumar, beber, salir con chicos mayores y hacer el tonto con coches que, tal como ha insistido, nunca condujo), pero le ha dicho que no quiere hablar de ello. Le ha prometido que no fue más que una fase pasajera y le ha asegurado que ya la ha dejado atrás. Hay aspectos de su pasado que supone y espera que esté tratando con la psicóloga a la que ve dos veces a la semana desde hace diez meses. El hecho de ir a terapia ha sido transformador, por lo que Abby se arrepiente de no haber llevado a sus dos hijas a un psicólogo tras la muerte de Stuart.

Clio ya no es amiga de Freya. Ahora tiene una nueva mejor amiga, Sophie, y, con ella, su vida parece más tranquila, menos frenética. En muchos sentidos, es más reservada, más introspectiva y reflexiva, pero, en otros, está indudablemente más segura de sí misma. Desprende una confianza tranquila; una seguridad en sí misma que antes no había mostrado. A veces, Abby se pregunta con culpa si tal vez Clio nunca había tenido la posibilidad de florecer; si vivir a la sombra de Isla había sido como ser un árbol joven en el suelo del bosque: incapaz de alcanzar la luz necesaria para poder crecer. En otras ocasiones, se pregunta si se siente presionada para crecer y lograr cosas para llenar el enorme vacío que su hermana ha dejado atrás. La vigila de cerca, pero, al menos por el momento, parece estar bien. Teniendo en cuenta lo que tuvo que vivir ese año, le fue sorprendentemente bien en los exámenes finales de secundaria y parece estar aclimatándose a la vida de bachillerato de Collingswood con relativa facilidad. Sin embargo, sabe demasiado bien lo habilidosos que son los adolescentes a la hora de enmascarar sus problemas y ocultar sus secretos. No va a permitir que ninguna señal se le vuelva a pasar por alto. Tiene cuidado de no repetir los mismos errores que cometió con Isla; de no depender de ella a nivel emocional y buscar su consuelo, su apoyo o el tipo de conversación que podría haber mantenido con su marido si siguiera vivo. Sabe lo importante que es para Clio ser una chica de dieciséis años normal y quiere que comprenda que no es responsable de su bienestar emocional.

El capitán de la embarcación se dirige a ellas y les señala un trío de frailecillos sentados en una isla pequeña y rocosa de la bahía. Clio se quita uno de los guantes, saca el teléfono y toma algunas fotografías. Abby la observa y se empapa del paisaje mientras tierra firme se aleja tras ellas.

Un año tras la muere de Isla, sigue sin pasar una hora en la que no la asalte un dolor tan intenso que la deja físicamente sin aliento; una sensación de pérdida tan profunda que es como si un dios antiguo le hubiese arrancado el corazón y estuviera alimentando con él a unas aves rapaces; un duelo tan agudo que no sabe cómo va a sobrevivir a él (de hecho no quiere sobrevivir a él) y cuya intensidad no puede soportar consciente. Un año después, le sigue pareciendo incomprensible que Isla ya no esté. No tiene sentido y todavía no es capaz de asimilarlo. El agujero que siente en el pecho, que es una herida abierta, aún alberga el poder de conmocionarla pero, al mismo tiempo, lo acompaña el saber que ahora las cosas son así: su vida se ha convertido en esa sensación permanente de estar haciéndose jirones.

No es correcto decir que tiene el corazón roto. Cabe la posibilidad de arreglar algo roto. Pero jamás podrá arreglar el dolor que siente por Isla. Su sufrimiento no es algo que pueda remediarse. Forma parte de ella: una cicatriz permanente, un peso con el que carga. La muerte de su hija es una faceta indiscutible de su vida. No es posible recuperarse de un dolor como ese.

Detiene sus pensamientos y recuerda lo que su psicóloga le dice a menudo: «Recordar a aquellos que hemos perdido es clave para vivir sin ellos. Una cosa no puede existir sin la otra. No podemos aprender a soportar su ausencia si no nos permitimos rememorar la importancia de su presencia».

Abby piensa en el martes por la noche y en la tercera sesión de su curso de Psicología. Lo está disfrutando más de lo que había imaginado. Fue Clio la que sugirió que se formara como terapeuta. «Se te da muy bien escuchar a los demás, mamá. Y, cuando la gente está triste, siempre sabes qué decir. Serías una terapeuta genial». Al principio, Abby se había mostrado escéptica y había descartado la idea. Le había parecido que pasar de madre a tiempo completo a estudiante de Psicología era dar un salto de fe enorme. Sin embargo, la idea no había dejado de rondarla, molesta como alguien clavándote un dedo en el brazo. Al final, había investigado un poco, había encontrado un curso y había aunado el valor para mandar un correo electrónico a la oficina de admisiones. Varios meses después, la aceptaron. Todavía está empezando pero le gustaría especializarse en terapia con niños y adolescentes; le gustaría ayudar a los jóvenes a abrirse paso por el mundo cada vez más complejo en el que viven.

Piensa en Jack, tal como hace a menudo. A veces, más a menudo de lo que le gustaría. Se pregunta cómo estará y cómo podrían afectar a su futuro los acontecimientos del último año. Lo último que supo es que los dos chicos estaban en un internado en Surrey y que Nicole había comprado una casa cerca de allí para cuando saliera de la cárcel.

A día de hoy, Abby sigue sin saber lo que siente con respecto a Nicole, Jack y toda la familia Forrester. Excepto con respecto a Andrew. A Andrew lo desprecia con un odio profundo y visceral. Al principio, hubo días en los que tuvo que valerse de todo su autocontrol para no hacer algo estúpido de lo que llegar a arrepentirse; algo que habría provocado que acabara en el mismo sitio que Nicole. Lo único que se lo impidió fue Clio: saber que ni podía ni debía hacer nada que pusiera en riesgo su futuro. Es por el bien de su hija por lo que ha mantenido los instintos de torturar a Andrew de un modo lento y doloroso como nada más que una fantasía.

Pero Nicole es diferente. Nicole ha intentado explicarse una y otra vez a través de cartas largas y contritas. Cada vez que recibe una, Abby se promete a sí misma que no la leerá: no hay nada que Nicole pueda decir que ella quiera oír. Cada vez, deja la carta oculta tras una fotografía en la repisa de la chimenea de la cocina durante un par de días y resiste la tentación de abrirla. Pero, cada vez, tras varios días, llega un momento en que la curiosidad puede con ella, la toma, pasa un dedo por debajo de la solapa del sobre, saca las páginas escritas a mano y lee lo escrito. Percibe la necesidad desesperada de Nicole de ser perdonada como si fuese algo vivo que emerge de entre las palabras que cubren las páginas como un genio liberado de su lámpara.

Lo cierto es que, a pesar de todo, la echa de menos. Nicole fue una figura central en su vida durante casi dos décadas. Tras la muerte de Stuart, fue la adulta con la que estaba más unida: en la que más confiaba, con la que más cosas compartía, con la que más se reía y con la que más lloraba. Un año atrás, la vida sin ella le habría parecido impensable. Pero así están las cosas.

Ha habido momentos en los que la empatía la ha superado y se ha descubierto imaginando cómo debió de ser aquella noche para Nicole; cómo debió de ser enfrentarse a un dilema tan ingrato. Se ha preguntado qué habría hecho ella en la misma situación: si habría mentido, traicionado y obstruido a la justicia para proteger a su hija. Siendo sincera, no puede asegurar que no lo habría hecho. El amor de una madre por sus hijos es absorbente: va más allá de las palabras y trasciende al pensamiento racional. A veces, está por encima de la moralidad, la conciencia y la ley. Es consciente de que haría cualquier cosa para escudar a Clio de cualquier mal y no puede afirmar con rotundidad que jamás haría algo ilegal para protegerla. Sin embargo, a pesar de ello, a pesar de que comprende cómo es posible que Nicole actuara tal como lo hizo aquella noche y a pesar del dolor insistente con el que a veces la extraña, sabe que su amistad está demasiado rota como para enmendarse.

Una gaviota pasa volando bajo sobre ellas, lo que hace que se acuerde de la última vez que estuvieron allí. Piensa en Isla aquel día: tan joven, inocente y tan llena de esperanzas y entusiasmo… No se le ha pasado por alto que, esta semana, su hija tendría que estar comenzando la universidad. En un mundo diferente, uno en el que Andrew nunca le hubiera hecho grooming y en el que Jack no se hubiera enterado y hubiera ido a encararse con ella en un vehículo que no estaba preparado para conducir, Abby estaría acompañándola a la universidad y viendo cómo daba sus primeros pasos tentativos hacia la independencia: un rito de paso hacia la adultez que, sin importar cómo se manifestase, todo padre debería tener el privilegio de presenciar con sus hijos; una experiencia que, cuando llegue el turno de Clio, atesorará aún más.

A veces, cuando rememora todo lo que ha ocurrido en los últimos seis años (la muerte de su marido y de su hija), piensa que es un regalo no saber lo que nos espera. Si lo hiciéramos, tal vez no encontraríamos la fuerza necesaria para ser testigos de ella.

Sus pensamientos se centran en Callum y en cómo se estará adaptando a Oxford. Durante los últimos once meses Abby ha tenido muy poco contacto con Jenna. Poco después de que la verdad sobre la muerte de Isla saliera a la luz, fue a su apartamento y se disculpó de forma profusa con ambos por su comportamiento y por haber sospechado de Callum. Ambos se mostraron indudablemente magnánimos, y su falta de resentimiento fue toda una lección de humildad para ella. Desde entonces, su camino tan solo se ha cruzado de forma fugaz con el de Jenna durante los eventos escolares. Se han saludado con un gesto cortés de la cabeza y nada más. Cuando se enteró de las notas que Callum había obtenido en los exámenes de acceso y de que había conseguido una plaza en Oxford, compró una tarjeta, se la envió por correo postal y le mandó a su madre un breve mensaje de WhatsApp para felicitarlos a ambos. Una de las cosas de las que más se arrepiente de los últimos dos años es de haber juzgado al joven de un modo tan injusto; de haber proyectado sus prejuicios sobre un adolescente que ha resultado poseer mucha más integridad que los adultos que solía considerar sus mejores amigos. Tan solo le desea cosas buenas; tan solo espera que sea feliz.

El capitán del barco reduce la velocidad del motor hasta detenerse poco a poco. Abby mira a su alrededor. Están justo donde quería estar: lo bastante lejos de tierra firme como para ser consciente de la amplitud del espacio, pero sin perder de vista las montañas, que están lo bastante cerca como para sentirse segura.

Sonríe a Clio, que le responde con un gesto leve y decisivo de la cabeza. Abby se agacha para alcanzar la mochila que tiene entre los pies y saca dos cajas cuadradas de madera, cada una de las cuales presenta un grabado en la parte superior. Le tiende una a Clio y ella agarra la segunda. Juntas, la una al lado de la otra, se colocan de pie en el lateral de la embarcación.

El viento se convierte en una brisa suave. Abby se asoma por el borde del barco, levanta la tapa de la caja que tiene entre las manos y observa a Clio mientras hace lo mismo. Con cuidado, al unísono, comienzan a esparcir las cenizas sobre la superficie del agua: Stuart e Isla regresan juntos a un lugar que ambos amaron. El dolor le cierra las paredes de la garganta y, cuando mira a su hija, ve que las lágrimas le corren por las mejillas. Poco a poco, con ternura, vierten las cenizas sobre el mar, observando cómo se dispersan y se extienden, hasta que las cajas quedan vacías.

Durante diez o veinte minutos (no tiene percepción del tiempo), Clio y ella se quedan la una al lado de la otra en silencio. Abby le rodea los hombros con un brazo mientras contemplan cómo su padre, su esposo, su hermana y su hija se convierten en parte del paisaje. El único sonido es el suave romper de las olas contra el casco del barco, el graznido de las gaviotas sobre ellas y el silbido del viento. Sabe que no existen finales perfectos o despedidas impecables. Pero piensa que, esto, con el cielo azul fortuito, el sol dorado y las montañas distantes y rocosas que seguirán ahí milenios después de que todos ellos se hayan ido, es lo más parecido a un lugar de descanso eterno y perfecto que se pueda imaginar.

Tras ponerle la tapa a la caja que tiene entre las manos, se gira hacia Clio y la atrapa entre sus brazos. Lo que acaban de vivir es algo que ninguna chica de dieciséis años debería experimentar.

Ambas giran la cabeza para volver a mirar el mar. En algún lugar entre los peces, el fitoplancton, las ballenas y los delfines, Stuart e Isla van a la deriva, disolviéndose y convirtiéndose en parte del océano.

No sabe cuánto tiempo permanecen allí de pie, despidiéndose en silencio mientras el barco se mece de un lado a otro con suavidad. Al final, Abby mira al capitán por encima del hombro, le indica con un gesto que están listas para marcharse y el ruido del motor al ponerse en marcha con dificultad atraviesa el silencio.

Mientras se dirigen de vuelta a la costa a través del laberinto de islas que sobresalen del agua, Abby sostiene la mano de Clio. Ahora, están las dos solas. Stuart e Isla siempre formarán parte de su vida y, a pesar de su ausencia, siempre estarán presentes. Pero, a partir de este momento, todo va a girar en torno a ellas. Y Abby sabe, con más certeza de lo que ha sabido nunca nada, que hará todo lo que sea necesario para estar ahí para Clio: para quererla, para apoyarla y para guiarla hacia lo que quiera que sea que les depare el futuro.

AGRADECIMIENTOS

Gracias al increíble equipo de Lake Union por llevar mis libros a un grupo totalmente nuevo de lectores. A mi editora, Sammia Hamer, cuya franqueza y honestidad son todo un soplo de aire fresco en la industria editorial: gracias por tu energía, tu apoyo y tu genialidad estratégica. Gracias a la supereficiencia de Nicole Wagner, a Bekah Graham de Marketing, a Andreina Guenni de Producción y a Liron Gilenberg por supervisar la cubierta, que cuenta con el precioso diseño de Emma Rogers.

Como siempre, a la maravillosa Sophie Wilson, que edita de forma colaborativa, con mucho cuidado, perspicacia y buen humor: gracias infinitas y, por favor, no dejes nunca que publique un libro sin ti.

Un agradecimiento muy sentido para aquellos escritores que son tan generosos con su amistad, su tiempo, sus comentarios editoriales y su apoyo: Ruth Jones, Rachel Joyce y Alex Michaelides.

Mi madre sigue siendo mi mayor defensora (como ocurre con todas las buenas madres): gracias por ser mi animadora más ruidosa y por tu amor, tu orgullo y, como siempre, tus excelentes habilidades de corrección. Mi eterno agradecimiento a mi padrastro, en recuerdo de su amabilidad, su apoyo, su generosidad y sus fantásticas habilidades para la carpintería (Aurelia, al igual que todos nosotros, tuvo mucha suerte de contar con él en su vida).

Mi mayor agradecimiento, como siempre, es para Adam y Aurelia. Menudos dieciocho meses hemos vivido mientras escribía este libro. Que hayamos sobrevivido a ellos y, para colmo, con unas aventuras increíbles, es una muestra de fortaleza de nuestra familia. Auri: no podría estar más orgullosa de todo lo que has hecho (y todo lo que has conseguido) mientras yo escribía. A través del trabajo duro y la determinación, has demostrado una madurez y una resiliencia que están más allá de tu edad y te mereces cada una de las emocionantes posibilidades que sé que te esperan en el futuro. Adam: eres la mano firme (y maravillosa) que guía el timón de la odisea de nuestra familia, y nada de esto (desde lo cotidiano hasta lo extraordinario) ocurriría sin ti. Os quiero a los dos de forma inconmensurable.

ÍNDICE